JN197024

深夜叢書社

川上義則

kawakami yoshinori

垂直

生と死のあわいで

垂直　生と死のあわいで ◉ 目次

カバー写真……モンゴルの草原
（写真提供＝ピクスタ）
装丁……髙林昭太

垂直

生と死のあわいで

川上義則

森に降る時間

「あそこは未来人の島だね」と義兄の中井弘和さんが言う。あれから三カ月近くたつのに高揚感はまだ持続しているらしい。縄文杉で有名な鹿児島県の離島、屋久島のことである。昨年暮れ、義兄と屋久島に行った。彼は初めて、私は七回目の訪問だった。義兄は国立大学を定年で退いたあとすぐに講師で呼び戻され、「環境思想」という講義を委嘱された。そこで以前から関心のあった屋久島の人と自然のかかわりを授業に取り入れたいと考え、いっしょに行かないか、と声をかけてきたのだった。

九州の山の高いほうから七座までが屋久島にあり、その高山に亜熱帯から亜寒帯までの植物相が垂直に分布している。山間部で年間八千ミリから一万ミリにも達する降雨が豊かな植生の栄養源である。なかでも島の西側にある大規模な照葉樹の原生林は世界でも珍しく、一九九三年に日本初の世界自然遺産に登録されている。

私と屋久島のつきあいは優に十年を超す。ニホンザルの亜種ヤクシマザルの取材で訪れたのが最初だった。くる日もくる日も里山とサルの棲む原生林を歩き回った。ごつごつした花崗岩が露出し、鬱蒼とした照葉樹林に太古のにおいを感じた。突然空が破けたように落ちてくる雨に閉口しながらも、ずぶぬれになって森の中を歩いていると、気持は子どものように昂ぶった。以来勝手に取材のテーマをひねり出しては島を訪ね、そのたびに新しい知己を得た。私をひきつけた島の大きな魅力はやはり人間のおもしろさにあった。義兄のいう「未来人」たちと出会い、再会する楽しみである。

山下大明《ひろあき》さんという写真家が屋久島にいる。大学生のころから三十年以上もこの島の自然を撮り続けている人だ。写真集を開くと、そこにはみずみずしい樹と水の世界がある。森をつくるたくさんの生命の交響楽が鳴っている。なかでも私はアップで撮った切り株や倒木の写真が好きだ。朽ちようとする樹や洞《うろ》の上にヤマグルマやヒメシャラやミヤコダラが芽ぐみ、伸びようとしている。死がはぐくむ生。実際森を歩くと、朽木や倒木を母胎に新しいいのちがにぎわっているさまは、降り積んだいのちの時間の厚みを感じさせ、はるかな想いに誘われる。

屋久島空港に降り立ったその日、私たちはさっそく山中の一軒家に山下さんを訪ねた。三年ぶりである。たわいもない四方山話の合間、含羞《がんしゅう》の人である彼は「子ジカの母親が僕のところへお礼の挨拶に来たんですよ」とためらいがちに言った。話し上手ではないのに彼が語る体験談には、いつも心の琴線に触れてくるものがある。

撮影で森を歩き回った後の夕暮れのことだったという。縄文杉に近い登山者用の宿泊小屋で一人食事をしていると、だれかが入り口の引き戸をノックしている。登山者と思い、開けたがだれもいない。食事に戻り、しばらくするとまたコツコツと戸をたたく音がする。雨は降っていないし、風も吹いていない。妙だなと思いながらもう一度戸を開けると、目の前に角のないメスのシカが立っていた。彼女はいっとき山下さんを見つめていたが、お辞儀をするかのように頭を下げるとゆっくりと沢の方に下っていった。

はて、いまのはどういうことなのかと考え、すぐに思い当たることがあった。昼間、沢に降りて写真を撮っていると、傷ついた子ジカが死んでいた。野ざらしになっているのを不憫に思い、死体を砂地に埋めて小屋に戻った。母ジカはその様子をどこからか見ていてお礼を言いに来たのだ。山下さんの直感はすぐに確信に変わった。「長い時間、森の中にいると樹や石や植物や僕も含めた生きもののすべてがつながっていると感じ、何を見ても親しみを覚える。そんな気持があの母ジカにも伝わったのだと思う」と彼は言った。「だとしたら不思議だと思ったことは、じつは不思議でもなんでもなかったんです」。

ああ、これは『遠野物語』の世界だと思った。いうまでもなく、『遠野物語』は明治の末、柳田国男によって書かれた民俗学の名著である。岩手県遠野郷（現在の遠野市）を舞台に、シカなどの獣や自然と山人との陰影に富んだ交渉を濃密な文体で描いている。その序文に柳田は「……国内の山村にして遠野よりさらに物深き所にはまた無数の山神山人《やまのかみやまひと》の伝説あるべし。願わくはこれを語りて平地人を戦慄せしめよ」と書いている。

平地人とはいまでいう都会人のことだ。文明生活と引き換えに生活感情の最深部に潜む、ある名状し難いものへの想像力も情緒も失ってしまった同時代人に対して柳田国男が嘆き、失望した事態はこんにち、格段に加速されている。しかし、そうだとしても私は一世紀という時を隔てて『遠野物語』の名残がはるかな南の島に息づいていることに一筋の希望をみたいのである。

山下さんと同じ趣旨を別の表現で語ったのは、やはり三年ぶりに会った長井三郎さんだ。民宿を営む彼は、私たちのためにコーヒー豆を挽きながらこんなことを言った。若いころは自我の確立が大事だと思って勉強したものだが、自我を捨てることのほうがよほど大事だとわかった、と。

二十数年前、当時の営林局が照葉樹林帯の一部伐採を計画、島民らはそれに対抗して「屋久島を守る会」を組織した。三十代に入ったばかりだった長井さんは「守る会」とともに動き、長い闘いの末に原生林を守り抜いた。以来、島の生態系に関心を注いできた彼は自己中心、人間本位に肥大した自我がどんなに身勝手で空疎なものかを屋久島の森から学んだのだろう。

最後の夜は十年来の知己で画家の手塚賢至さんのお宅に泊めてもらった。屋久島の樹を描きながら、この島と種子島だけの種で、絶滅しかかっているヤクタネゴヨウマツを保護、復活させようと手弁当で走り回っている人物だ。島の北側、白川山《しらこやま》の標高二百メートルにある手塚さんの家には赤々と囲炉裏の火が燃えていた。外は漆黒の闇。月も星もない夜は文字通り一寸先も見えない。数年前、ここで病没した詩人の山尾三省さんは「本当の闇がないところには本当の光もない」と言っていたという。

生成の母胎である闇への想像力が枯れていくとき、人の営みは上すべりしてしまいがちだ。端的に、科学技術の乱用と現代人の際限のない欲望が、環境破壊を臨界点すれすれまで押し進めてしまったことを思えば、山下さんや長井さんや手塚さんは未来への旗手であるに違いない。風の音さえない、茫々と深い闇の底で手塚さん夫婦と私たちは囲炉裏を囲み、夜更けまで焼酎を飲んだ。

逝く春

母が死んでしばらくして、父が「お母さんを実家の近くに還してやろう」と言いだした。遺灰の残りを、母の生家のそばを流れる小川にまいてやりたいというのである。終生、ふるさとのなまりが抜けなかった母を思ってのことだろうと私は推測した。

父はこのアイデアが気に入ったようだった。ところが、いざまく段になって父も私も、せっかくあらたまった心持に水をさされた。上流からの工場排水で清流はどぶ川に変わっていたのである。明治生まれの父は何やらぶつぶつ言っていたが、遺灰をよどみに少しだけ流し、あとは持ち帰った。

父はすでに鬼籍に入り、私も還暦を超えた。近ごろ、あの日の散灰のまねごとがしきりに思い出される。老いのせいだろうか。小川のあまりの荒廃がかえって、母の生家にまつわるあれこれを、懐かしく照らし出してくれるせいだろうか。

母の生家は福岡県筑後地方にあった。小学生の私はお盆の前後に里帰りする母にくっついて毎夏、母の田舎に行った。田んぼの中の一軒家は三世代八人が暮らす大家族だった。同じ年ごろのいとこ四人がいて、家の内外は終日、活気にあふれていた。セミやカエル、乳牛や放し飼いのニワトリの声も割り込み、百家争鳴の騒がしさであった。

ことに庭先を流れる小川は、私といとこたちのお気に入りの遊び場だった。首の深さまでの流れにドボンと飛び込んでは、息を止めて潜水時間を競った。澄んだ流れに水草がゆらめき、その間をフナや名も知らぬ魚たちが見え隠れする。ヒルに吸われ、手足が血まみれになったこともあった。寝たきりになった母方の祖母が家の奥座敷で眠るように息を引き取ったのも、そんな夏の日のことである。大勢の親族や近隣の人に囲まれての大往生は、どこかお祭りのようでもあった。

あの夏の日々の人と自然と生活が渾然一体となったざわめきの中に、私の原風景がある気がする。日がな一日、遊びほうけ、くたくたになって眠るだけの日々の、一点の曇りもなく満ち足りた感じ。あれはどこからきていたのだろうと考え、川や田んぼや草むらでいろんな生きものと出くわしたことであり、泥土の地面やあぜ道をはだしで走り回った足裏の感触であり、ワクワク感からであった、と。

自転車で遠出するのが好きで、時々、自宅から近い室見川を上流に向かってペダルをこぐ。福岡市に住んで長いが、市の西部を貫流するこの川もずいぶん変わった。中流域にかけての河川敷は次々に公園や広場に衣替えした。川沿いは高層住宅や民家が連なり、護岸工事が両岸をコンクリートで打ち固めてしまった。セイタカアワダチソウなど帰化植物の繁殖で植生が変わり、鳥やホタルが減り、土手に張った芝生に散布する殺虫剤で多くの虫類が姿を消したという。

実際、河原に降りてみると、あたりは森閑としている。もの音がしないのではない。生きものの気配が伝わってこないのだ。幼時に身についた習性は容易に消えるものではないらしく、手は無意識のうちに浅瀬の石をめくっている。驚いてツーッと逃げ散る小魚たちの存在を予感して、胸がときめく瞬間である。しかし、期待はまず空振りに終わる。

蛇過ぎし道のしばらく動きをり　柴田佐知子
牛蛙の声に一戸の沈みけり　田島　洋子
腹蔵のなく蟷螂の枯れにけり　高　千夏子
（俳誌「空」より）

突然、ヘビがクネクネと目の前の道路を横切って草むらに消えた後も、容易に動悸がおさまらぬ異界感覚。ウシのような食用ガエルの鳴き声をふとんの中で聞きながら、ふと夏の夜の深い闇に引き込まれそうになる不条理感。からだを緑色から枯葉色に変え、冬枯れの野に溶け入るように、従容《しょうよう》として死んでゆくカマキリに想う生と死……。私たちの日常から失われたのはこういう光景であり、イメージである。

レイチェル・カーソンの『沈黙の春』を思う。春がきたのにアメリカ各地の町や村で、鳥たちの鳴き声が聞こえない。小川から生命という生命が死に絶えた。やがてウシもヒツジも、人間さえ原因不明の病気で死んでいく。原因は、わずか二、三種類の昆虫を駆除する目的で森や畑や庭園に大量にまき散らされたＤＤＴなどの化学薬品だった。

一九六二年、カーソンが科学的なデータをもとに描き出した近未来図は現在、地球規模で拡大、進行している。優れた生物学者で、詩人の天稟《てんりん》を備えた彼女は見抜いていた。自然という、堅密に結び合ったシステムに盲目になってしまえば、その先にあるのは人間自身の破壊だということに。

カーソンが化学産業界やそれを庇護する御用学者、米国農務省の一部の勢力と闘っているさなか、いや、そのかなり前から「沈黙の春」は、太平洋をはさんだはるかな島国の一地方で現実のものとなっていた。ネコが狂い死にし、鳥が飛べず、死魚が大量に浮かんだ。そして、人の狂死、悶死が始まる。熊本県水俣市が舞台となった水俣病である。

当初、「奇病」と呼ばれた水俣病の原因は有機水銀であった。チッソ水俣工場が化学製品を作る過程で触媒に使った無機水銀が有機水銀に変質し、工場はそれを排水といっしょに不知火海にたれ流した。毒は魚や貝に蓄積され、食物連鎖の果てに多くの漁民の中枢神経を破壊した。有機水銀はカーソンが告発したDDTなどと同様、自然界に存在しない人工化合物だ。人の脳と子宮の手前には本来、異物の侵入をはばむ関門が備わっている。しかし、有機化した水銀はその関門をやすやすと突き通って、胎児性水俣病という、さらなる悲惨を生んだのである。

母の遺灰をまいた前後のことだった。記者だった私は水俣病の取材で現地を訪ねた。宇井純さんがいっしょだった。宇井さんは東京大助手のころから足繁く水俣に通い、被害者に寄り添うように水俣病の発生のメカニズムを追究。東大を追われるように沖縄大に移ったが、この人抜きには初期の水俣病は語れないほどの功労者である。

あのとき、宇井さんがつぶやくように語った言葉を思い出す。私たちはチャーターした漁船から水俣湾を観察していた。途方もない量の水銀ヘドロを飲み込んでいるのがうそのように、海は穏やかな表情をしていた。宇井さんは船べりに腰をおろし、秋の陽に照り映える海を見るともなく言った。

「公害は外からは見えにくい。本当に知ろうとしたら、心眼と心耳を全開にして現場を歩き、被害者の声にならない声を聞き取らねばならない」

すでに水俣病被害は、だれの目にも明らかな急性劇症型から長期微量汚染による慢性型が中心になっていた。見えにくくなった病像の向こうに膨大な数の患者が隠されていた。宇井さんは、そこをしっかり見すえていたのだった。

私たちは船からあがると、川本輝夫さんを訪ねた。初期の患者が、「あれは奇病じゃ」と地域で忌避されていたころから、一人で「チッソ城下町」を歩き、患者を掘り起こして運動を組織、先頭に立ち続けた人だ。彼がいなかったら、水俣病の歴史はまったく違った経緯をたどったはずである。

焼酎が入り、座が盛り上がった。川本さんは水俣病の症状になぞらえ、「日本人はみんな、水俣病である」と言った。

「視野が狭くなって目の前のものしか見えず、両手の動きもてんでんばらばら。平衡感覚を失ってまっすぐに歩けん。日本全体が水俣病を病んどるばい」

川本さんも故人となり、水俣病は被害のすそ野を広げたまま世紀を超え、地球環境問題という新たな難問が進行中だ。地球規模の環境汚染が浮上したのは、たかだかこの三十年のこと。地球四十六億年の歩みを思い、その狂気じみたスピードにがく然とする。

遠い視線

先日久しぶりに小津安二郎監督の映画「東京物語」をビデオで観、やはりあの場面に胸を衝かれた。

小津監督といえば戦後、家族制度の崩壊とともに父親の権威が揺らいでくる微妙な風景を、この作品をはじめ数々の作品で描いてきた昭和の名匠である。「東京物語」は開業医、美容師として東京で一家を構える息子、娘を、広島県の尾道から老夫婦が訪ねる話だ。はた目には順風満帆の子らと再会を近所の人にうらやまれながら、いそいそと旅支度をするシーンから物語は始まる。

しかし期待は無残に裏切られる。息子らに悪気はないのだが、やれ急患だ、やれ美容師の寄り合いだと、両親はそのたびに置いてけぼりを食ったあげく、熱海行きを押しつけられる。ていのいい厄介払いだ。温泉宿で夜通し続く客のマージャン、ひっきりなしの流しのギターと流行歌が老いの身にこたえる。

「あの場面」とは、これに続くシーンである。

夫婦が浴衣姿で放心したように防波堤に腰かけている後姿を、カメラがロングショットでとらえている。朝日にきらめく大海原が広がり、光の中で二人は同じ姿勢で遠くを見ている。老いてゆくわが身と子にそむかれた寂しさ、都会の生活に追われ、こころのゆとりを失った子らを哀しむ気持と慈しみ。おそらくそこに、幼かったころの息子、娘のあどけない笑顔が二重写しになっている。老夫婦の思いのたけが、無言の数秒足らずのこのシーンに凝縮されている。悠揚迫らぬ大海原の営みに、老夫婦の、変わらぬもの、「永遠なるもの」への想いをにじませたこの場面は何度見ても感銘が深い。

小津監督の映画では、たとえば妻と夫、父と子が会話を交わすとき、向き合うのではなく横並びに座って同一方向を見ながら話す場面がしばしば出てくる。うれしいにつけ悲しいにつけ、心の通い合う者同士が語らうとき、その視線は一つになり、虚空のどこかで交わっているはずだ。監督はそう言いたかったのではないか。二十年来、小津作品を繰り返し観てきた私は、彼の専売特許といっていい「横並び会話」は、そうした人間観に独自の映像表現を与えたものだと考えていた。しかしこれは映像テクニック云々ではなく、じつはリアルな人間観察に根ざすものではないかと、あるときふと思った。

新聞社の定年前の二年間、私はがんという病を通して現代人の生と死について考えてみたいと思い、この難病を背負い込んだ人たちにスポットを当てたシリーズを社会面に連載した。そのうちの一人、美津子さんという福岡市内に住む三十七歳の女性が語るエピソードに小津映画の名場面を髣髴《ほうふつ》したのである。

彼女は三十三歳の若さで多発性骨髄腫という治療困難な血液のがんが見つかり、病と共存しながら夫と福祉施設を営んでいた。施設は老人が多く、がん闘病者が何人かいた。介護をより効果のあるものにするため不安や苦しみを分かち合うことが大事だと思った彼女は、自分もがんに侵されていることとを彼らに告げる。膵臓がんで医師に余命一年と時間を区切られていた八十二歳の女性から旅行に同行してほしい、と頼まれたのはその直後だった。二人は長崎に一泊の旅をする。夕食前、ホテルの大浴場に行くと窓の向こうで大村湾が赤々と夕日に染まっていた。その女性は何も言わず、浴槽からただにこにこと夕景を眺めている。美津子さんもとくに話すことはない。そばに並んでやっぱりにこにこして窓外を見ていたという。

こんなこともあったそうだ。八月のあるむし暑い夜、肝臓がん末期の八十歳の女性が涼みに行きたいという。車いすを押して近くの植物園に行き、展望台に登ると夜空に花火が上がっていた。と、急に肌寒いほどの風が通り抜け、会話がふっと途切れた。気がつくと二人は期せずして遠い夜景を見ていた。美津子さんはそのときのことを「彼女同じものを見、同じ感じに貫かれるのを自分のからだが実感した」と言うのだった。いっとき二人が見つめ共有した「同じもの」とは、お互いのぎりぎりのいのちのありようだったと思う。そして一瞬の華やぎを残して海と空に溶け込んでいく夕日と花火に重ねるように、がんを病んだ美津子さんと二人の老女の中を「永遠なるもの」への想いがかすめたと想像することもあながち的はずれではないだろう。

ああ、あれも、美津子さんと老女が奏でる協奏曲や、小津作品の名場面と地続きの情景ではなかったか、といまにして思う私自身の体験がある。話はインドに飛ぶ。

七年前、カルカッタ（現コルカタ）から鉄道で北西に六百キロ、ガンジス川中流域の都市ヴァラナシを訪ねた折のことだ。ヴァラナシはヒンドゥー教の聖地で、良き来世を願って年間百万人もの巡礼がインド各地からやって来るという。夕刻、そのガンジス川ほとりのガートと呼ばれる沐浴場を奇妙な静けさが訪れる。肌の色の異なる人々が三々五々集まって来、石段に腰かけて黙想にふけるのである。インド人もアジア人も西洋人も夕日を背に同じ姿勢でガンジスの流れを見ている。そこにはクラクションが鳴り競い、物乞いが追いかけてくる昼間の猥雑で喧騒な時間とは明らかに異質な時が流れていた。生活臭に満ちた時間とは別の、シンとした時の流れがあった。聖なる川のほとりに立ち、私はまるで祈りのようだ、と思ったことを覚えている。

「東京物語」の老夫婦や美津子さんと老女たちの気色にもそのような「時」と「祈り」を感じる。それはことさら神仏を頼むといったことではない。気ぜわしい日々の生活から少しだけ距離をおいた目で、生きることの難儀や悲しみとまっすぐに向き合うことではないか。内省といってもいい。老境に向かう日々、私も遥かなものを見つめる眼を養っていきたいと思う。

幻想紀行

「当面、母親の介護と、四国八十八カ所めぐりが僕の仕事だよ」と山内正幸君は言う。勤めていた新聞社の仕事仲間で、先日、定年を迎えた。その慰労会で彼が語った抱負である。巡礼は、彼が長いこと温めてきたテーマだった。十日後、住み慣れた福岡の家をたたんで、老母が一人待つ郷里の高知へ奥さんと帰って行った。霊場を歩きながら、じっくり来し方行く末を見つめてみたい。別れの席で、そんな意味のことを照れながら話した山内君は、はや旅の空を遊泳しているかのような遠いまなざしになっていた。

思うに、私たち日本人は旅を鏡として自己確認にいそしんできた民ではあるまいか。紀貫之の『土佐日記』からフーテンの寅さんまで、旅はこの国の表現のあらゆるジャンルで、重要な位置を占めてきた。仕事以外のことには一顧だに与えず、粉骨砕身、戦後日本の屋台骨を支えてきた会社人間も勤め上げれば、やおら「自己発見」とやらの旅に出る。私も退職時、人並みに草枕の夢にあこがれたものだが、生来ものぐさで、一度、離島に出かけたきりである。

もっとも私は、漂泊に身をまかせたり、名所旧跡を訪ねたりするだけが旅だとも思っていない。人生は旅という古言もある。そう言ってみたくなるのも、私自身がつい最近、片雲の風ならぬ、ひょんな風の吹き回しに誘われて、いっぷう変わった旅情を味わったせいかもしれない。その時の妖しくも、せつない気分はいまも尾を引いているのである。

東京に住む、結婚間もない三女が出産のため帰省したのが発端であった。つわりがひどく、しばらく実家で過ごしたいという。さっそく、長女のお産でお世話になった産科医を訪ねた。その折、娘は超音波検査の画像ビデオを持ち帰ったが、その中に、今回の奇妙な「旅」のタネが仕込まれていたのである。ビデオはしばらく、茶の間のにぎわいの中心にいた。だが繰り返し見ているうち、私の思念はとめどなく異形の世界へとふくらんでいくのだった。

そのビデオには胎児の動きが収められていた。体長は二十五ミリ、受胎後三十八日目という。子宮内は羊水の海。胎児は仰向けになり、ビンビン跳ねている。まるで魚だ。身体に比して異様に大きい頭部は横顔しか見えない。のっぺりした容姿はこれから人間になろうとしている何ものかである。右腕をかざし、おいでおいでをするように、手をひらひらさせているのが気になる。いったい何を見せようというのか。とりとめのない連想と、家族の喚声の中で、ふと目をやると、胎児の母親だけがぐったりと精気がない。

私はその胎児の姿に一枚のスケッチを重ねていた。昔、三木成夫という解剖学者が描いた、まさに受胎後三十八日目の胎児の顔である。彼は予感しつつも、実物をひと目見てアッと声をあげそうになる。「獅子頭の巨大な鼻づらが、いきなり、ヌーッと目の前に迫ってくる。それはもう毛だものの顔だ」(『胎児の世界』)。

横顔からは計りしれない、胎内の孫もいまはこんな顔なのか。しかも、さらに前段があるのだ。胎児は、進化の歴史を自らの顔貌《かおかたち》の変容で体現しているに違いない。三木博士はそうにらんでいた。それは、生物が最大級の変革を遂げたとされる四億一千万年前から三億六千万年前の、デボン紀と呼ばれる古生代後期のことだ。脊椎動物が太古の海からはい出し、緑化が進む陸地に一億年をかけて上陸を果たすドラマである。

胎児の顔を見てみたい。だが研究室に並べられた標本ビンの中の彼らは一様にからだをまるめ、顔を心臓にくっつけている。何年もの逡巡の後、博士は意を決して三十二日目の胎児の頸を小さなはさみで切り落とす。ホルマリン溶液の中をゆっくりと沈んでいくそれを、ピンセットでつまんで顕微鏡をのぞく。フカだ！　四日後の三十六日目の胎児は爬虫類の顔。そして三十八日目……。

胎児は、魚類から両生類へ、そして爬虫類、哺乳類へと、一億年をかけた変身劇を受胎一ヵ月後のわずか一週間に圧縮、再現していたのである。烈しいつわりに息も絶え絶えといった娘の様子は、母胎に抱え込んだ、億万年の時を秘めた生命変転の代価であったか。

私は四枚のスケッチをつくづくと眺める。順次、鰓が消え、手の指が五本に分かれ、顔の真横に開いた両の目がしだいに正面に寄ってくる。詩人肌の博士の用語を借りるなら、胎児は種の「おもかげ」を「走馬燈」のようによみがえらせながら、悠久の旅をたどり直すのである。

茨木のり子という詩人がいる。先日物故したが、「倚りかからず」や「自分の感受性くらい」など、凛とした詩を書いた人だ。こんな一篇がある。

電車のなかで　狐そっくりの女に遭った
なんともかとも狐である
ある町の路地で　蛇の眼をもつ少年に遭った
魚かと思うほど鰓《えら》の張った男もあり
鶫《つぐみ》の眼をした老女もいて
猿類などは　ざらである
一人一人の顔は
遠い遠い旅路の

気の遠くなるような遥かな道のりの
その果ての一瞬の開花なのだ
……………………
（「顔」）

さまざまの種の特徴が攪拌され、めいめいの「おもかげ」が同居する、ほの暗さに縁どられた私たちの出自。そして、三十億年以上も前の太古の海に誕生した細胞の原形質が、いかなる天変地異をもくぐりぬけて、営々と私たちにつながってくる、驚くべきいのちの持続。私たちはこれからも、長いながい時の経過と、人間自身も関与する環境の変化に促されて、変貌を重ねていくのかもしれない。われら、永遠の旅人……。私は一瞬、いずこへか、薄明の中を歩み去っていく私自身のまぼろしを見る。しかし、それは後姿だけ、貌《かお》は見えない。

入院記

疾風怒濤の日々であった。

春、胃にがんが見つかり、手術を受けた。発端は血圧の急上昇にあった。検査入院して調べるうち最後の腹部エコー検査の画像に、胃の幽門部を深く侵食したがんが映し出されたのだ。セカンド・オピニオンを求めた医師の助言で九州がんセンターに転院した。がん発見のざわめきのなか、高血圧は自他ともに関心外に去ってしまい、いつのまにか正常値に落ち着いていた。

手術直前の採血で、こんどは白血球が急減少していることがわかった。免疫の低下で合併症を心配した主治医は手術の延期を告げた。私は一時帰宅し、酒を飲みながら、連夜、テレビアニメ「あしたのジョー」をみた。四十年前の人気漫画で、アニメも当時のものだった。青春をボクシングに燃焼した若者が最後に世界チャンピオンと戦って敗れ、「燃え尽きた」とつぶやいてコーナーにうずくまったまま動かないラストシーンが、私を四十年前に引き戻した。私はテレビの前でいっとき、がんの憂さを忘れた。

十日後の手術中にまたしてもアクシデントに見舞われる。胃のリンパ節を切除する際、膵臓に傷がつき、そこから消化酵素がもれる恐れが生じたのである。もれ出た膵液がそばの大腸をとかし、老廃物を腹部に拡散させる危険があった。一時的に人工肛門をつけることも検討されたが、脇腹から管をつないで一カ月かけて傷口を念入りに洗い、ことなきを得た。

三カ月のあいだ、私は肉体という闇から奇襲をかけてくるゲリラとの消耗戦に明け暮れた。不安は胸の底に澱《おり》のようにたまっていたが、憾《うら》みはなかった。思えば、私の人生にもたらされた数々の僥倖も、私の意思や作為のあずかり知らないどこかからやってきたものだったし、こちらのほうがはるかに多かったはずである。安穏に生きてこられた私の歳月がそのあかしと言っていい。

ともあれ、命の難所を越えるたびに新しい関門が待ちかまえているというあんばいだったが、外科病棟も私の身体上のあいつぐ異変と似寄りのあわただしさだった。入室者は日を置かず手術室に運ばれ、ベッドはすぐに新しい患者で埋まった。互いの病状報告と情報交換に忙しい旧知の病院仲間たち。病室から携帯電話で仕事の指示を出している年配者。早朝の、だれもいない患者用食堂で書類を広げ、パソコンに向かう若い患者……。私たちはこの世の生をただ疾風怒濤のごとく駆け抜け、端座して省みることとまれになった。

点滴がとれ、三週間ぶりに屋外の空気にふれたときの気分は格別だった。庭のアジサイがみずみずしさを増している。六月の花々が蝶を呼び、ミミズをくわえてカラスが空に舞い上がる。足元を見るとアリが昆虫の死骸をみこしのようにかつぎ、どこかへ運んでいく。はつらつとした生命の営みが、過敏になっている術後の心身を刺戟してやまないのである。

福岡市の南のはずれにあり、広大な敷地に建つがんセンターの前身は陸軍病院を引き継いだ国立筑紫病院だそうだ。戦後、病身の引揚者や復員兵を収容し、故郷へ送り返す中継地の役割を担ったが、ここで没する人も多かったという。大きな戦争があり、経済復興があった。バブルと、その崩壊が続いた。人は生きかわり死にかわりし、いかなるめぐりあわせか、二〇〇七年夏、茫洋とがん病棟の庭にたたずむ私がいる。

二人に一人ががんになり、三人に一人ががんで死ぬ時代である。私ががんを病むことに何の不思議もない。不思議はないけれど、今回の入院を単にありがちな出来事としてではなく、多少とも意味あることとして受け止めたいと願っているのは理由のないことではない。

新聞社を定年でやめる前の二年間、がんを患った人たち、とりわけ末期と告げられ、死の不安と直面した人たちがどんな葛藤を抱え、どう処そうとしているかを探る記事を連載したことがある。生あるものはいつか死ぬ。私たちの中で輪郭がぼやけてしまったかにみえる、この常識への揺るぎない認識から生まれてくる生命の力を彼らの中に再発見したいと思ったからだ。

そして連載中に思いがけずある国立大学から声がかかり、大学がその年の秋から計画していた生命倫理をめぐる連続講座のひとコマを引き受けることになった。むろん私に、生命倫理という比較的新しいこの学問に素養があるわけはなく、講義内容はそのときの取材体験が中心になっている。

このような経緯があったうえでの今回の入院である。妙な言い方になるが、記者生活をしめくくる仕事になった連載記事、それに続く大学での講義とひとつながりの、いわば三点セットとしての仕上げを、私自身のがん体験が補完してくれたわけである。これもめぐりあわせであろうか。

思い出の中に、取材に応じてくれた人たちの顔が新たな精彩を帯びてよみがえってくる。

中学校養護教諭のYさん。教え子とホスピスを訪ねたり、身障者に教壇に立ってもらったりと、独特の「いのちの授業」を続けた。乳がん発症がきっかけだった。発病が彼女の背中を押し、いのちの授業という未知の扉の前に立たせることになった。快活で、涙もろく、猪突猛進型の彼女が「死を想うことで生きる時間の質が変わった。子どもたちにそのことを伝えたい」と静かに語ったときの表情を私は忘れることができない。

画家のSさん。がんが脳転移した冬の一日、アトリエで大きなカンバスに青と茶の絵具を塗り重ねていた姿が油然と浮かんでくる。還るべき母なる海と大地。Sさんが獲得したヴィジョンだった。半年後、本人不在の個展に展示された未完のこの作品に、次のような覚書が添えられていた。「老いと死のみが待つ方向にエネルギーを注ぎ、必然的にやってくるものを受け取る。そんな時間の流れの中に身を置きながら、現在の生を実感したい」。

取材時、Yさんは四十二歳。おととし再発した。再手術と化学療法で体力が落ち、この三月退職したと、しかし持ちまえの闊達な声で連絡があった。Sさんは享年五十六。がん発見から四年間、カンバスに向かって完全燃焼した日々だったと思う。未完の大作はその燃え殻であった。

取材で会った人たちはほとんどが働き盛りの三十代から五十代だった。いうまでもなく、現世の無常迅速を生きるのは病者に限ったことではない。しかし、人は病者の上に不運の星を見るだけで、だれひとり免れることのできない生老病死という自然の摂理を見ようとはしない。

病院の庭のベンチに腰かけ、YさんやSさんの追憶にふけり、ふと『徒然草』の一節を思った。入院時、何冊かバッグに入れてきた中にたまたまこの随筆集があり、さっそく開いてみる。無類の人間観察に満ちた各段の中でも、私はこの書の骨格をなす、人の生き死にを凝視した文章にひかれる。その一つ、「世に従はん人は、先づ、機嫌を知るべし」に始まる段の後半である。

春暮れて後、夏になり、夏果てて、秋の来るにはあらず。春はやがて夏の気を催し、夏より既に秋は通ひ、秋は即ち寒くなり……

人間の一生も同じことで、生の果てた後に死が来るのではない。死はすでに生のうちにはらまれ、虎視眈々と出番をうかがっているのだと兼好は言う。そして、まだしも四季の推移には順序というものがあるが、死は不意を突いて姿をあらわす、と筆は一気に核心に入っていく。

……死は前よりしも来たらず、かねて後に迫れり。人皆死ある事を知りて、待つことしかも急ならざるに、覚えずして来る。沖の干潟遥かなれども、磯より潮の満つるが如し。

大学から秋の講義日程が送られてきた。私は、前回の講義ノートに変更を加えるべき何ごとかを闘病から学んだであろうか。「磯から満ちてきた潮」は、私をあわてさせ、混乱させただけではなかったか。がんを病むという外見上の偶然を、内面的な必然に転化させたYさんやSさんのパワーはどこからやってきたか。この世の無常迅速への深い覚醒からだと思う。

月

月天心貧しき町を通りけり　　蕪村

四十年ぶりに月探査ブームだそうだ。一九六九年、アメリカの宇宙船アポロ11号が月面着陸に成功して以来のことだ。今回は日本が先陣を切った。去年の秋に打ち上げられ、現在月の軌道を回っている「かぐや」である。アポロ計画以後、最大規模のものという。追うように中国も探査機を月に送った。アメリカとインドが続き、欧州やロシアも意気込んでいる。宇宙は懐メロ大競演である。

来し方六十三年は往事茫々の感ばかりが深い。しかし、「一九六九年」は、私には特別な年としてくっきりした輪郭をもっている。

ベトナム戦争がいよいよ深みにはまり、機動隊が介入した新宿駅広場の反戦フォークソング大集会は流血の騒ぎになった。日大、東大闘争を両極に各地で反体制の大学紛争が火を噴いた。私の母校でも授業料値上げ問題で学生と機動隊が衝突し、内ゲバも繰り返された。

私はノンポリのぐうたら学生だった。物情騒然とした世相に背を向け、新宿で高倉健の任侠映画や、この年にシリーズ第一作が登場した「男はつらいよ」など、映画館をはしごしていた。それやこれやの中心に台風の目のようにアポロと月がある。私の中の記憶の構図である。

その年、私は新聞社を受験した。試験科目の一つに小論文があり、試しにテーマを設定し、いくつか書いてみた。その一つが「月」。人類が宇宙から地球を眺め、世界を相対化する視点を得たことで、民族や体制を超えて平和への足がかりをつかむことができる云々。紋切り型にはいま思い出しても顔が赤くなる。

たしか折口信夫だったと思うが、大昔から日本人は月に神様を感じてきた、と述べていた。月見の行事は、お月様を迎えるお祭りで、ススキを立てるのは、天から降りてくる神様のための目じるしだというのである。私たちの遠い祖先が意識というものを獲得して以来、この世の因果を想うことと、天空を見上げることは対になっていたのではないか。天地の間に置かれたおのれのいのちの不思議をだれに、どう問うたらいいのか。月や星々こそが最初で最良の聴き手ではなかったか。

そして、月の満ち欠けの観察から暦が生まれ、月が影響する潮の満ち引きは、人の死と誕生のリズムにもかかわっていると知る。天文学が最古の学問であり、現代でもアマチュア人口が最も多い科学であるのには、おそらく共通の根がある。『竹取物語』は、そんな月との対話の日本版ではないだろうか。竹から生まれたかぐや姫が、貴公子たちや、ときめく帝（天皇）からも求愛されるが、すべて退けて故郷の月に帰っていく。日本人ならだれもが知っているファンタジーだ。

この古典は月を介した生と死の物語である。かぐや姫は「死の国」からの使者である。貴公子はおろか、最大の富と権勢を誇る帝の求愛すら寄せつけぬ振る舞いは、端的に、幽明境を異にする世界の断絶を表している。

美しく成長したかぐや姫はある日、自分を育ててくれた竹取の翁に告げる。自分の故郷は月の都で、次の満月の夜には天から迎えが来る。かの国は素晴らしいところで、だれもが年をとらず、悩みごともない世界である。しかし、育ての親である翁夫婦に恩返しもせず去って行くのは悲しい、と。

告白から天人が迎えに来るまで、さんざん翁夫婦と涙にくれた後、かぐや姫の態度が豹変する。別れる間際、天人がかぐや姫に天の羽衣を着せたとたん、能面のような表情になり、さっさと迎えの車に乗ってしまうのだ。月の住人に戻ったかぐや姫はもう翁をあわれとも、かわいそうだとも思わない。悩みごとのない世界に帰ったからである。

富も名声も権力も、つまりは地上の価値のことごとくが「死」の前に無力をさらけ出す。そして、情愛という人間的な、究極のものさえが救いようもなく置き去りにされてしまう。結末にただよう荒涼感は、月の光に青々と照らし出されたこの世の無常、寂寥の前に、読者を立たせる。夜空に皓々と照る月に、古人は聖性を感受する一方で、死のイメージを重ねていたのである。

かぐや姫の月への「帰還」から一千年を経て、アポロ11号が初めてとらえた月の素顔はやはり、「死の世界」だった。水も空気もなく、穴ぼこだらけの岩盤の地表は一木一草も生える余地のない沈黙の世界だった。

「何用あって月世界へ?――月はながめるものである」(『毒言独語』)。アポロで沸いたあのとき、「人類初の快挙」に水をぶっかけたのは山本夏彦である。寸鉄の評言に私は思わずひざを打った。冒頭で触れた、就職試験の練習で書いた作文「月」への違和感の正体を教えてくれたと思った。

アポロ計画の後、急速に月ブームはしぼみ、宇宙でも覇を競っていた米ソが撤退を表明する。「月より地球が大事」というのが理由の一つだったと記憶する。で、その大事な地球をめぐる事態はどう推移したか。環境汚染も、地域、民族間紛争も拡大、激化する一方で、この惑星はいまやぼろぼろである。

またぞろ月ブームだが、目的は国によっていろいろらしい。報道によると、「月の成り立ちから地球の起源を探る」から「月の土壌中の資源探査」「宇宙ビジネス」「有人基地の建設」などだ。ホンネは経済的な打算にあるに決まっている。軍事利用への思惑など、公然の秘密といっていい。「何用あって月世界へ?」。夏彦翁が存命なら同じ言葉を、さらに声を大にして繰り返したに違いない。

アポロ11号の月面着陸後、幸田文は「月の塵」というエッセイを書いている。

文中、「市なかはものゝにおひや夏の月」という凡兆の句と、父露伴のざれうた「蛤の汁ほどうるむ春の夜の、空に真珠とでたおぼろ月」が引かれる。二つの歌から立ち昇る暮しのにおいを抱きしめるようにして、月に託した思い出を二つ、つづっている。

三十歳を過ぎたころの十三夜、幼い娘と二人だけでお月見をしていると、三軒先に住む父露伴が訪ねて来る。孫とたわいもない会話の合間に、「人をいとうも人を恋うも、なん年つづくものかねえ」とつぶやく。夫を「あきたりなく思って、うつうつと我慢の日々を暮していた」文は、父が何を言い出すか、身構えたが、すぐ孫との会話に戻りホッとする。「のちの月見というのは情趣がふかくていいものだ」と文は書いている。

こちらは、うっかりして三人の客にメチルを飲ませた話だ。メチル酒に、よくて失明、命さえ奪いかねない危険があったころの失敗譚である。申し訳なさで身も世もなく、夜の田んぼをふらつき歩く空に「鎌の形をして、ドギドギと光」る冬の月があった。三月はじめのことだったが、「……胸が凍っていれば三月の月も、真冬の月として身にしみる。私の知ったうちで、いちばん鋭い月だ」。

アポロが行こうと、かぐやが飛ぼうと、私たちのこころの深奥と月をつなぐ縁の糸がたやすく切れるはずもないのである。

月には、親の代、そのまた親の、ずっとずっと前の代から、いろんな事柄を埋めてきたようだ。アポロは記念板を置いてきたというけれど、それは今日のはなし、私たちは昔々から、あそこへさまざまな無形の記念をうめている。たぶんそれらは古びて、塵になって積っているのだろう――いくとせ散らぬという月の塵に。

だから、アポロだといっても、そう急にかえた思いかたはできないのである。

忘却の河

戦場で斃《たお》れた勇士エルの死体は十日間も腐らずにいたため、生家に送り返される。二日後、いよいよ火葬ということになり、組み上げたまきの上に横たえられていたとき、息を吹き返す。生き返ったエルはあの世で見てきたことをまわりの人に語って聞かせるのだ。プラトンの『国家』（藤沢令夫訳）は、ソクラテスが語る「エルの物語」で閉じられる。悲惨で滑稽な魂の彷徨、果てしのない人生選択の物語である。

死んで肉体を離れたエルの魂は霊気に満ちた不思議な場所にいた。天に二つの穴が口を開き、足元には地下に通じる穴がやはり二つうがたれていた。天地のあいだに裁判官がいて、集まってくる魂たちの生前の所業に判決を下したあと、上下それぞれの穴に送りこんでいた。入れ代わりに天地のもう一つの通路から別の魂たちが次々に吐きだされてくる。

長い旅路から戻った彼らは三々五々たむろして、天上の喜ばしい体験や、苦しかった地下での試練をこもごも語りあうが、やがて召集がかかる。いまひとたびの地上の生を生きるためだ。運命の女神の前に引きだされ、神官からくじを渡されてから、あらゆるタイプの生涯のサンプルを見せられる。次の生の選択にあたって神官はおごそかに告げる。責任はお前たち、選ぶ側にある。神にはない、と。

結果はどうであったか。エルによると、その光景は惨たんたるものだった。多くの魂が、前世の貧寒な生涯のほかに選択の目安となるものを持っていなかったからだ。一番目のくじに当たった者は、欲深さと短慮から強大な独裁者を選んだ。だが、独裁者の人生にはわが子の肉を食らうなど、数々のわざわいが運命として埋め込まれていることに思いが至らず、のちのち選択を悔やんだがあとの祭り、周囲に当たり散らすのであった。

この男は天上の旅から戻ってきた者の一人だった。このタイプはおおむね前世において平穏な社会秩序に恵まれ波乱のない生涯を送ったため、それなりの徳を身につけてはいた。しかしそれは、生の苦悩と熟慮のなかから自力で学んだ徳ではなかったため、きたるべき善き生を選びとる力になり得なかったのだ。逆に地下から戻ってきた者たちの多くは、さまざまな苦しみにあい、他人の苦悩も見てきたので選択に際し、わかりやすい目先の指標に飛びつくようなことはしなかった。最後のくじを引いたギリシャ神話の英雄オデュッセウスの魂は、熟慮の末に一私人の生涯を選んだ。前世の苦労が身にしみて、名声や野心の誘惑に嫌気がさしていた彼はだれからも顧みられずに放置されていた、平凡だが平安な生涯のサンプルを見つけたのである。

エルが見たのはじつに多様な転生の光景であった。前世のささいな体験へのこだわりが、どれほど多くの魂を安直な選択に走らせるか。人間を厭い、白鳥の、夜鶯の、ライオンの、サルの生涯を選ぶ者もいた。反対に人間の生を望む動物も数知れず……。

さて、エルの見聞談は最終章を迎える。来世の生を選び終えた魂たちは一団となって灼熱の「忘却の野」を過ぎ、「忘却の河」にいたる。彼らはこの河の水を決められただけ飲まねばならず、飲んだとたん何もかも忘れてしまう。しばらくして雷鳴がとどろき、全員が四方八方に運び去られた。エル本人はこの世あの世での魂のありようを人々に告知する語り部として、忘れ水を飲むことを禁じられていたので、気がつくと火葬場のまきの上で不意に目を覚ましたというしだいであった。

忘却という一時しのぎの安楽の繰り返し。そして、果てしもない魂の混合と輪廻転生のかたちをとって語られる「エルの物語」は神話であり、真話である。いわくいいがたい生について何ごとかを暗示しようとすれば、神話という話法でしか語れないのは古今東西に共通する。

「エルの物語」の変形、あるいは現代版として、ひところ話題になった臨死体験を連想する。日本では、死者が三途の川を渡る直前に蘇生するという体験談で、それには共通する内容も多い。その一つは死者の魂が肉体を離脱、天井から自分の死体と見守る医師や親族を見ているというもの。トンネルのような通路を抜けるときれいな花畑のようなところに出、そこは光に包まれていたというもの。あちらの世界で生前親しかった死者たちが出迎えてくれたというものなどだ。

米国の精神科医キューブラー・ロスらによる、多数の臨死体験者からの聞き取りで世界的に注目を集めた死後世界の探求だが、私はといえば、そういうこともあるかもしれないと思う程度で、さほどの関心はない。そうした体験がないこともあるが、それ以前に、いまここに在ることの不思議を思うことの方が先だと思うからだ。臨死体験そのものを疑うのではない。日々繰り返している「臨生」体験の惰性がこの世の生を、謎も不思議もない自明のものとしていないか、そちらを疑うのである。

精神医学用語に見当識障害というのがあるそうだ。精神や意識の正常性が疑われる人が、自分の置かれた状況（見当識）を正確に把握できているかを知るための問診で、異常ありと判定された場合をいう。「あなたはだれですか」、「きょうは何年の何月何日ですか」、「ここはどこですか」。こうした質問に対する応答の正解度から障害の有無やレベルを診断するという。話は飛躍するかもしれないが、じつは私たちは本質的に「見当識障害」の中にあるのではないか。突きつめてみれば、自分の名前も、肩書も世間的な約束ごととしてあるだけで、いわばレッテルである。それがなければ社会が成りたっていかないからだ。

しかし、いったんそれらのレッテルを取り払って、根源的に自分を問うてみると、どういうことになるか。私はどこからきたのか、どこへ向かっているのか、それがまずわからない。そうであれば、いまいるここがどこなのか、いまはいつなのか、自分がだれなのか、かいもく見当がつかないのである。私は宇宙的スケールで見当識障害とともにあるということになる。エルが語る多くの魂たちもまた、見当識障害という病魔に侵されている。前世のごく狭い体験に閉じ込められ、その密室内をさまよい続けているからである。

しかし、エルの臨死体験と現代風の臨死体験は似て非なるものだ。外国の事情は知らないが、日本の場合、臨死体験を語る人の多くが、死が怖くなくなったと、死後を明るく展望することが多いように見受けられる。ここには、「神秘」が自分にだけ開示されたと無邪気によろこぶ幼さが感じられる。仮に来世というものがあるとして、眼前の修羅の世相や、心の深部で蠢《うごめ》くものを瞥見《べっけん》するだけで、すんなりとあの世とのあいだに幸福の橋がかけられるとも思えないからだ。同じあやまちの反復と連鎖から容易に脱け出せない魂たちの悲惨と滑稽を語ったエルの世界の方に、この世のありようと重ねてリアリティーの強度を感じるのである。

エルは神秘体験を語ったのではない。ソクラテスはこの話を語り終えるにあたって、聴き手の若者に「物語は救われたのであり、滅びはしなかったのだ」と言う。訳者の藤沢令夫氏は「『物語は滅び去った』とは、物語の架空性を言う定型的な結びの言葉であるが、プラトンは、自分の物語は真実を告げるものであるという意味で、逆に『物語は救われた』と結ぶ」と言っている。

物語は救われた。そして、ソクラテスは対話を次のように締めくくる。

もしわれわれがこの物語を信じるならば、それはまた、われわれを救うことになるだろう。そしてわれわれは、〈忘却の河〉をつつがなく渡って、魂を汚さずにすむことだろう。しかしまた、もしわれわれが、ぼくの言うところに従って、魂は不死なるものであり、ありとあらゆる悪をも善をも堪えうるものであることを信じるならば、われわれはつねに向上の道をはずれることなく、あらゆる努力をつくして正義と思慮とにいそしむようになるだろう。そうすることによって、（中略）われわれは自分自身とも神々とも、親しい友であることができるだろう。そしてこの世においても、われわれが物語ったかの千年の旅路においても、われわれは幸せであることができるだろう。

聴く力

がん患者の終末期医療に道をつけた一人、故河野博臣医師の著書に印象深いエピソードが語られていた。読んだのはかなり以前のことで、本の題名は忘れてしまったが、エピソードのもつ、あるぬくもりはいまもこころに残っている。大要、こんな話であった。

まだ十代の看護学生が教師から、胃がんで死にかけているおばあさんを看護するように言われた。病室にひとり残された彼女は、背中を丸めて苦しそうにしているおばあさんに何をしてあげたらいいかわからず、ベッドのそばにじっと立っていた。しばらくしてふっと気づくと、彼女はおばあさんの背中やおなかをさすっていたというのだ。

繰り返しているうち、だれともほとんど口をきかなかったおばあさんが、自分のことを少しずつ語り始めた。夫と死に別れ、息子とは長年会ってなく、友人もいないこと……。看護学生はひたすら耳を傾け、「お寂しいですね」とか、「それはよかったですね」とか、しかしこころから共感して相づちをうち続けた。おばあさんは笑うようになり、やがて安らかに死んでいったという。

「ファイナルステージを考える会」というボランティアグループの人たちと話していて、この看護学生の話を思い出した。親身に他人の語りを聴くことはむずかしいという話になったときのこと。

福岡市で末期がん患者とその家族を支援しているこのグループは、「傾聴」を活動の中心の一つに置いている。孤独や不安で落ち込んでいる患者の話をじっと聴き、彼らが自分の内部を模索し、聴き手に向けて自分の言葉をつむぎながら、考えを整理する手助けをするのである。傾聴は精神医療のカウンセリングの一部門だが、医療者とは別の立場から、ボランティアの人たちによってターミナルケアに応用されてきたという。

相手の言葉に寄り添いつつ、しかも的確な言葉の介助でその人のこころを開いていく、かのソクラテスが産婆術と呼んだ問答法を思い起こさせるが、実際にやってみると、ずいぶん骨の折れる作業らしい。「考える会」世話人の岩崎瑞枝さんによれば、傾聴にいたるまでの段取りの苦労は置くとして、患者や家族と向き合ってもその語る言葉を聴きとおすことは易しくはない。途中で、つい助言してみたり、相手の話をさえぎる結果になってしまったりするそうだ。

そこで岩崎さんと、「考える会」の発起人の一人で東洋医学にもくわしい清水大一郎医師は、鍼灸のつぼや経絡を取り入れたハウトケアという独自のマッサージ法を考案した。ハウトはドイツ語で皮膚という意味で、手をマッサージしながら相手の心の壁を取り払っていこうという試みだ。ハウトケアをとっかかりにした二段構えの手法である。話してもらうこと、そしてそれをしっかり受けとめることは、ことほどさようにむずかしい。

新聞記者をしていたころ、がんに関する取材で、ある外科医からこんな話を聞いた。緩和ケアに熱心で、「アフター5」の異名のあるその医師は勤務時間が終わる午後五時を過ぎると、がん患者の病室を回るのを日課にしていた。とりわけ死期が迫った患者の話をていねいに聴くのである。例えばこんな会話が交わされる。

医師「具合はいかがですか」
患者「からだがきついんですよ」
医師「きついのですね」
患者「もうじき死にそうな気がするんです」
医師「そうですか、もうじき死にそうな気がするんですね」

こんなとき、医療者としてはアドバイスしたり、点滴の一つも、と考えがちだが、彼は患者の言葉を反復して、そのまま返すだけだ。それは、あなたの言ったことを確かに受けとめましたよ、というメッセージでもある。

社会生活や人間関係の中で、われわれは「聴く」という行為をあまりにおざなりにしてきたのではないか。新しい哲学の構築とからめてそう問うのは哲学者の鷲田清一さんだ。

わたしは、哲学を〈臨床〉という社会のベッドサイドに置いてみて、そのことで哲学の、この時代、この社会における《試み》としての可能性を探ってみたいとおもうのだが、そのときに、哲学がこれまで必死になって試みてきたような「語る」――世界のことわりを探る、言を分ける、分析する――ではなく、むしろ「聴く」ことをこととするような哲学のあり方というものが、ほのかに見えてくるのではないかとおもっている。

（『「聴く」ことの力―臨床哲学試論』）

そして、寺山修司の言葉を引いて次のように述べる。

わたしたちがいま失いかけているのは「話しあい」などではなくて「黙りあい」なのではないか。

（前掲書）

「黙りあい」とは言い得て妙だ。私たちは「語る」ことに熱中しすぎた。自己表現が大事とされ、弁論大会やスピーチコンテスト、話し方教室の隆盛……それはいまや、内実をともなった自己表現の域から大きく逸脱して、「聞く耳持たぬ」風潮として現れてもいる。「聴く」ことは単なる受身の行為ではない。鷲田さんは、相手を受容しようとする、むしろ困難かつ積極的な姿勢の中に、新しい社会関係の可能性を見るのだ。

トルストイの『イワン・イリッチの死』（米川正夫訳）は、無学の一農夫の巧まざる「傾聴力」が、一人の人間を土壇場で再生させる物語である。

イワン・イリッチは有能だが、世俗にどっぷりつかった生活を送ってきた。世間的には申し分のないその成功者が死の床に伏して初めて、わが身の寄る辺なさを知る。妻がイワンを看病するのは自己満足のためであり、見舞いに来る同僚たちは、間もなく空席となる彼の地位をめぐる人事への関心で気もそぞろ。死の恐怖に打ちのめされた、ひん死の病人のまわりを、きのうに続く日常がのんべんだらりと流れてゆく。

イワン・イリッチは人生をやりなおしたいと切望する。子どもみたいに人に甘え、泣きたかった。人からも慰められ、泣いてもらいたかった。なのに同僚が来ると、急にいかめしい顔で、大きな裁判の判決の意義について自説をぶったりする羽目になってしまう。イワン・イリッチを取り囲んでいる世間のおきては、いまわのきわになっても、彼を解放してくれないのだ。

救いは、武骨な農夫ゲラーシムから突然やってくる。ゲラーシムは「骨折るのは当たり前じゃございませんか。なにしろ旦那はご病気なんですからね」とか、「人間はみんな死ぬもんですからね。骨折るなあ当たり前でがすよ」などと、控え目に合の手を入れるだけで、てきぱきと排便の不始末の処理などしてくれるのだ。イワン・イリッチはこの下男と接するうちに百八十度の転回を遂げる。これまでの生活は間違っていた、虚偽だった、と。煩悶と死の恐怖が彼の中から出てゆき、光が差しこんでくる。

ゲラーシムの自然体は、主人の内なる声を全身で受けとめ、聴きとっている。そしてイワン・イリッチは自分の声が、下男にだけは深く届いていることを確信する。それが最期に逆転劇を生むのである。人は生きたように死ぬという。冒頭の胃がんのおばあさんも、イワン・イリッチも、少女に近いあの看護学生やゲラーシムが目の前に現れなければ、どのような終焉を迎えたであろうか。目の前に現れたのが聴く人ではなく、語る人、説得する人であったなら、どうだったか。

「〈臨床〉という社会のベッドサイド」と鷲田さんは表現する。臨床とは、出会うものすべてが個別の顔をもち、したがって初めてのことだらけ、つまり一期一会。統計にも、マニュアルにも還元できないものとして、ターミナルケアだけでなく、騒々しいこの時代の社会生活と人間関係の中に、「聴く」という行為を置いてみる。それは困難な道かもしれないが、希望につながる道だと思う。

新しい人

脳死は人の死か。臓器移植法の成立から十二年、いぜん本質的な意味で決着をみていないこの問題が再び表舞台に登場してきた。法の見直しで、臓器提供のハードルを低くする案など議員立法による四つの改正案の国会審議が終わり、この稿が出るころには一つの方向が出ているはずである。ドナー

（臓器提供者）不足という国内事情と、その分を海外移植に頼りがちな日本人を念頭に世界保健機構（WHO）が、自国外での移植の規制に動き出したことが、今回の見直しの背景にあるようだ。

臓器移植問題に関してはいささかの感慨なしとしない。法案が国会で可決される前の一九九七年春のこと。新聞記者だった私は、臓器移植のためだけに脳死を人の死とする新たな死の基準を設けることへの疑問から数回にわたる特集記事を企画した。

日本人にとって社会通念としての死の基準は昔もいまも心臓死である。三徴候死と呼ばれ、心拍の停止、呼吸の停止、瞳孔の散大、この三つの同時確認をもって死とみなすという約束ごとだ。ところが、より新鮮な臓器を得るために、三徴候死にいたる前の、脳の機能が停止した時点で、本人があらかじめ臓器提供の意思を表明している場合に限り、脳死を人の死と認めるという死の定義の追加が論議の対象になっていた。

多くの専門家に話を聴く中で、私の疑問はさらにふくらんでいった。ことに世界的な免疫学者多田富雄博士の異種動物間の移植実験の話は刺激的だった。その後、氏が重い脳梗塞に見舞われ、文字通り「病牀六尺」の生活を強いられながら、強い意志力で新境地をひらき続けていることも、この問題に関する感慨を新たにしているゆえんだが、それについてはあとで述べる。

氏はフランスの生物学者の動物実験を引き合いにこんな話をしてくれた。

ウズラの脳の元になる細胞の一部をニワトリの胚（受精卵）に移植するとどうなるか。ヒヨコはウズラの脳を持って生まれ、ウズラと同じ行動様式をとる。ところが、この合成動物はわずか十数日で死んでしまう。ウズラ由来の脳が異物としてニワトリの免疫系に拒絶され、脳機能障害に陥ったからである。「自己」そのものと考えられ、個体の行動をつかさどる「生命の座」として西欧近代医学が最大の拠り所としてきた脳が、もう一つの「自己」である免疫系にいとも簡単に排除されたのである。身体という生命が全体性＝自己同一性を主張し、部品化に抵抗しているのだと氏は言い、臓器移植の不自然さに言及するのだった。

また、死をどう見、どう扱うかは、国や民族の伝統、文化の問題に属する。キリスト教の霊肉二元論やデカルト以来の心身二元論の伝統下、霊魂が脱け出したあとの死体を単なる物体としかみない西欧と異なり、孔子に倣《なら》って、「身体髪膚《はっぷ》之を父母に受く」の日本人の心性は、身と心を一体のものとみる。

だからであろう、法施行から二年後の一九九九年に行われた最初の脳死移植以降、国内で脳死者からの移植は八十一例と、欧米諸国と比較を絶して少ない。黒船から昨今のグローバリゼーションまで百五十年余、あらゆる領域で、進んで自らを欧米色に染め上げてきたこの国が、同じ欧米発の脳死・臓器移植に対してだけはこの応接である。固有の文化や伝統にひそむ「免疫系」の力を思う。

多田氏は脳死・臓器移植を頭から否定しているわけではない。議論が医学的、法律的な技術論に終始、とくに医療の側の主張ばかりが先行し、脳死という新しい死をどう受け容れるかという日本人の死生観や文化の問題がまったく省みられていないことに異議を唱えるのである。新作能の書き手でもある氏はそれを、「無明の井」という能の脚本に書きおろし、脳死者の側から光を当てている。海難事故でひん死（脳死）の漁夫の心臓が重い心臓病の女に移し替えられ、漁夫は「我は、生き人か、死に人か」と生死のあわいを空しくさまよった末に闇の底に沈んでいくという筋書きである。

一級の科学者にして新作能の作者、鼓の名手、すぐれたエッセイスト。新しい世界にチャレンジするために自分は恥を忍んで蛮勇をふるってきた、と氏はどこかで告白していた。専門の免疫学という正面から、能や鼓というからめ手から、生命というシステムの不思議、人の生死の謎に迫ろうとするこの碩学にインタビューできたことは、記者冥利に尽きることであった。

その上、この取材には私個人に、あるおまけまでついてきたのである。慣れない分野の取材だけに間違ってはいけないと思い、記事にまとめた後、氏に電話し、聞いてもらった、読み終わると電話の向こうから「二カ所だけ……」と穏やかな声が伝わってきた。一瞬ドキッとしたが、しかし記事の内容に関してではなかった。なんと、助詞の使い方、つまり「てにをは」についてのアドバイスだったのである。なるほど、指摘どおり一、二文字を変えるだけで二つのセンテンスが引き締まるのである。氏は名デスクでもあった。

脳梗塞で倒れたのは、その四年後の二〇〇一年の春のことだ。死線をさまよい、生還したものの、右半身が麻痺、声を失い、食べ物を飲み下せない……。自らを、一夜にして虫になるカフカの『変身』になぞらえ、絶望と自殺の誘惑のはざまで揺れながら、ある日、転回の一歩を踏み出す。入院後、左手指一本で始めたワープロで書きつづり、小林秀雄賞を受賞した『寡黙なる巨人』によると――。

しかしある日のこと、麻痺していた右足の親指が、ぴくりと動いた。(中略)

自分の中で何かが生まれている感じだ。それはあまりに不確かで頼りなかったが、希望の曖昧な形が現れてきたような気がした。とにかく何かが出現しようとしていた。

突然ひらめいたことがあった。手足の麻痺は脳の神経細胞の死によるもので、二度と元には戻らない。機能が回復するとしたら、元の神経が再生するのではなく、新しく創り出されるのだ、と。自分の足でもう一度歩きたいという願いを、はるかな昔、猿人が直立二足歩行に移行した人類史の大転換点と重ね合わせるようにして思い描くのだ。そして、麻痺した右足の親指をぴくりと動かした何者かを、「寡黙なる巨人」と名づけ、大江健三郎の小説の題名を借りて、「新しいものよ、早く目覚めよ」と呼びかけるのである。

執筆量は健常時を凌駕するというから驚く。社会学者の鶴見和子、生命科学者の柳澤桂子、作家の石牟礼道子の三氏との学問、芸術、生命をめぐる往復書簡と、十作目となる新作能「花供養」の上梓。会話補助装置を使った講演。この間、前立腺がんの手術もした。「自分の運命を受け入れ、死なないのだったら、生きることに専念する」。柳澤氏との共著『露の身ながら』にある述懐である。

鶴見氏との共著『邂逅』で語られる学問と向き合う志の高さは、私にはただ見はるかす高嶺である。科学者は専門という名のタコツボから出、領域間の連関に目を向け、総合を目指せと言い、それは人間と社会を考察する人文系も同じだと言う。個体の行動様式の研究も、宇宙とのつながりまでを視野に入れてこそ、その原理を見いだせるはずである、と。「『創造』とは無から有を生ずることではない。新しい関係性の出現です」と言う氏の言葉にまったく同感する。

大きな氏の学問と強靭な精神が生まれてくる、その源泉はどこにあるのか。興味深くも門外漢の私は、だからからめ手から探ってみるほかはないのだが、あるエッセイが私にとって一つのヒントになっている。国名をミャンマーと変える前と後の二回訪れたビルマでの体験を書いた『ビルマの鳥の木』である。

滞在したホテル上階から見下ろす場所に黒々とした森があり、手前に白い木が一本立っている。早朝と夕方に決まって幾千とも知れぬ真っ黒い鳥の大群がどこからともなく集まって来、木々に鈴なりになって声明《しょうみょう》のような大合唱を響かせるのだ。森全体が一羽の巨大な黒鳥になったかのように、薄明の空を三十分ほど金属音めいた鳴き声で埋め尽くしたあと、飛び去っていく。

最貧国の一つで、医学の教科書にしか載っていないような病気がここでは珍しくもない。リウマチ熱、ポリオ、敗血症、悪性の下痢……。抗生物質もなく、大人も子どももあっけなく死んでいった。民主化運動に襲いかかる軍事独裁政権による非道の死も繰り返された。熱帯の苛烈な生の営みとともにある、無数のむきだしの死。それらを包む鳥たちの「声明」。

いつにも増して鳥の声がやかましいある夕暮、氏は白い木の下に入っていった。

一瞬のうちに、私は鳥の声に包まれた。しばらくじっとしていると、まるで火葬の火に包まれたような恐怖が私を襲った。私の全身は鳥の声に犯され、肉は喰いつくされ、骨ばかりになろうとしていた。鳥の声は冥界《めいかい》からの呼び声のように私を押し包み、ついで深い闇の彼方《かなた》に連れて行こうとするのだった。

近くにいた運転手がパンパンと手をたたくと、一斉に鳥は飛び立ち、ふっと我にかえった。霊的な体験だったと氏は書く。タブー視され、隠される死から、脳死、尊厳死、延命措置の果ての死などなど。現代文明が抱え込んだ抽象的な死と異なり、ビルマの死は「生の中に死が入り込み、死を包み込むように生命が燃えている」、そのような死であることに氏は気づく。詩人の眼だ。

科学者と詩人の幸福な結びつき。真の学問とは、このような感受性と想像力に裏打ちされたものなのだろう。そして、こうした場所からこそ、「寡黙なる巨人」が胎動し、「新しい人」が目覚めてくるに違いない。

興亡

福岡市西部にある、わが家周辺の高層住宅ラッシュがやっとひと息ついた。市外から越してきた十数年前、家々の屋根を圧してそびえ立っていた福岡タワーとデパートの屋上の看板が、高層住宅群によって視界から消されてしまったのはいつごろのことだったか。せまくなった空の下で、新築の建物を前に、さて、以前この場所には何があったのかと思案しても、チラとも思い出せないせわしなさ、はかなさである。齢を重ね、疾《と》く過ぎゆく時の中で、「ゆく河の流れは絶えずして、しかももとの水にあらず」を日々、実感する。

流れは勢いを増しながら、さらに西へと向かっているが、侵食をまぬがれた無傷の広場が、家の近くにある。元寇防塁という。いまから七百年以上前の鎌倉中期、中国を征服、元朝を開いた、チンギス・ハーンの孫フビライのモンゴル軍が博多に侵攻してきたときの名残だ。再襲来に備え、時の権力者北条時宗がつくらせた、高さ三メートル前後の石組みの防壁で、博多湾に沿って点々と連なる。

防塁跡は、近所の行きつけの理髪店と道一つはさんだ真向かいの、優に大型の集合住宅が建てられそうな広場にある。柵に囲われた敷地内の一角に、何の変哲もないスイカ大の石がゴロゴロしているだけだが、れっきとした国指定の史跡である。

理髪店の回転椅子でくつろぎながら、目の前の古戦場とつながる、はるかなモンゴル高原を想うことがある。取材で四十日間余、あの国の草原を歩いたことがある。疲労困憊の旅だった。だが、苦労を帳消しにしてくれる潤沢な経験にも恵まれた。あとにも先にも、あのときほど、奥深い天地の間にいると感じたことはなかったのである。

一九九二年夏、ユネスコのパリ本部が組織した学術調査団に混じってモンゴルに行った。チンギス・ハーンからフビライまでの十三―四世紀、ユーラシア大陸を支配したモンゴル帝国が、シルクロードを中心とした世界交易に果たした役割をさぐる試みだった。

モンゴルはソ連崩壊にともなう激動の、というより混乱のきわみにあった。人民革命党が一党独裁の放棄を宣言、国名をモンゴル人民共和国からモンゴル国へと変えたばかりだった。市場経済への移行、ロシア語のキリル文字からモンゴル文字への切り替え、ラマ教（チベット仏教）の復活……。七十年間のソ連支配と決別するための精神的なシンボルが、旧ソ連への遠慮からモンゴルで最大のタブーとなっていたチンギス・ハーンだった。

私たちは首都ウランバートルから、プロペラ機で西の首都ホブドへ飛んだ。そこからゴビ砂漠やフビライが大都（現在の北京）に都を移すまでモンゴル帝国の本拠だったカラコルムなどをへて、再び首都まで四千キロを車で走破する行程が組まれていた。

草原の夏は、物情騒然としたウランバートルとは別世界だった。四方八方、大草原のかなたに地平線がかすんでいる。空がめっぽう高い。夜ごと、自分で組み立てる一人用のテントから顔だけ出して見上げる満天の星空が、こんどは手が届きそうなほど近かった。

夏の草原にはもうひとつの顔があった。昼夜の寒暖の差が、時には夏と冬ほどの開きがあり、ヒョウが落ちてくることもあった。晴れた日の皮膚をこがす日差し。降りだしたら、延々やまない雨。日本から同行した、若いモンゴル語の通訳が体調を崩して緊急入院する事態も起きた。不測の、それもこれほど極端から極端に振れる自然を、私はそれまで知らなかった。

鬼が出るか蛇が出るか。出たとこ勝負の草原行で最初に出会ったのは、等身大の石人像だ。六—八世紀、モンゴル高原に興り、中央アジアを支配した騎馬遊牧民族、突厥《とっけつ》の名残だという。戦闘で倒れた勇者を、あるいは倒した敵を称えた像とも伝えられている。西モンゴルは遊牧民族の戦略上の拠点で、突厥を打ち負かしたウイグル、紀元前後、一大遊牧帝国を築いた匈奴《きょうど》の墓などもあった。

ただ、奇異な感じも受けた。草原に興亡した、史上に名だたるこれらの遊牧帝国を具体的に想起させるモニュメントと、まとまった形ではついぞ出合わなかったことである。たまに痕跡と出くわしても断片ばかり。遊牧民のメンタリティーによるものか、それとも広く深い草の海が、「兵《つわもの》どもが夢の跡」をことごとく飲みつくしてしまったのか。

もどかしい気持を抱えて天地の間を漂いながら、私は般若心経を思い浮かべていた。不生不滅、色即是空、空即是色。世界の質量は永劫に不変であり、寄せては返す波のように、すべてのものが空から生まれ、そこに帰っていく。そして、返してはまた波長や波形を変えて寄せてくる……。大草原を舞台にした遊牧民族の消長と般若心経の経文が、なぜか私のなかで響き合うのである。

旅が終わりに近づいたころ、ユーラシア全土に版図を広げたチンギス・ハーンが拠点とし、二代目オゴダイが宮殿を構えたカラコルム遺跡にたどりついた。果たして、ここも例外ではなかった。栄華をしのばせるものは、何も残っていない。草の海に、取り壊された宮殿の石材を使って建てたといわれる、ラマ教の寺院が漂うように立っているだけだ。

モンゴルによる征服は略奪や殺戮《さつりく》を伴いはしたが、初めて東西の文化を結び、宗教も交易も人の往来も、百花繚乱のにぎわいを見せた。モンゴルが世界史の扉を開け放ったとも言われる。そのセンターがカラコルムだった。にわかには信じ難いのだが、元朝滅亡後カラコルムは忽然と姿を消し、場所が確認されたのは約六百年後、旧ソ連の発掘団が調査に入った二十世紀なかばのことである。

そのカラコルムで興味深い一幕があった。

調査団の中国人の南京大学教授が周囲に「ペルシャ語で書かれた石碑を見つけた」と興奮気味にしゃべっている。ペルシャ人の往来を物語る貴重な史料と言い、草むらに放置されているその石碑を指さして首をかしげるのだった。「カラコルムが国際都市だったことを示す証拠の一つだ。モンゴル人は自分の先祖の活動の巨大さがわかっているのか」と。

ユネスコ文化財課のフランス人専門家も私のインタビューに対し、「世界的にも第一級のこの遺跡をもっと大切にしてほしい」と苦言を呈した。一枚の開発見取図を広げてそのわけを説明してくれた。図面には、宮殿跡を取り囲むように大規模な宅地造成計画が書き込まれていた。彼は「私は外国人だから」と遠慮しつつも、「ひとこと言っておきたい」と眉をひそめるのであった。

で、遺跡の保護について肝心のモンゴル側がどう考えているかといえば、調査に参加したモンゴル人学者でさえ、いまひとつ反応が弱いのだ。先祖や遺跡を軽んじているのではない。かつて世界帝国だった自国の歴史に対する誇りや、熱狂的なチンギス・ハーン復権のコールからも、それは明らかだった。

ゲルという組み立て式の円形住宅とわずかな家財道具を荷車に積めば、あとは燃料に使った家畜の糞の燃えかすしか残らない。そうしたなりわいをこととして、草原を移り住んできた遊牧民の歴史と伝統を思いながら、私はモニュメントに対する彼らの淡白さを想像するのみであった。

あれから十七年がたち、伝えられるところによれば、モンゴルはいまグローバル経済の奔流のなかにあるらしい。都会型の生活と職を求めて草原から流れ込む遊牧民で首都は貧困層が増え、格差が広がっているという。

一方、地下に眠ったままの莫大な鉱物資源の開発が国内総生産（ＧＤＰ）を飛躍的に伸ばし、近い将来、この国を再び世界の舞台へ押し上げるのではないかとささやかれているとも聞く。それが、玩物喪志の風潮をあおってもいるようだが、私の感傷とは関係なく、興亡の新たな局面として、モンゴル人自身の問題であることは言うまでもない。

日清、日露戦争から太平洋戦争まで、戦争に明け暮れた大日本帝国の興亡に、モンゴルが影を落としていると言えば、けげんに思われるむきもあるかもしれない。もう一度、冒頭の元寇の話に戻りたいのである。

二度にわたるモンゴル襲来は、文永・弘安の役として教科書で習った。かろうじてモンゴル軍を押し返したが、二度とも暴風が、敵の大船団に致命的な被害を与えたことが大きかったと言われている。日本は暴風を「神風」と呼んだ。以来、対外的な危機や緊張が高まるたびに流布される、神仏に加護された「神国日本」の言説は、この国の精神形成に少なからぬ影響を及ぼすことになるのである。

日本の中世観に新しい視点を導入したある高名な歴史家は、その「神風」が日本にとって後々まで「神風頼り」の悪弊を残したと述べている。日本書紀を出典とする、八紘一宇といった神がかりなスローガンを掲げてアジアで戦火を拡大し、太平洋戦争に突き進んだあげく、神風特攻隊という「神頼み」のなかで迎えた破局は、モンゴル襲来のあいまいな総括を遠く淵源の一つとするものと言ってよい。

騎馬遊牧民族と日本の関係でよく知られているものに、一九三九年、満洲国とモンゴル人民共和国の国境で、ソ連・モンゴル軍と日本軍が武力衝突したノモンハン事件や、江上波夫博士の日本国家の騎馬民族起源説がある。しかし、いま最も人口に膾炙《かいしゃ》し、しかもホットな話題はモンゴル人力士の活躍であろう。

古来相撲は、日本神道の神事でもある。モンゴル勢の大相撲制覇は、平成の元寇である。テレビで朝青龍や白鵬の雄姿を見るたびに、私ははるかなモンゴル高原を想う。フビライ・ハーンは、彼らの姿を借りて日本征服の野望を遂げたのである。むろん、これは私の妄想である。

姥捨て子殺し

新聞やテレビを見るのが憂鬱になるほど、異様な報道が続いている。常軌を逸した父母の暴力でいのちを落とす子が引きも切らない。住民登録はあるのに長年行方知れずの、生死も定かでない、大勢の老人がいるという。あるメディアは「無縁社会」と呼んだが、最後の砦ともいえる家族の間でさえ、この断絶。来るところまで来たかと思う。

以前、熊本市のカトリック系の病院が「赤ちゃんポスト」を設置したという記事に驚いた記憶がある。虐待や殺害、中絶から新生児を守るため、市の許可を得て病院の一角に扉を作り、内側に、保温された保育器を設置した。赤ちゃんが入れられると警報機が鳴り、医師による診察後、乳児院に預けられるのだ。設置から三年間で約六十人の乳幼児が預けられたという。他の病院でもこの制度を採用したら、「捨て子」はどれほどの数にのぼることか。

そして最近の幼児虐待、殺害事案のまがまがしさは、報道で知るかぎり赤ちゃんポストどころの騒ぎではない。

母子家庭の母親が五歳の娘の首を絞めて殺した事件は夏、福岡県久留米市で起きた。しつけと称して娘を水の入った洗濯機の中に長時間押し込める。ふたを閉め、スイッチを入れて回す。あげくに殺害。泣きやまないからと、生後九カ月の乳児を壁に投げつけて大けがをさせた父親（福岡）。半年間、四歳の娘に満足な食事を与えず、回復不能の意識障害に陥らせた父母（愛知）。猛暑のさなか、三歳と一歳の姉弟を、カギをかけてマンションに一カ月以上置き去りにし餓死させた、大阪の若い母親……。

新聞報道によると、全国の児童相談所が扱った、つまり表ざたになっただけで、わが子の虐待が昨年（二〇〇九年）度四万四千件。うち死亡百二十八人、生まれたその日に親から暴行を受けて死んだ子が十六人。数字に表れてこない、子らの恐怖、孤独、絶望を思うと言葉を失ってしまう。


この夏、柳田国男の『山の人生』の冒頭に出てくる、炭焼きの男が二人の子どもを斧で切り殺すエピソードを何度も読み返した。日本民俗学の創始者柳田国男が内閣法制局の参事官をしていたころに読んだ、ある裁判記録を回想したものだ。服役囚の一件書類に目を通し、特赦の可能性を探るのが彼の仕事であった。三十年あまり前のことだと言って語り始める。

西美濃（岐阜県）山中の炭焼き小屋で、五十歳前後の男が十三歳の息子と、どこからか引き取ってきた同じ年ごろの娘をいっしょに育てていた。不景気で里に下りても炭は売れず、その日も一合の米も手に入らなかった。飢え切った子の顔を見るのがつらく、小屋に入るとそのまま眠ってしまった。目を覚ますと、晩秋の夕日を浴びて二人の子が一心に父親の斧を研いでいる。研ぎ終わると「おとう、これでわしたちを殺してくれ」といって、材木を枕に仰向けになった。それを見て父親は前後不覚になり、二人の首を斧で切り落としてしまった。男は捕まり、六十近くになって特赦で世間に出てきたが、やがて行方知れずになったという。

柳田国男は「我々が空想で描いて見る世界よりも、隠れた現実の方が遥かに物深い。また我々をして考えしめる」とこの章を結んでいる。事実のみを淡々と記した、短い記述から柳田国男の万感の想いが伝わってくる。

ここには罪も罰もない。あるのは水の流れのような、二人の子のごく自然なこころの動きだ。己の死と引き換えに他のいのちを生かそうとする利他的な心情だけだ。飢餓の歴史ともいわれる人類史の中で共同体が培ってきた英知とでも呼ぶべき何か。この悲惨な子殺しのなかに、私はある豊饒を感じる。そして当節の子殺しを思う。悲惨につけ加えるものがあるとすれば、不毛の二文字だろうか。父や母のあまりに利己的な生の振る舞いから見えてくるもの、それは「他」とともにある社会の崩壊と、空恐ろしいような、「英知」の衰弱である。

高齢老人の所在不明騒動にも似たようなニュアンスが感じられる。東京で、戸籍上は生きている百十一歳の男性が自宅でミイラの姿で見つかった。それだけでも驚くが、長女と孫が、男性が三十二年前に死んだことを隠して、その口座に年金を振り込ませていたそうだ。この事件をきっかけに各地で所在不明のお年寄りの問題が噴き出した。死亡届や転居届が出されないまま放置された大勢の死亡者、不明者の存在が白日にさらされた。まやかしの長寿社会である。増え続けるホームレスはいずれ問題を再燃させるだろう。

飽食の時代と言われながら、人生の出入口が再びけわしい難所になろうとしている。その昔、胎児の「間引き」や「姥捨て」は下層社会で、共同体を維持するためのぎりぎりの知恵として働いていた。それがいま、単なる利己心や無関心の所産として、かたちを変えて再登場してきたかのようだ。先述の老人蒸発の記事を読むたびに、私は「おりん婆さん」を思った。深沢七郎が『楢山節考』で描いた、口減らしのために進んで「姥捨山」にのぼる老女のことである。

この名作は、山梨県の一地方に伝わる姥捨て伝説を材にとっている。おりん婆さんの村はヒエ、アワが主食で、食糧難から七十歳になると、楢山参りといって、村の背後にそびえるこの山で最期を迎えるのが掟なのだ。孝行息子の辰平は母親の楢山参りを一日でも延ばしたいと考えているが、おりん婆さんはその日のことばかりを思っている。妻をなくした辰平に隣村からのち添いをもらったあと、ためらう辰平を叱咤、背負われて山に入るというのが小説の筋だ。

近代的なヒューマニズムとは縁もゆかりもない世界である。悲劇ともとらえられていない。不思議なことだが、この小説は姥捨てというむごい風習をテーマにしているにもかかわらず、行間から一条の光が差してくる。光はむろん、おりん婆さんからやってくる。宗教や信仰が生まれてくる、その原初の光景を思わせさえする。『山の人生』のあの二人の子とおりん婆さんは、私の中でじんわりと溶け合う。

禍福は糾《あざな》える縄の如し。幸不幸はより合わせた縄のように表裏一体のもので、苦も楽も、生も死も、一如のものだというのである。生と死を、苦と楽をもぎ離し、極端な対立項にしてしまったところに、現代の不幸があると思う。現代人の孤独は「生」や「楽」や「己」にしがみついた結果である。

私たちはどれほど全体像を見わたす視力を低下させてきたことか。最も身近な自然であり、私たちが後生大事に思っている、自身の身体の扱いをみれば納得がいく。たとえばそれは、先端医療といわれる分野に如実である。脳死・臓器移植、遺伝子治療……。まるごと否定するつもりはないが、そこでは身体は異なる部品の集合体である。一つの部品が故障すれば、他と取り替えればよい。部品と部品の間の相互作用は視野にない。老いと死は人間的自然の最たるものだが、一極集中的な施術で時間を巻き戻そうとする、流行のアンチ・エイジング（抗加齢）もしかりだ。

そもそも、私たちの身体そのものが生と死の循環の中にある。一個の生命が誕生するのに無数の精子が死なねばならないことはだれでも知っている。受精卵が人間の姿になるまでに、これも大量の細胞死が繰り返される。私たちのからだは約六十兆個の細胞から作られているが、毎日、三千数百億個の細胞が死に、同じ数だけ新しく生まれているという。日々、いのちは死によって更新されているのである。生命活動とは、その本質において利他的なものと考えてよさそうだ。知らずして、自然界の営々とした生命潮流に棹さす、おりん婆さんと炭焼きの二人の子の行為に、こころを揺さぶられるゆえんだろうか。

柳田国男は『山の人生』でこうも述べている。「今はすでにあの偉大なる人間苦の記録も、どこかの長持の底で蝕《むし》ばみ朽ちつつあるであろう」と。私たちもまた生き死にの知恵を、記憶の長持の底で朽ちさせてしまったのかもしれない。

まなざし

世の中、笑いがなくなったなと、このごろつくづく思う。腹の底からこみあげてくる、スカッとした笑いがないのだ。先ごろ、福岡市内であったイッセー尾形の一人芝居を観に行き、最前列の席で、二時間ほど久しぶりにゲラゲラ笑ったら、少し胸のつかえがおりた。

秋の福岡公演を毎年楽しみにしているが、今回も期待にたがわず演技はさえていた。イッセー尾形の芝居のおもしろさは、ありふれた日常の光景から、ひとコマだけをくり抜いてきて十数分間の劇に仕立て、微に入り細をうがって演じ尽くすところにある。ある状況は設定されているが、ストーリーは二の次である。劇の進行とともに主人公の言動が奇矯なまでにヒートアップし、一個の人格がくっきりと浮き出てくる、そのなりゆきがじつにおかしいのだ。

主人公はおおむね俗っぽく自己中心的だが、どこか寂しい。今回も、駅で災難にあった大学教授が駅員にネチネチと、しかも居丈高にからむ姿や、店で売り物の花びんを壊したおばさんが、店員を煙に巻いてごまかそうとするドタバタには腹を抱えた。真っ暗な舞台に照明があたると、主人公の扮装をしたイッセー尾形がいる。熱演、怪演の果て、ボルテージが最高潮に達したところで再び暗転。暗やみの中で、私はつかの間の劇に凝縮された一個の人生に、主人公はこの先どうなっていくのだろうと、ふと心配になったりする。この役者の一人芝居は、それだけの密度と振幅を持っている。

取材で何度か会ったことがある。最初は一人芝居を始めて十年目の一九九一年で、それ以来、熱心なファンの一人である。過激な芸風から想像できないほど、シャイで折り目正しい人物だった。もう一つ意外だったのは芝居作りの方法である。イッセー本人の創作になる一人芝居の主人公を造形するのに、それらしい人間を観察したことはないという。あの奇妙きてれつな人物像はすべて彼のイメージから生まれてきたものだった。舞台裏を知って、観劇の楽しみが一つ増えた。そして主人公たちの生態に劣らずおもしろいのは、イッセー尾形の目には人間や世間があんなふうに見えているという、そのまなざしのおもしろさである。

主人公はいやみな人間ばかりだが、彼らに注ぐ作者の目は温かく、うるんでいる。イッセー尾形がつむぎ出す、煩悩の娑婆を右往左往する主人公が秘め持つ、他者との和解願望はせつない。

おかしみは、彼我のあいだにあるズレから生まれると言い、大学受験に失敗、東京・渋谷でビル清掃のアルバイトをしていたときの体験を話してくれたことがある。あるとき、社長に真顔で「君は人生に満足しているかね」と聞かれた。たいへん真っ当な質問だとすっかり感心した。すると社長は手のひらを突き出し、「片手で余るよ」と言った。言わんとしたのは、つき合っている女性の数だったのだ。二人のあいだのズレ、そこから生じるおかしみ。一人芝居の原点だという。

二〇一〇年の日本メディアが大きなスペースを割いた特集や出来事の中に、ことしで百年になる日本による韓国併合と、尖閣諸島をめぐる中国の動きがある。それがイッセー尾形とどんな関係があるのかと問われれば、ないと答えるしかない。関係はないけれど、私の中では二重写しになる部分があって、そのことを書いてみたいのである。それは、イッセー尾形の目に人間や社会がどう見えているか、という観点に触発されてのことだ。中国人と韓国人の目に映る日本と日本人の姿如何という、戦後日本がズルズルと引きずり、結果、きしみ続けてきた双方のあいだにあるズレである。ズレの底辺にわだかまる中国と韓国の憎しみのベクトルである。

九月、尖閣諸島沖で起きた中国漁船と日本の巡視船の衝突事件と中国人船長の逮捕、それに続く中国の高圧的な対応には正直、肝をつぶした。日本向けの産業用希少鉱物の輸出停止や中国人観光団の予約キャンセルをはじめ、次々に繰り出してくるパンチに、日本はフラフラになった。中国国内でも、五年ぶりに大規模な反日デモが各地で起きた。あのときは、当時の小泉首相が繰り返した靖国神社参拝と歴史教科書問題がきっかけだったが、今回は領土問題である。領土の帰属は国家の威信がかかっていて、やっかいなことは承知している。が、それにしても中国政府のあの強面《こわもて》ぶり、かの国に底流する日本観、日本人観を思わざるを得ない。日本が一方的に仕掛け、甚大な被害を与えた侵略戦争の後遺症である。遺恨の糸はおそらく日清戦争にまでさかのぼるであろう。

経済力でいま、世界で一人勝ちといった勢いの中国で、あれが転換点であったかと思いあたる光景が私の記憶になまなましい。一九八九年秋、取材で上海から湖南省の奥地に行ったときのことだ。省都の長沙で一泊した早朝、散歩がてら長沙駅周辺を歩き、あっけにとられた。駅舎も広場もずだ袋を抱えた人の群れでごった返している。ムンムンした熱気が尋常でない。ホテルに戻り、通訳に聞くと、広州や上海に向かっているのだとか。改革・開放政策で外資を入れ、急成長する沿岸都市へ移動中の農民たちだった。あの光景は、台頭する現在の中国と私の中で直結している。多数の死者の上に、政府がむりやり民主化運動の流れを断ち切った天安門事件から三カ月後のことだった。

尖閣騒動が起きる前、新聞、テレビがこぞって特集を組んだのは、韓国併合がことし百年というタイミングに合わせ、二つの民族の来し方行く末にスポットを当てた企画だった。植民地支配、強制連行、創氏改名、慰安婦……。こちらも「靖国」や「歴史教科書」などの折々に、怨念のマグマが噴き出してくる不穏な歴史を、日本政府の不作為で十分な和解も清算もできないでいる。

福岡市博物館でこの秋、百年の節目にちなんで在日団体が主催した「在日一〇〇年の歴史を後世に」展を見た。関東大震災下の朝鮮人虐殺やトロッコを押す炭鉱労働者、養豚集落のあばら家を背にした少女。私は、それらセピア色の写真やスケッチの背後から百年のときを超えて、日本と日本人を見つめてくる強いまなざしを感じ、息苦しい思いがした。

強く印象に残っている取材がある。一九五一年から十五年に及んだ日韓国交正常化会談を検証するため、ソウルや釜山で、当事者だった政治家、官僚、言論人などに証言を求めたことがある。その一人に当時、韓国の有力紙東亜日報の社長で、のちに金泳三政権の副総理兼統一相を務めた権五琦氏がいた。会談時の東京特派員で、新聞社の社長室で権氏が淡々と語ってくれた話は味わい深いものだった。国と国との真の友好は、政治や経済によってではなく、人々の交流によってこそ強固なものになると權氏は言い、そのころ観光、学術で民間人の相互訪問が増え続けていることに展望を見出していた。「自分の目で見ること。それが、政治家やマスコミにあおられない国民をつくる。僕は、実際に生きている人々の顔が浮かんでこない国のことを軽々に論じるな、と言うのです」

韓流ブームや日本語熱もまた、固定されたまなざしからの解放の一里塚とみたい。

イッセー尾形に話を戻す。

彼いわく、笑いのツボは万国共通である、と。十数年前からニューヨーク、ロンドン、ミュンヘンと海外にも進出している。同時通訳はつくが、果たして笑ってくれるか、心底不安だった。ニューヨークでの初公演「地下鉄」の冒頭シーンで、主人公がからだをよじり右手を上げている。満員の車内でサラリーマンが必死につり革につかまっている場面だが、パッと照明が当たるとドッと笑いが起きた。一気にリラックス、あとは笑いの連続だった。アメリカ人も日本人と同じ場面で笑っている。ロンドンでもミュンヘンでも同じことが起きた。

彼の語録に、もう一つ忘れがたい言葉がある。それは、役作りにあたって、「人を上から見ないこと」である。一人芝居を始めるとき、真っ先に決めたのがこの方針だったそうだ。笑いには神通力がある。人生の傾いたバランス・シートを瞬時に回復させる不思議な力を持っている。その笑いがいま、テレビや巷にあふれる卑小な笑いによって、おとしめられている。この世のことはよくよく見れば、おかしみに満ち満ちている。笑いのまなざしを国際関係にも、というのはむりな注文か。

垂直

立ち止まるとき垂直の遍路杖

柴田佐知子

柄にもなく瞑想なるものをやっている。四年前、胃がんの治療を機に気分を変えようと思って始めた。アーユルヴェーダ、サンスクリット語で「生命の科学」を意味する古代インドの瞑想法だ。まっすぐに心の深部に下りていき、無我の境地を得ようとするものだが、よほど私の煩悩が強いのか、いくらやっても内界のざわめきはおさまってくれないのである。

芥川龍之介に『蜘蛛の糸』という大泥棒の話がある。一本の蜘蛛の糸にすがって極楽にはい上ろうとする盗人の犍陀多《かんだた》が、われもわれもと上ってくる亡者たちを「蜘蛛の糸はおれのものだ、下りろ」と怒鳴りつけたとたん、ぷつんと糸が切れ、犍陀多は再び地獄に堕ちる。天に向かうも、内部の深海に下りて行こうとするも、心を垂直に働かせることはつくづくむずかしい。

垂直という言葉にひかれる。生活上の実利や効用とは異次元の生と触れあう心の動きを連想させるから。ましてマネーと情報が全地球規模で水平移動する時代である。あいたずさえて地の果てを目ざすグローバリゼーションはもはや現代の制度《システム》と化し、人間を見下ろしている。世俗の地平から垂直に立ち上がろうとする魂たちにとって、さても難儀なことに違いない。

祈るべき天とおもえど天の病む

四十年前の石牟礼道子さんの名句は、いまにして思えばグローバリズムを予言していた。水俣病をつくり出した人たち、その受苦の中にいる漁民、そして双方を決して和合させぬ制度という仮構。それらへの怒りと哀しみ、そしてなかば諦念のるつぼからつむぎだされたこの句は時代を下るにつれ、いよいよ現代的景観を映し出す明鏡のおもむきがある。

垂直的人間というタイプがあるとすれば、石牟礼さんほどこの言葉が似つかわしい人物をほかに知らない。新聞記者のころ、水俣病の取材をきっかけに何度も石牟礼さんとお会いした。不思議な雰囲気を帯びた人だった。能舞台の橋掛かりは、ときに死者と生者をつなぐ通路となる仕掛けだが、その橋掛かりをすり足で黄泉《よみ》の国から現れたシテ。そんな印象は、会うたびに深まりこそすれ、変わることはなかった。

特異な文体と対をなす感受性のありようにも、たびたび虚をつかれ、教えられた。一つあげるなら、ものごころついてまずやってきたのは、この世はつらいところだという直観だったという。まわりの大人たちの言動を見てのことだが、だから葬式が好きだった。死者は人々の思い出話の中で、過ぎし世の垢を洗い落として、すっきりとよみがえるから、と。私は童女の内部にある浄土を、めくるめく想いでのぞき見たのを覚えている。

そのような魂が長じて水俣病と出遭うのである。漁民たちの心身だけでなく、社会的にも人間の尊厳を奪い尽す、この世の地獄に彼女はひとりの劇症型の女性患者になり代わって記す。

春から夏になれば海の中にもいろいろ花の咲く。うちたちの海はどんなにきれいかりよったな。海の中にも名所のあっとばい。「茶碗が鼻」に「はだか瀬」に「くろの瀬戸」「ししの海」。ぐるっとまわればうちたちのなれた鼻でも、夏に入りかけの海は磯の香りのむんむんする。会社の臭いとはちがうばい。

海の水も流れよる。ふじ壺じゃの、いそぎんちゃくじゃの、海松じゃの、水のそろそろと流れてゆく先ざきに、いっぱい花をつけてゆれよるよ。

わけても魚どんがうつくしか。いそぎんちゃくは菊の花の満開のごたる。海松は海の中の崖のとっかかりに、枝ぶりのよかとの段々をつくっとる。

ひじきは雪やなぎの花の枝のごとしとる。藻は竹の林のごたる。

（『苦海浄土』ゆき女きき書）

のっぴきならず「苦海」は「浄土」に翻転されるが、独白にはなにか狂おしいものがある。漁師や魚介や海草が、水俣の海のありとある精たちが唱和する声を石牟礼さんが深々と聞き取って、天に届けようとしているかのような。方言の深みと力強さは、彼ら生物共同体との牢固とした一体感からくるものだろう。水俣病の出現とともに、石牟礼さんは旧約聖書の預言者たちとは逆の、地の声の預言者になったのである。

チッソ水俣工場の有機水銀で人間と海が破壊されるまでの水俣漁民の漁を「上古の神遊びにさえ見える」と言われたことがある。しかし私に言わせれば、ほかならぬ石牟礼さんその人が「上古のひと」なのである。上古の魂を持った人間と、近代の所産でしかない日本資本主義の制度に立てこもるチッソや政治や行政の、どちらがことの本質を見ようとしているか、言わずもがな、であろう。

文筆家で古書店主の福岡県鞍手町在住、上野朱《あかし》さんからお聞きした話である。上野さんの父親は記録文学作家の上野英信。戦後復興を支え、石油へのエネルギー転換で見捨てられていく炭鉱と、そこで働くひとたちを記録し続けた。その父親が亡くなったときの石牟礼さんの弔辞は、朱さんにグッとくるものがあった。

「おなつかしゅうございます、上野さん」。石牟礼さんは棺の故人にそう呼びかけたという。お別れのあいさつではなく、まるで向こう側の世界から迎えに来てくれたように思われ、朱さんはとても気持が安らいだというのだった。

丘のホテルの　赤い灯も
胸のあかりも　消えるころ
みなと小雨が　降るように
ふしも悲しい　口笛が

恋の街角
露地の細道　ながれ行く

美空ひばりは一九四九（昭和二十四）年、二枚目のシングル「悲しき口笛」でスターダムにのし上がった。ひばり十二歳。以後四十年間、わき目もふらず天地の間を駆け抜けた生涯だった。ヒバリは漢字で雲雀と書く。雲の高みにまで飛翔し、雀に似た姿からきている。

ひばりの歌が好きだ。顔かたちはテレビや写真でしか知らないが、こちらの一方的な都合で勝手に縁を感じている。新聞社に入った一九六九年、私は初任地の横浜で警察《サツ》回りから記者を始めた。いくつかの警察署を担当、事件を追い、合い間に街ダネを拾って歩くのが記者修業のスタートなのだ。

場末の磯子署が持ち場の一つで、刑事と雑談していた折のことだ。署の近くにひばりの生家があって、いまも縁者が住んでいるよ、と刑事が言う。通称屋根なし市場と呼ばれるさびれた一角だった。

そのころ、私はひばりの「影を慕いて」や「悲しい酒」に入れ込んでいた。「リンゴ追分」や「越後獅子の唄」、下って「哀愁波止場」や「港町十三番地」なども好きな歌だ。毎日歩き回っている街がひばりのおひざ元と知って、彼女の歌が別の音色を帯びてきたのである。

ひばりの魅力は感情移入の深さからくる哀調にあると思う。音域の広さ、自在なふし回し、表現力、それらが相まって人々の孤独感を癒したり、逆に深めたりする力を持っていた。にもかかわらず、ひばりはずっとアウトサイダーであった。熱狂の一方でひばりたたきがついて回った。デビュー時、おとなびた声や歌い方が低俗とののしられ、反社会勢力とのかかわりで出演ボイコットと、明け暮れつぶてが飛んできた。ひばりをおとしめることが、エリートのあかしであるかのように、知的階層でそれは顕著だった。それでもトップスターであり続けたのである。

私はいま、ひばりと重ねて佐賀にわかの筑紫美主子さんを思っている。ロシア革命から逃れてきた亡命ロシア人の父親を持つ出自から長い辛苦のときを持たされたこの人の、底抜けにおかしく哀しい舞台が好きだった。取材で一度お会いしたが、気品にあふれていた。繁栄に向かう戦後、筑紫劇団は筑豊の炭鉱やさびれた漁村など、下へ下へとおりて行く巡業だった。大衆から圧倒的な支持を受けた。水俣病を終わらせようとする動きの中、無償で水俣にも行った。幕間、筑紫さんは「私どももつまずきながらやってきました。大事なのは自分の力。気持がくず折れたらだめになってしまいます」と短くあいさつした。客席で見ていた石牟礼道子さんが「観音さまのごたる」とつぶやくのを、その場にいた人が聞いている。

ひばりを支えたのも名もない人たちである。雲の高みから一人ひとりの胸にまっすぐ飛び込んでくるひばりにファンは「観音さま」を見なかったろうか。死後、内閣総理大臣賞の国民栄誉賞が授与されたが、おもしろくなかった。賞は一九七七年、福田内閣が創設、内閣の人気取りのためという見方がもっぱらだった。制度と無縁の、むしろ制度から排除され続けた一人の天才が、制度の頂点にある内閣から顕彰される。これはしかし、ひばり人気にあやかろうとする権力の思惑と同時に、ある意味、制度の側がついに白旗を掲げたと見ることもできるのだ。

石牟礼道子さん、美空ひばりこと加藤和枝さん、加えて筑紫美主子、本名古賀梅子さんら、波乱に富んだそれぞれの垂直的人生の、もう一つの類縁は、ふくいくたる母性である。

神話

先日、テレビのドキュメンタリー番組で、なつかしい場面に出くわし、感嘆の念を新たにした。ニューギニア島北部の大河セピック川流域でワニ信仰に生きる人々の映像である。天井と壁を、ワニをはじめ流域に棲む生きものたちの絵や彫刻で埋めつくした「精霊の家」。彼らに見守られるように、うつ伏せの若者が上半身に、カミソリでワニの背に似せた突起状の彫り物を施されている。カッと目を見開き、あぶら汗を浮かべている。強い男になるための、ワニと合体する儀式である。

昔、パプア・ニューギニアのこの熱帯雨林にワニをトーテムとし、その形状を身体に刻む人々を取材した。中流域の、フィールド研究者用の丸太小屋に寝泊りしながら、カヌーで村々を訪ね歩いた。先々に、彫刻や絵画や伝承の本尊としてのワニや、男たちの肉体に刻まれたワニがいた。あいにくその儀式には出あえなかったが、長老格の呪術師が「秘儀」の一部始終を語ってくれ、その際に朗誦される創世神話を実演してくれた。

始めにワニの頭があった。その上あごの部分がこわれて天になり、明るくなった。そのあと太陽と月と星ができた。次に下あごが砕けて土になり、しだいに広がり、固まって大地になった。祖先はワニの霊と一体となるためにこの儀式を始めた……

創世神話をもたない民族や社会はない。宇宙の始まりと自己の来歴を物語ることで、世界と自己に意味と秩序を与えるためだ。だが神話はいまや荒唐無稽の別称となった。じつのところ、私たちの素顔は神話時代と変わっていないのだが、文明という仮面が、顔面を幾重にも覆った肉付きの面と化してしまい、現代人は自分の素顔を鏡に映して見ることができなくなったからである。冒頭、感嘆の念を新たにしたと述べたのは、ワニの民の変わらぬ敬虔さに対してである。

強迫観念のように、絶えず進歩とか発展とかの旗が私たちの頭上でひるがえっている。たとえば、文明と未開、先進国と発展途上国という欧米目線の線引きである。後者に分類された国や民族は、それほど幸福度が低いのか。そもそも人間や社会は本質的な意味で進歩するものなのか。とてもそうは思えないのである。私たちは刻々に移りゆく変化の相のなかにいるだけではないのか。時と場所それぞれに幸福のかたちもそれぞれであろう。「先進国」の物質文明の過剰な展開が、国境を越えて環境や人間に負わせている傷の深さを思ってみるまでもあるまい。

南アフリカ出身のオランダ人作家、探検家のロレンス・ヴァン・デル・ポストの『狩猟民の心』（秋山さと子訳）に、アフリカ原住民の自然観の素朴な深さをうかがわせる物語がある。「ライオンと若い男」というブッシュマンの民話である。

ある日、ブッシュマンの若者が狩りに出かけ、眠気に誘われる。動物が身を守るために、狩人にかける催眠術にかかったのだ。そこへ水を飲みに行く途中のライオンが現れ、若者を食べようと近くの木に引きずって行き、木片に突き刺した。若者は目を覚ますが、死んだふりをする。ライオンは先に水を飲もうと彼を木のまたに固定して水辺に向かうが、逃げ出さないか心配になり引き返してくる。若者は恐怖と痛みで声を立てずに泣いた。ライオンはその涙をやさしくなめてふきとってやったあと渇きを癒しに行く。

若者は大急ぎで村に逃げ帰る。村人はあとを追って来たライオンと戦うが勝てそうにないので、子どもを身代わりに差し出そうとする。しかしライオンは「私が涙をなめた若い男でなければだめだ」と申し出を拒否する。村人は、ここには共同体の力の及ばぬ、ライオンと若者の間でしか決着がつかない何かがあると感じ、若者をライオンに供する。ライオンは彼をたいらげると、自分が探していたものを見出したのだから、今度は自分が死ぬ番だといって静かに横たわり村人に殺される。

涙をなめるという行為が、この物語の伏線になっている。目的を達したライオンが引き換えに自分のいのちを差し出す結末につながっていて、キラキラしたイメージを放っている。霊性あるいは精神性の象徴である涙をライオンがなめてふきとることで両者は苦しみと悲しみを分かち合うのだ。そして異質な者同士が死の中で溶け合い、より高い次元のいのちの世界に昇華していくのである。死という避けようもない定めや、個々の生命を超えた一なる生命共同体を見つめる、彼らの緩やかな生命観がここにはある。

別の箇所に興味深い記述がある。彼らの神話や伝説がもつ原初のイメージはどこからくるのかと、著者が何度も尋ねるくだりだ。ブッシュマンの一人は困り果て、「それはとても難しいのです。というのも、いつもそこには、我々を夢見ている夢があるからなんです」と答える。人間は夢と同じ材料から作られているという、シェークスピアの『テンペスト』の有名なせりふとの類似を指摘しつつ、ヴァン・デル・ポストは、彼らを夢見ている夢とは神のことだという。「ライオンと若い男」は神に見られた夢だったのか。

アフリカ大陸に現存する最古の住人ブッシュマンは他部族や白人の圧迫や侵入により十七世紀以降、絶滅に向かったとみられていたが、その後カラハリ砂漠で少数だが生存が確認された。「未開」とひとくくりにされてきた、彼ら狩猟民の奥深い内面に新しい光が当たったのは、ヴァン・デル・ポストの記録映画「カラハリの失われた世界」とルポルタージュ『狩猟民の心』によってである。二十世紀初頭のことだ。いまも砂漠で狩猟と採集の生活を続けるブッシュマン。彼らはいま、大いなる何者かが見る、どんな夢の中にいるのか。

文明と未開。人類は単一の価値観をもって同一方向に進まねばならないとする、物質文明主導による単純化とお仕着せの延長線上に、人間と動物という、より過酷な線引きがある。そこでは、時と場所そして種それぞれに、幸福のかたちもそれぞれといった考えなど問題にもならない。

動物行動学者ライアル・ワトソンの『エレファントム』（福岡伸一訳）は、滅びゆくアフリカ象への挽歌であり讃歌でもある。大学まで南アフリカで過ごし、五十年間、アフリカ象の生息地の一つ、クニスナの森と関わってきた。長年の観察がベースになっているが、自然科学者流ではない、想像力や直観をまじえた詩的散文は、読者を見なれない世界に誘う。

ワトソンによれば、アフリカの長い歴史の中で象はつねに大きな位置を占め、人間と運命をともにしてきた。原住民は象の中に魂を見ることができ、敬意さえ抱いてきたという。象と人間のしあわせな共生は、農耕の発展とともに壊れていく。作付けが増えるたびに象の居住地は狭められ、周縁へ追いやられていく。決定的な裏切りは象牙の密猟者による大虐殺だった。ワトソンが親しんだクニスナの森にも百年前まで五百頭いたが、ついに一頭を残すのみとなった。人々が太母と呼んでいた、老いたメスだった。

二〇〇〇年、アメリカにいたワトソンのもとに悲痛な知らせが届く。太母が姿を消したというのだ。急ぎクニスナに戻ったワトソンは、はるかインド洋を臨む断崖絶壁に向かう。少年のころ、海に向かってたたずむ一頭の巨象を見た場所だった。古い記憶をたどる彼の目の前で突然、海面が盛り上がり、巨大なシロナガスクジラが姿を見せ、没した。振り返ると、太母が海を見つめていた。「偉大なる母」の孤独を思って胸がつぶれそうになった。その光景をワトソンはこう記している。

空気に鼓動が戻ってきた。私はそれを感じ、徐々にその意味を理解した。シロナガスクジラが再び海面に浮かび上がり、じっと岸のほうを向いていた。潮を吹き出す穴までが、はっきりと見えた。

太母は、この鯨に会いに来ていたのだ。海で最も大きな生き物と、陸で最も大きな生き物が、ほんの一〇〇ヤードの距離で向かい合っている。そして、間違いなく意思を通じあわせている。超低周波音の声で語り合っている。

大きな脳と長い寿命を持ち、わずかな子孫に大きな資源を注ぎ込む苦労を理解する者たち。高度な社会の重要性と、その喜びを知る者たち。この美しい稀少な女性たちは、ケープの海岸の垣根越しに、互いの苦労を分かちあっていた。女同士で、太母同士で、種の終わりを目前に控えた生き残り同士で。

本稿を書いているさなか、東北地方を中心に史上最大級の地震が起きた。大津波が原発事故まで引き起こし、被害は空前の広がりを見せている。原発事故は安全設計ミスによる人災の疑いが濃厚だ。科学技術の最先端を自讃しながら、いざ原発の暴走を制御できない、当事者たちの右往左往と、事故を「想定外」と開き直る、その鉄面皮に人間的未開の闇を見るばかりである。

ホモ・サピエンスというのが、人間が自らを定義した学名である。「かしこい人」という意味だそうだ。地質学上のタイムスケールからみれば、すべての生きものの最後尾に登場した新参者にすぎないヒトという種が異常増殖を続けながら、この惑星を覆いつくしている。そして多くの同類と他の生きものを見くだして、傍若無人に振る舞っている。生物界の玉座にすわるホモ・サピエンスの頭上で、一本の髪の毛に吊るされたダモクレスの剣が揺れている。

あなたは神なのか

東京電力福島第一原子力発電所の事故で、いささか腑に落ちないことがある。とりざたされている「安全神話の崩壊」である。

大惨事となった一九七九年の米スリーマイル島事故や一九八六年、旧ソ連のチェルノブイリ事故。国内でもこの二十年間、茨城県東海村のＪＣＯ社の臨界事故や福井県敦賀市の高速増殖炉「もんじゅ」のナトリウム漏れをはじめとする重大事故や事故隠し、データの改ざんが繰り返された。安全神話はとっくに崩壊していたはずではなかったか。

ましてこの国は広島・長崎の記憶をもつ。原発への不安が国民的規模の反原発、脱原発の動きにまで高まりにくかったのはなぜか。電力会社や政府が流布する「原発が支える豊かな社会」や「クリーンエネルギー」というもう一つの神話に、私たち日本人の多くがうかうかと乗せられていたからでもあろう。

安全神話がいかに絵に描いた餅にすぎないか、福島第一原発の収束の見通しがたたない事態を前にして思い出すことがある。愛媛県伊方町にある四国電力伊方原発の「出力調整実験」に抗議する集会に参加した、大分県湯布院町の仏教者日野詢城さんからうかがった話である。

出力調整実験とは、電力需要に合わせて、夜間は出力を落としてコストダウンを図るもので、世界初の試みだった。しかし既存の原発はそうした前提で作られておらず、調整作業で装置に温度差が生じ、金属疲労を起こす危険が指摘されていた。二年前のチェルノブイリ爆発の衝撃はいまだ冷めやらず、反対運動は国内初といっていい盛り上がりを見せた。

高松市の四国電力本社で向き合った市民と企業、国のあいだで押し問答が続いた。ひたすら、「絶対安全」を繰り返す技術者の答弁に日野さんが徒労感を覚え始めたそのときだ。彼の背後から一人の女性が技術者に向かって、「あなたは神なのですか」と叫んだ。いっとき、会議室を沈黙が支配し、ポカンとしていた技術者は小声で「私は神じゃありません」と返しただけだった。

女性のひと声が会場の空気を変えた。完璧な技術というものはあり得ない。しかも操作するのは、それ以上に不確かな人間である。つかの間とはいえ、双方がことの本質にかかわる認識を共有したのだ。「事故の確率は二十万分の一」と、言い方を変えた電力側に対し、日野さんたちは「米スペースシャトルのチャレンジャーも二十万分の一といわれていたのに二十五回目に爆発事故を起こしたではないか」と反論する。

説得のすべをなくした電力側は一方的に退席し、実験は強行された。まずは原子炉の運転ありきなのだ。原子力の専門家が神託のように繰り返す「絶対安全」「事故は一〇〇%あり得ない」はそのための方便にすぎないのだが、繁栄の中で骨の髄までしみついた私たちの安楽志向が、彼らの強弁に耳をふさがせてきたことも否めない事実だろう。

五十年にわたって水俣病と取り組んできた原田正純医師が、福島第一原発の事故について朝日新聞のインタビューに答えた記事を読んだが、そのとおりだと思った。原田さんは、ほんとうの原発の専門家なら、今回の事故を予測できたはずだと断じ、専門家とはだれかという角度から、次のように述べていた。

ぼくは専門家の存在そのものを否定するわけじゃない。でも「何が専門家なのか」があいまいだと言いたい。いわゆる「専門家」(学者)の言うことだけをうのみにすると危ない。魚の専門家とは誰か。大学にもいるだろうが、水俣の海で毎日魚を取って暮らす漁師も専門家です。

水俣で、生まれてきた子が発症しているとわかった時、医学者はみんな、「母親の胎盤を毒物が通るなんてありえない」と考えた。でも、お母さんたちは「私から水銀が行ったに違いない」と一発で言い当てた。胎児性水俣病の発見です。母親は専門家と言っていい。それを「あなた方は素人。俺たちは専門家だから正しい」という風にやってきた。

熊本大医学部の大学院生のころから水俣に通い続けていた原田さんは母親の直感をヒントに水俣の漁村でへその緒を集め、化学分析に出す。果たして多くのへその緒が、水俣病の原因物質である有機水銀に汚染されていた。母親と胎児のへその緒のあいだには胎盤があり、母親が毒物を摂取しても、胎児に入るのを防いでいるというのが、医学の常識だった。有機水銀などある種の毒物は胎盤を通り抜けることを証明した、画期的なこの発見は、胎児の発症が学問的に裏付けられると同時に、「胎盤神話」の崩壊であった。

「専門家」はときに世人を惑わせる。熊本大医学部の水俣病研究班が原因物質を、チッソ水俣工場から廃棄される重金属に絞り込んでいた一九五九年から六〇年にかけてのことだ。チッソは学界の権威を動員、旧日本軍が水俣湾に投棄した爆薬が原因だとする説や、有毒アミン説など珍説、奇説を持ち出してくる。そのころ、チッソ付属病院の細川院長から、工場排水を直接ネコに与える実験で、ネコが水俣病と同じ症状を発症することが、工場幹部に伝えられていたにもかかわらずである。

そうした反省から原田さんは退官後、新しい職場の熊本学園大で「水俣学」を開講する。水俣病は社会的、経済的、政治的な側面を併せもつきわめて複合的な事件で、医学だけで解決できる問題ではないからだ。そこで、それまでの「専門家」の枠をいったんはずしてしまおうというわけだ。水俣学講座に参加した講師は医学者、化学者、法学者、患者、チッソの労働者、ジャーナリストなどなど、まことに多彩である。

今回の原発事故で、水俣病と同じ構造が拡大再生産されている。強度の毒物による健康被害と環境汚染。地域経済の破壊。住民の不安に聞く耳もたぬ隠ぺい体質。そして国策的経営の背後に政府が控えていることだ。原発事故では直後に、一部の専門家からメルトダウン（炉心溶融）が指摘されながら、東京電力と政府がしぶしぶ認めたのは二カ月も後のことだった。水俣病も早くから工場排水が疑われていたのに、政府がチッソによる公害と公式に認定したのは、被害を不知火海全域に広げてしまった一九六八年。十年もの歳月が空費されたのである。

科学は本来、人間もその一部である自然の成り立ちや仕組みを探り、その中で人はどう生きねばならぬかを知るための手段だと思う。そうした探究の一端を託された人こそが専門家と呼ばれてしかるべきだろう。科学の技術転用とその目ざましい成果から巨大な収益が生み出され、「専門家」を巻き込んでさらなる益の追求が続く。安全性をおきざりにしたまま、ただ前のめりの現代科学技術の多くに、人々は生活の利便を超えて、もはや不安を感じている。そのシンボルが原子力なのだ。

こうした時期にこそ、その発言を聞きたかった人物がいる。原子力資料情報室や高木学校を設立、二〇〇〇年、六十二歳、志なかばでこの世を去った高木仁三郎さんだ。東大で核化学を専攻、原子力産業に就職したが、暗に原発推進の旗振り役させられることに疑問をもち、大学で教えたあと、反原発に転じて運動をリードした。「われわれはどんな方法でわれわれに必要な科学をわれわれのものにできるか」（宮沢賢治）を導きの糸として、人間模様も含めて原子力の現場を熟知した科学者の目から、原発事故への警鐘を鳴らし続けた。

死の二カ月前、病床で口述筆記を終えた最後の著書『原発事故はなぜくりかえすのか』で、「……根本の問題をおきざりにした日本の原子力行政は、もっとひどいところにいくのではないか。最悪の事故のようなものが避けられないかもしれない、とんでもない事態が起こっているようで、かけ値なしの恐怖感が私にはあるのです」と語っている。

高木さんは、循環と共生の思想を説き続けた。生物であれ無生物であれ、一つの死が新しい生につながっていく不断の流れだ。不断であれば、そこには未来世代も死者も、もちろん動植物も含まれる。だからこそ、万物の中で人間だけが突出してはいけないというのである。原発が作りだす放射性廃棄物は、この循環に回収できない異分子だ。処理の仕方もわからず、放射能によっては超長期にわたって猛毒を保ち続ける異物。人類がこんな化け物と共生できるはずもない、と高木さんは繰り返し説いた。

プロメテウスは天上から火を盗み、無力だった人間に与えた。怒った神々の父ゼウスは彼を罰するとともに、パンドラという女性を造らせ彼女にある箱を持たせて人間界に送った。箱の中にはありとあらゆる不幸や罪悪や苦しみが詰め込まれていた。パンドラが好奇心からふたを開けると、中からいっせいに災厄が飛び散り、地上に広まった。パンドラはあわててふたを閉めるが、箱の底にはただ一つ、「希望」だけが残った。

プロメテウスの火を糧に、人類は文明をひらいていく。やがて原子核という禁断の木の実をこわし、中から核エネルギーを取り出すのだ。青白く燃える原子の炎は、プロメテウスの火からはるかに時代を下って皆殺しのための兵器として、日本という国の上空で二度炸裂する。

遺伝子操作、環境ホルモン、地球温暖化……。これらもまた、パンドラの箱から飛び出した災いたちの仲間に思えてならない。私たちは科学の名で、自力で制御できないものを次々に作り出し、思考停止したままどこかへ突き進んでいる。どこへ?

このギリシャ神話は、人間の性《さが》と文明について多くのことを教えてくれる。人間とその世界について、私たちが確かな自画像を描き出す想像力を失った現在、神話が開示する人間の真景から学ぶ教訓は少なくないはずである。いま求められていることは、こんどは私たちの手でパンドラの箱をあけ、封印されたままの「希望」を解き放つことである。

失楽園

福岡市博物館で「日本とクジラ」展を見た。捕鯨を中心に日本人とクジラの関わりを、クジラの生態、捕鯨技術、民俗などから一覧していて、興味深いものがあった。クジラには懐かしさを感じる世代である。小学校給食の竜田揚げ、あれはうまかった。そして、山口県下関市に本拠をおくプロ野球大洋ホエールズ（現横浜ＤｅＮＡ）。親会社は、のちにマルハと社名変更した捕鯨産業の大洋漁業で、小学生のころ、父親に連れられてたびたび下関球場に観戦に出かけたものだ。

会場には、クジラの骨格標本、鯨骨のレプリカ、漁具、銛《もり》、大切り包丁、骨切り鋸などが展示され、獲物を追い詰めていく勢子《せこ》船の図とともに生々しい。黒船四隻を率いたペリー来航の目的の一つは、開国と合わせ日本に捕鯨基地を提供させることにあったと、ビデオ映像のナレーション。最も強硬な反捕鯨国米国はその昔、日本近海をクジラ漁場とする大捕鯨国だったのだ。

ル・クレジオの『パワナ・くじらの失楽園』（菅野昭正訳）は、欧米の捕鯨船団による乱獲が大西洋のクジラを絶滅させ、太平洋に押し出していく前後の物語だ。史実をもとに、実在した米国の捕鯨家で海洋生物学者のチャールズ・スカモンが見つけ、のちにスカモン潟湖《せきこ》と命名された、メキシコのある入り江の惨劇を、スカモン船長とインディオの水夫の回想形式でよみがえらせる。

スカモン船長の発見が、子を産むために集まってくるクジラの聖地を墓場に変えてしまう。くる年もくる年も、欧米の大船団がやってきて、子連れや分娩中のクジラをねらって、毒銛や電気銛を打ち込み、浜に鯨油樽を積み上げていく。秘境ゆえにクジラの楽園であった潟湖の岸にも砂洲にも、銛打ちや船乗りの名前がつけられ、堤防や新港や塩田が出現する。当時、欧米の捕鯨産業はピークを過ぎようとし、ペリー艦隊が浦賀沖に姿を現すのは、潟湖発見の三年前、一八五三年のことだった。幾歳月のあと、再び無人となった潟湖に、しかし、かつての静謐はない。あとは野となれ山となれ。海の狩人たちは新しい漁場と獲物を求め、太平洋に向けて舵をきる。ル・クレジオは、生きものが生き始める最初の場所、「エデンの園」を、繰り返し失楽園に変えていく、有史以来の人間の営為を、インディオの水夫の悲しみ、スカモン船長の悔恨を通して根源的に浮かび上がらせる。

先日、南極海での日本の調査捕鯨船団に初めて海上保安官を乗船させ、護衛のため水産庁の監視船を付けるという記事が新聞に出ていた。去年、調査船が、米国の環境保護団体シー・シェパードに作業を妨害され、途中で調査を打ち切らざるを得なかったための措置という。

欧米の反捕鯨国の圧力で日本が商業捕鯨から、クジラの生態と数を調べる名目で、決められた頭数だけを捕獲する調査捕鯨に転じてかなりの年数がたつ。しかし、シー・シェパードの妨害行為はそれに対してさえ、年々激しさを増している。最近、調査船と監視船に酪酸入りのビンが撃ち込まれて乗員がけがをしたり、船内に侵入したりで、活動家の一人が逮捕される事件があった。日本の裁判で懲役二年の判決がおりたが、シー・シェパードは「抗議行動はやめない」と公言している。

海洋生物保護をうたう、この団体の主張に反対ではない。けれども、かつての欧米諸国の容赦ない乱獲の歴史を、彼らはどう見ているのか。派手なパフォーマンスを繰り返す彼らから、反省や史実を直視する姿勢が感じられないのだ。そもそも欧米の捕鯨国が立場を変えたのは、灯油として用いた鯨油が、油田の発見で御用ずみになったという理由からではなかったか。

欧米人の「資源」の濫費は、乱獲にだけあるのではなかった。クジラのごく一部を灯油用に採取したあと、残りはことごとく捨て去ってしまうのだ。だからといって、まるごと食用にしてきた日本などの捕鯨国と、彼らの用途や処方の違いをてんびんにかけるつもりもない。どちらも殺戮、収奪であることに変わりはないからだ。ただ、繰り返し調査捕鯨人に向けられるシー・シェパードの粗野なふるまいに、『パワナ』に横溢する、人間の業を凝視する視線とは相容れないものを感じるのである。

緑色植物と違い、自力で有機物を作り出すことができない人間（動物）は、他のいのちを奪うことでしか生き延びられない存在だ。当たり前すぎて、それが意識にのぼることすらめったにない。しかし、「食う」ことが、楽園を追われたことの刻印であるかのように石垣りんは歌う。〈食わずには生きてゆけない。〉で始まる「くらし」はこう続く。

メシを
野菜を

肉を
空気を
光を
水を
親を
きょうだいを
師を
金もこころも
食わずには生きてこれなかった。
ふくれた腹をかかえ
口をぬぐえば
台所に散らばっている
にんじんのしっぽ
鳥の骨
父のはらわた
四十の日暮れ
私の目にはじめてあふれる獣の涙。

「食う」という表現で、詩人は読者に人間の「骨格標本」を突きつけてくる。生きるとは他のいのちをむさぼり続けることだ、と。火葬場でお骨を拾う場面でさえ食事に擬せられる。

（中略）

火の消えた暗闇の奥から
おんぼうが出てきて
火照る白い骨をひろげた。

たしかにみんな、
待っていたのだ。

会葬者は物を食う手つきで
箸を取り上げた。

礼装していなければ
恰好のつくことではなかった。

（「鬼の食事」）

人を食い物にする、人を食った態度、食うか食われるか、あいつは食えないヤツだ……。「食う」

という動詞を媒介に、人と人との関わりを形容する言い回しは多様で、単なる比喩を超え、残酷なリアリティーを秘め持っている。人間は人間も食うのだ。いま現在も世界中で膨大な数の人々が飢え、死んでいるのはなぜか。豊かだといわれる国にさえ、例えばこの日本に十年来、毎年三万人を超す自殺者がいるのはなぜか。ホームレスが増え続けるのはなぜなのか。人が人を食い物にする仕組みが厳として存在しているからだ。

私たちはだれもが「詩人」として、この世に生を享ける。そして、生誕の地から、日々の暮らしを生き延びる中で、「詩」を忘れていく。忘れることが、暮らしの安泰を保証するかのように。母親は白い割烹着をキリリとまとって台所に降り、娘を流しの前に立たせよ、と石垣りんは歌う。鰹でも鯛でも鰈でも、まるごと一匹をまな板にのせ、研ぎ澄ました包丁をしっかり握りしめて、頭をブスリと落とすことから教えよと、失楽園を生きる覚悟を歌う。詩はこう続く。

その骨の手応えを
血のぬめりを
成長した女に伝えるのが母の役目だ。
パッケージされた肉の片々を材料と呼び
料理は愛情です、
などとやさしく諭すまえに。

長い間
私たちがどうやって生きてきたか。
どうやってこれから生きてゆくか。

（「儀式」）

現在地

われながらあきれるほど方向音痴である。

福岡市の繁華街に出かけたとする。地下鉄を降りると、目的の場所に行くのに何十カ所もある、どの出口から出ればいいのか、いつもまごつく。で、改札口のそばの案内パネルに赤字で記された「現在地」の表示を確かめ、そこから目的地に近い出口を探すことになる。その繰り返しである。

市の西部を流れる室見川沿いを時折、上流に向けてサイクリングするが、毎回コースが変わる。頭の中の羅針盤が不良のせいで、おかげで目新しい風景と出合えるかわりに「現在地」を見失ってしまう。けれども視界のきかない街路を抜けると、全方位のどこかに、九階建ての歯科大学棟が現れ、灯台の代わりをしてくれる。

ざっとこんな調子である。だからというわけでもないが、見晴らしのよい高い場所に昇ると気分が伸び伸びする。家から近い福岡タワーが気に入っている。気散じに出かけては、地上百二十三メートルにあるラウンジで、市内を一望しながら酌むひとり酒は、一味違った酔い心地に誘ってくれる。

自宅のある集合住宅の屋上が見える。以前デパートだった店舗ビルや樋井川や大濠公園も天地のあいだで別の顔を見せている。行動範囲が一気に狭くなった定年後の、ネコのひたいほどのあの界隈が現在、私のもっともひんぱんな移動区域なのだ。少しばかり寂しい気がしないではないが、タワーから望む下界の眺めはある意味、私の「現在地」を正しく教えてくれている。

小津安二郎監督に「東京物語」という名作がある。戦後間もない東京で開業医と美容室を営む長男と長女を、田舎から老夫婦が訪ねる話だが、作中二カ所印象深い場面がある。

一つは、父親役の笠智衆が二階の居室からはしごで昇る美容室の物干しでぼんやり夕焼けを見ているショット。もう一つは、戦死した次男の嫁（原節子）の案内で東京見物の一日を終えた老夫婦が、デパートの屋上から街を俯瞰するシーンである。復興が進む都会の高みから、嫁が「お兄さま（長男）のお宅はこっちの方です」「お姉さま（長女）のお家はさあ、この辺でしょうか」「わたくしのところはこちらですわ」と、それぞれ異なる三方向を指さし、そのたびに、義父母は首をめぐらせるのだ。

眼下に下町の家々が軒を連ねる物干しの場面はほんの数秒、せりふはない。デパート屋上でのやりとりも十数秒ほどだろうか。せりふも動きもぎりぎりそぎ落とされ、うっかりすると見過ごしてしまいそうなコマである。しかし時代の鳥瞰図を得ようとしてかなわず、一方で揺れつつも穏やかに時代の趨勢《すうせい》と折り合いをつけていこうとする、老父母のこころの葛藤をはっきりと読み取ることができる。

老父母は、戦後の価値観の転換を前に、自分たちの「現在地」を見失いかけているのである。息子も娘もそれぞれ自立してはいるが、その実、生活に追われ、老親につき合っている余裕はない。背景にある家族制度の崩壊、とりわけ、父権の後退とともに家族のきずなが弱まり、めいめいが孤独を深めていくことへの諦念……。老親を落日の物干しとデパートの屋上に立たせることで小津監督は、人生の暮れ方にぼうぜんとたたずむふたりの立ち位置を、無常観とともに描き出すのである。

「東京物語」からこっち、時代の歯車は大きく回転し、日本社会は明治維新以来といっていいほどの変貌を遂げた。奇跡といわれた高い経済成長と、それに続くバブル経済。泡はあっけなくはじけ、「失われた十年」は「二十年」に延びた。そのブランクの中にあった九〇年代、「第二の敗戦」論が語られ、それは米国の影にすっぽりと覆われていた。

日本を焼け野原にしたのも米国なら、経済成長の条件を整えてくれたのも、円高誘導で日本経済を再び窮地に陥れたのも米国というわけだ。そしていま、米国のグローバリズムに引き込まれた日本は五里霧中である。

エンパイアステートビルの展望台から眺めたニューヨーク市街の光景を思い出している。世界有数の高層ビルが立ち並ぶ景観は摩天楼の都であった。中でも、目の前にそそり立つ世界貿易センターのツインタワーに、富と権力と野望の象徴を見た気がした。ニューヨーク港の自由の女神像が、「自由アメリカ」のシンボルとしてハリウッド映画にたびたび登場する。しかし、あの国の実像は、「自由の女神」よりツインタワーのイメージにずっと近い。

二〇〇一年に「同時多発テロ」でそのツインタワーが破壊されたとき、妙に納得したことを覚えている。標的としてのツインタワーのシンボル性を、テロ組織は的確にイメージしていると思われたからだ。羅針盤を失った巨大な漂流船。経済に軍事に少なからぬ国々の敵意と反感を招きながら、力ずくの越境を続ける米国もまた、蜃気楼の中をさまよっているのではないだろうか。

去年、所用で久しぶりに上京した折、東京タワーに昇った。高層ビルがひしめく都心の眺めは「小ニューヨーク」であった。かなたに、建設中の東京スカイツリーが見えた。六百三十四メートル。電波塔では世界一高いこの塔は五月に開業する。

史上まれな繁栄に向かう一九五八年に建てられた、当時世界一ノッポの東京タワーは、人々の夢と希望のシンボルたり得た。だが、東京スカイツリーは、国力が衰微する中での船出だ。しかも地震国。スカイツリーの足元の墨田区とその一帯は、海抜ゼロメートルの軟弱な地盤で知られる。立ち位置を見失った、私たち日本人の負のシンボルに思えてならないのである。

アジアの新興国を中心に、超高層ビルの建設ラッシュの時代に入ったという。ものの本によると二〇一〇年現在、電波塔などを除き、建設中のものも含めた、高さランキングの上位十棟はすべて今世紀に入って建てられ、うち中国四、台湾一とアジアの国が半数を占める。

目下、世界最高はアラブ首長国連邦の富裕都市ドバイにある八百二十八メートルの複合商業施設だそうだ。この国も十棟中三棟が名を連ねる。新旧それぞれが国威をかけた、しかし、どこか子どもじみた背比べは、バベルの塔の時代もかくやと思わせる熱狂ぶりである。

バベルの塔は、『旧約聖書』の「創世記」で語られる故事である。

すべての地は同じ発音で同じ言葉を話していた。そのころ、人々は東から移って来てシナルの平地に定住し、れんがと瀝青（アスファルト）で天まで届く塔を建て始めた。名を上げて、全地に散らされることを免れるためだった。それを知った主は天から下って、塔を建てさせないために、言葉をお互いに通じないように混乱させた。人々は塔の建設をあきらめ、全地に散らされた。

神の怒りに触れた人々が分散され、たくさんの言葉が生まれ、話が通じ合わない世界が出現する。末裔である私たちも、月まで達する「バベルの塔」を築きあげる一方で、お互いの言葉が相手のこころに届かなくなった世界を生きている。文明史のネガを見る思いがする。

巨大文明はその巨大さゆえに、ほんのひと突きで一瞬のうちに崩れ去るもろさも秘めている。福島の原発事故一つとっても、そのことを思い知ったはずである。それでも、私たちはこれからもせっせと、「バベルの塔」を作り続けるのであろう。外形と内実の落差の大きさに、ふと恐竜やマンモスの運命を思う。

話が大きくなった。もう一度、わが福岡タワーのラウンジに戻ろう。

この地に越してきて十七年目に入ったが、眼下の景観は変貌を続けて止むことがない。いちばん大きな変化は、風景から人間の影が薄くなったことだろうか。住民の数は増えているのに、建て込み、高層化するコンクリートの建築群が人々の動きを隠してしまったのだ。動くものといえば車列ばかり。夕闇にらんらんと双眸《そうぼう》を光らせて行きかう鋼鉄の移動物体がいまや風景の主役だ。

夕日が赤みを増し、西の海に落ちきるまでの時間帯、いちだんと酒がすすむ。酔眼もうろう、夜の底に沈んでいく目の前のビル群が巨大な墓標に見えてくる。日暮れて道遠し。「東京物語」の老夫婦を思い、自問する。わがこころの内なるタワーはいずこにありや、と。

岐路

「浅間山荘事件」といっても、ある世代を除いて、知っている人はそれほど多くはあるまい。この事件を端緒に大量の仲間殺しが発覚した、いわゆる「連合赤軍事件」についてもだ。

二月末、新聞各紙はこぞって「浅間山荘事件から四十年」という特集を組んでいた。事件の衝撃性と、ほんの一端とはいえ記者として取材に関わった体験から、ひとすじの記憶をたどりながら記事を読んだが、どれも回顧ものの域を出ず、物足りない思いだけが残った。

浅間山荘事件は一九七二年二月。横浜在勤だった私は事件の一年前から、主要メンバーに横浜国大生が多かった京浜安保共闘（革命左派）の取材に振り回されていた。超過激派と呼ばれ、銃器強奪や交番襲撃で世間の耳目を集めていたこのグループが、銀行強盗を繰り返していた赤軍派と連合赤軍を結成することになるのである。もともと路線の違う両者をつなげたのが「武器」と「資金」だった。

かいつまんで事件を振り返ってみる。

厳戒態勢の首都圏を追われ、群馬県の山岳ベースを転々とした連合赤軍の五人が、長野県軽井沢の保養施設「浅間山荘」に籠城、管理人の妻を人質にとって警官隊と銃火を交える。十日間の攻防は、連日テレビで中継され、世間を驚愕させたが、多くの死傷者を出した銃撃戦の直後、さらに驚くべき事実が判明する。山岳ベースを移動中の一カ月半足らずに十二人、その前に京浜安保共闘単独で二人、計十四人の同志を殺害したと、逮捕されたメンバーが明かしたのである。

連合赤軍の幹部、永田洋子元死刑囚（東京拘置所で病没）の著書『十六の墓標』や坂口弘死刑囚の『あさま山荘１９７２』の詳細、リアルな描写は、次々に同志を死に追い込んでいく凄惨な粛清の記録である。「共産主義化」の理論のもと、追及する側にも判然とはしていない「自己批判」や「総括」の要求は、そのぶん限度というものを知らず、死がその結末であった。二人の「懺悔録」に見えるのは、自ら隘路にはまっていく「革命戦士」たちの自家撞着である。

思えば、六〇年安保以降の新左翼運動に弔鐘を打ち鳴らした出来事であった。社会情勢はどうであれ、多くの若者たちの「革命」という「夢」を打ち砕いた惨事であった。体制に異議を申し立てる旗手の一つの致命的な過誤が、社会の活性を著しくそいでしまったのだ。四十年の時をへて、社会はすっかり均質化し、その中から格差社会と呼ばれる「新・貧乏物語」が生まれる。踏まれても蹴られても、物言わぬ現代の若者たち。その遠い起点の一つが連合赤軍事件だと思う。

当時、マスコミや識者らは事件について、「狂気の集団」と一刀両断に切り捨てる論調にほぼ終始した。そして異常、特異な事件として封印してしまったのである。ほとんど検証がなされぬまま、封印はこんにちに至るまで解かれていない。

あれはほんとうに狂気が生んだ所業だったか。そこだけ取り出せば、残虐きわまりないリンチ殺人だったと断じざるを得ない。免罪の余地はない。しかし、彼らが精神異常をきたしていたとも、思えない。過度のプライドの高さやエリート意識、傲慢さはあったにしても、使命感をもった、ふつうの青年たちであったことは疑いをいれない。

彼らを駆り立てたものを思うとき、『歎異抄』の親鸞の言葉を思い出す。親鸞はいう。人を殺さないのは、心がけが良いから殺さぬのではない。きっかけがないからだけのことだ。機縁さえあれば、人は百人でも千人でも殺してしまうのだ、と。人間の弱さ、無明を突いて、これほど切なく、恐ろしい言葉もない。

信仰が篤く、イエスの最も優れた弟子であったペテロとユダは土壇場で師を裏切るが、イエスは彼らを赦す。それが感動的なのは、生死を分かつかもしれない極限状況という機縁さえ介在しなければ、ペテロもユダも忠実な神の僕として、輝かしい人生をまっとうできたであろうに、というイエスの憐憫の深さによる。親鸞と同じ、人間への緩やかなまなざしによる。

連合赤軍事件は、驚天動地ではあったとしても決して異常な事件ではない。古今東西、戦場で繰り返された残虐行為の多くが、平時は平凡で善良な人たちによるものであることは、私たちの常識のうちにある。しかし、人間とは何者か、意志の力とは何か、といった常なる自問を怠るなら、単なる自己放棄で終わってしまうほかはない。

坂口弘死刑囚は獄中、短歌を始めている。武骨な人柄といわれ、左翼闘争用語しか知らなかった彼が日本古来の表現形式に向かったのは、未知の方法で己を語り、再生の道を探ろうとする渾身の試みであったに違いない。孤立無援の死刑囚が独房でたまたま目にした西行の歌にひかれ、歌い始めるのは、逮捕されてから十四年後のことだ。巧みとはいえないが、切迫感のある『坂口弘歌稿』からいくつか挙げてみる。

わが胸にリンチに死にし友らいて雪折れの枝叫び居るなり
リンチ死を敗北死なりと偽りて堕ちゆくを知る全身に知る
刺さざりし奴が居りぬと叫ぶ声吾のことかと立ち竦みおり

歌人道浦母都子は坂口死刑囚と同じ六十五歳。『無援の抒情』で歌壇に新風を吹き込んだ彼女もスクラムと内ゲバの学園紛争をくぐり抜けたひとりだ。逮捕、帰郷、結婚、離婚……。曲折をへながら、学園紛争をめぐる鬱々、悶々とした思いを十年かけて歌集に編む。歌声には張りがあり、剛直でさえある。

迫りくる楯怯えつつ怯えつつ確かめている私の実在
「今日生きねば明日生きられぬ」という言葉想いて激しきジグザグにいる
たまらなく寂しき夜は仰向きて苦しきまでに人を想いぬ
釈放されて帰りしわれの頬を打つ父よあなたこそ起たねばならぬ
君の中にわが忌む党を見つむるとき橋のない川音高く流る

あのスクラムは何だったのか。「政治の季節」が終われば、さっさと新しい服に着替えて去っていく仲間たち。「われわれ」から「われ」に還っていく寂寥と不安。「今日生きねば明日生きられぬ」道浦母都子の緊張は、運動を離れた後も持続する。いや、時間とともに増幅する彼女のこだわりは、『無援の抒情』以降の次のような歌にも表れている。

生かされて存《なが》らうことの悲しみに満ち満ちていむ永田洋子よ
私だったかもしれない永田洋子　鬱血のこころは夜半に遂に溢れぬ

永田洋子は私だ、と道浦母都子は言う。二人を分けたものに想いをめぐらす歌人の目は、機縁の不思議、不公平を見すえてもいる。
『無援の抒情』にこんな一首がある。

稚き手白き手選びてビラ渡すその手がつかむものを信じて

希望を託す相手の「稚き手白き手」は、社会のありように憤り、スクラムを組み始めたころの、永田洋子や坂口弘、あるいは道浦母都子自身の手でもある。その「稚き手白き手」で始めた国家権力との闘いは、一敗地にまみれ、彼らの人生を大きく変えていく。
大半が仲間殺しの懺悔の歌で占められる『坂口弘歌稿』に、珍しく政治の場面を詠んだものがある。

浅間山荘銃撃戦のさなか、ふと目にしたテレビ画面の記憶である。

山荘でニクソン訪中のテレビ観き時代に遅れ銃を撃ちたり

赤軍派と手を組む前に彼が属した京浜安保共闘は毛沢東思想を奉じ、「反米愛国」を掲げていた。その憎むべき米国の大統領が、崇拝する毛沢東、周恩来とにこやかに握手を交わしているではないか。折も折、銃撃戦という修羅場で、歴史的な米中和解を目撃させられることになる。むろん当時の坂口弘の心境は知るよしもないが、「時代に遅れ」という言葉に、彼の虚脱感のようなものがにじんでいる。浅間山荘事件、連合赤軍事件に先立つ十数年前、寺山修司が歌ったあの歌を思い出す。前衛歌人として若者を鼓舞し続けた寺山だが、この歌は国家権力との闘いに敗走を重ねる若者たちに、あらかじめささげられた鎮魂歌とも聴こえる。

マッチ擦るつかのま海に霧ふかし身捨つるほどの祖国はありや

臨床

近藤誠さんの著書『がん放置療法のすすめ』をおもしろく読んだ。慶應大学病院放射線科の医師で、がん治療医たちとの長年の論争のなかで、この国のがん治療に対して異議を唱え続けている人だ。

手術はほとんど無意味である、抗がん剤が効くがんは全体の一割にすぎない、がん検診は百害あって一利なし、を持論とする。根拠に、すべてのがんはほんものか「もどき」かの二種類に分かれるとする、独自の理論がある。ほんものなら、がん発見のはるか前に転移があるから根治できず、治療しても生存期間は放置した場合と変わらない。「がんもどき」だと大きくならず、転移もしないので、放置したほうがよい。年来の主張は、この著でさらに厚みを増している。

別の大学病院で乳がんと診断され、全摘手術を勧められた四十六歳の女性。病院の紹介状や病理検査の結果から、近藤さんは「がんもどき」タイプと判断、女性も切らずに治す方法を希望したため半年に一回、レントゲン撮影で経過をみた。しかし、がん細胞は何の変化も見せず、最初にがんと診断されてから二十二年がたっている。

胃がんと診断され、即手術をと言われた三十一歳の男性。近藤外来を受診、経過観察の道を選んだ。

進行が速い悪性のがんだったが、無治療のため身体に負担がかからず、ふつうの日常を送ることができた。痛みや不眠を訴えるようになってからは緩和療法で症状を抑え、安らかな最期を迎えた。初診から五年近く生きた。

放置療法は、近藤さんの臨床医の経験から編み出されたものだ。若いころは治療に積極的で、強い抗がん剤も用いた。ところが患者は副作用に苦しみ、命を縮めた人も少なからずいた。これはおかしい、と内外の臨床データ論文を読み込み、がんの本質について考え抜いた。結論は抗がん剤無効論だった。

さらに手術、放射線、がんの早期発見でも欧米をはじめ、最新の臨床データを徹底的に分析した。ねらいは一つ、患者が苦しまずに長生きできる理論の構築にあった。たどり着いたのが放置療法である。

放置療法というネーミングに意表を突かれるむきも多いはずだ。がんは、放っておけばどんどん大きくなり、他臓器に転移しついには死に至らしめるという通念が患者にも医師にも根強くあるからだ。しかし、と近藤さんは言う。がんを放置すれば、進行・増殖を続けるとする証拠はほんとうにあるのか、と。転移がん（ほんもの）を治療しないことはあっても、患者側が拒否しないかぎり、ほとんどのがんは見つかりしだい、ただちに「治療」されてきたのである。

その結果、患者はがんとではなく、治療がもたらす激しい副作用や後遺症と闘ってきたのではないか。相手が「がんもどき」であったとしたら、何をかいわんやであろう。

がんは、発がん物質によって傷つけられた遺伝子が加齢とともに蓄積され、正常な細胞をがん細胞に変える、老化の一種だ。ウイルスや細菌と違って、がん細胞といえども自己の一部だ。つまり自分と闘うという考えには、どこか無理や矛盾があるのではないか、と問うのである。

かつて近藤さんの著書『患者よ、がんと闘うな』が共感、反発こもごも、大きな反響を呼んだ。『がん放置療法のすすめ』は、その旧著の結論をもう一度記して、結ばれている。

「私たちが、がんを自然現象としてうけいれることができるなら、がんによる死はふつう自然で平和ですから、がんにおいてこそ、やまいという観念から死ぬまで解放されることができるはずです」

もう十五、六年前のことになるが、取材で慶大病院に近藤医師を訪ねた。『患者よ、がんと闘うな』が日本のがん治療のあり方に一石を投じていたころだ。論戦と孤立の中にあった近藤さんにピリピリした雰囲気とともに、ある覇気を感じたことを覚えている。

近藤さんが語ったのは、ひとことでいうなら、がんとの共生の勧めであった。

無知に発するがんへの恐怖が、がんを見る目や、日本人の死生観をどれほど曇らせてきたことか。人生を豊かに生きようとするなら、治療上のこだわりと距離をおき、別の構えをもつことも必要ではないか、と。がんは常に、患者本人の生き方そのものにかかわるテーマを示唆してくる。がんに限ったことではない。私たちは人生の途上で、さまざまな「もどき」との闘いに精魂をすりへらしてはいないだろうか。

近藤さんが提唱し異端視され続けた乳房温存療法が現在、乳がんの標準的な治療法として確立されたことを思えば、放置療法のもつ魅力は、しろうと目にも故なしとしないのである。

患者一人ひとりのがんの性格を見きわめ、がん細胞と「相談」しながら、最後は患者本人の決断にゆだねる近藤さんの対処法は、臨床ということの神髄を教えてくれる。

臨床とは治療行為一般を超えて、病者のかたわらに立ち、病気より人間に軸足をかけた医療者の態度も含むが、その逆の手続きをマニュアル化したものが現代医療一般だろう。そうした反省を踏まえてのことか、近年臨床という言葉に、とりわけ哲学者たちが着目しているのは興味深い。

中村雄二郎さんの「臨床の知」、鷲田清一さんの「臨床哲学」という表現はよく知られている。近代科学の「合理性」や「客観性」の偏重を衝く、人間へのアプローチのまき直しだ。対象の断片化、数量化による近代科学の進歩・功績を否定はしない。しかし、そこからこぼれ落ちたものも計りしれないものがある。個別、多様なもの、つまりナマモノとしての人間や命である。

鷲田さんとの共著『臨床とことば』で、心理療法家の河合隼雄さんはこう語っている。

口うるさい母親をうとましく思っている中学生のカウンセリングの何回目か、その子が「ボクも一人っ子やしな」とつぶやき、次に「お母さんも、無理ないとこもある」と微妙に変わる。「変やな、お母さんこの頃変わってきた。前ほどガミガミ言わなくなった」とさらにトーン変化。そして「いや、変わってきたのはボクかな」と。河合さんは黙って聴くだけだ。

非常におもしろかったのは母親の反応だった、と河合さんはつけ加えている。

母親は、何もかもいい方向に変わったと喜び、しかし、先生のおかげとは思っていないと言ったのだ。「何もしてくれなかったから」というのがその理由だ。「聴く」ことが、「何もしない」ことと受けとられているという事実は注目に値する、と述べている。臨床という個と個の関係の場で働く、外部からはうかがいしれない、ある特殊な力。近藤さんの放置療法と通じるものがある。

ここまで書いてきてふと思う。私たちが日々出合う、あらかじめ正解のないナマな経験を臨機応変にこなしていかねばならない人生が、じつは「臨床」そのものなのだ。そして最後にやってくる、だれやかれやの臨終、彼我の全き断絶。臨床の極点が、そこにあると思う。

死の臨床といえば、やはりこの人が思い浮かぶ。鳥取市内で、ホスピスケアのある「野の花診療所」を率いる徳永進医師だ。「死がボクのテーマ。死の横で仕事がしたかった」という徳永さんは、死の詞華集と呼びたいような、数々の名エッセイを世に送り出している。主人公は市井の人たちであり、掛け値なしの臨床発の現場報告だ。

なにげない会話ににじむ、夫の断念の気配に末期がんを悟る妻、死の直前、「田んぼの土を踏みたい」と言って、ほんとうに田植え前の田の土を踏みに行った農夫、「自転車で街を走ってみたい」と病室に自転車を置く余命三カ月の男性、「済んだ、済んだ、これでおしまい」と、終息宣言をする人……。がんで余命いくばくもない男性の病室に昔の仲間が集まった。セミプロの歌手が一人いて、ギターの生演奏と歌に皆がなごんだ。本人も仲間も、死が近いことを知っている。徳永さんは考える。こんなとき、男性もいっしょに歌える歌はないだろうか。「ハッピーバースデートゥユー」に負けない、死のときの国民歌があってもいい。だれか作ってくれないか（『死の文化を豊かに』）。

「わしァ、家で野垂れ死にする」と言ってきかないおじいさんの退院前、徳永さんは留守宅を見に行った。押入れに桐の棺があった。いずれ入るつもりで買っておいたという。徳永さんは考える。家具売り場にもホームセンターにも棺売り場はない。新聞の広告でも見たことがない。どこかヘンだ。だれか、「かんおけー、手作りのかんおけー」と住宅街を売り歩いてくれないか（同前）。

エッセイに多く描かれるのは、自分の死への想念を育て、確かなものにしていく、終末期の人たちの姿であり、死後それが残された人たちの中に、「わがこと」として深みと広がりを増していく、そういう風景である。

近藤さんの取材と同時期、終末期医療について徳永さんにもお話をうかがったことがある。都合で鳥取まで出向くことができず、電話でのやりとりとなったが、一時間近くも懇切に応じてくれた。インタビューの終わりに、「人間が最期にすごい可能性を見せてくれることを臨床で学びました。……なぜ、元気（健康）なときに人はしょぼくれているのでしょうか」と言った言葉が耳底に残っている。

無用の用

以前ほど熱心に新聞を読まなくなった。テレビの報道番組を見る時間もめっきり減った。神経を逆なでされるような報道が多過ぎるせいだと自覚したのは、うかつにも最近のことだ。むろん、それはきのうきょうの話ではない。報道が、事件、事故、政変、戦争といった異常事態の追っかけを主たる職分とする以上、多少のセンセーショナリズムについては長かった記者暮らしでわきまえているつもりであったが。
これまでも何度か触れてきたことである。
十数年途切れることのない、三万人を超す日本人の自死。虐待やいじめによる子らの無念死。グローバリズムという装いの、市場原理主義者らの強欲。中東の内戦、紛争を突き動かす憎悪と恐怖の連鎖……。人々は競争と対立と争闘の場に囲い込まれ、不毛な闘いを強いられている。それらを報じる新聞の大見出しや、テレビのキャスターやゲストらの殊勝らしさの中の、そこはかとない扇情と本質的な無関心にも不快感を覚えるのだ。

パスカルがこんなことを言っている。

人間の不幸というものは、みなただ一つのこと、すなわち、部屋の中に静かに休んでいられないことから起こるのだということである。

『パンセ』（前田陽一・由木康訳）にある断章だが、人間を「部屋の中に静かに休んでいられない」存在と定義したところに、パスカルの慧眼と表現の卓抜さがある。そして、パスカルの時代から四百年、人間の本性は変わらないものだとため息ひとつ。
パスカルによれば、人間は絶えず気をまぎらわせずにはいられない存在である。無限と虚無のあいだで宙吊り状態にあって、「部屋」にこもっていると、つまり無為のうちにいると、たちまち死の恐怖や不安や孤独に襲われ、それに耐えることができないひ弱な存在だからだ。

気ばらしのため、「部屋」を出た彼がおもむくのは、賭けごと、社交、名誉、財産などであり、戦争でさえ、そのための立派な手段となる。ここにジレンマが生じる。気ばらしなしには、惨めであるほかはない不幸と、気ばらしを求めるあまり、本質的なことがらに目をふさいでしまう不幸である。

このような「定めなさ」（パスカル）からパスカルは断固、人間を救い出そうとする。あの「考える葦」の断章だ。「部屋」から出るな、葦のような脆弱な存在なりに、そこからとことん考えよ、と。小人閑居する「部屋」を、自己や世界と向き合う思索の場に変えることに、ぎりぎり人間の尊厳が託されるのだ。

「幸福な家庭はすべて互いに似かよったものであり、不幸な家庭はどこもその不幸のおもむきが異なっているものである」（木村浩訳）。『アンナ・カレーニナ』の書き出しだ。受け止めかたは人それぞれであろうが、トルストイのこの文章はパスカルの考えと一脈通じ合うものがある。

自足を知る人たちの幸福感は、他者という敵をつくり出す必要も感じなければ、他人に意見を押しつけたりもしない。他方、彼我の比較に余念がない人たちは、あれもこれもと欲望に駆られては次々と摩擦を生み、さまざまの不幸を世にまき散らす。「部屋」にじっとしていられる人と、そうでない人の違いか。勝手にそう解釈している。

自分の「部屋」にこもって、内側から生命や真理をつかもうとする努力や工夫は昔からあった。瞑想や坐禅、ヨーガはその代表格であろう。面壁九年の達磨大師、釈迦は六年、日本の禅宗では、悟りをひらく方法として坐禅が最重視されてきた。

聖者たちの名を連ねたあとで気がひけるのだが、私にも瞑想体験がある。私の体験など言うに足りないものだとしても、目を閉じてこころ静かに精神統一をはかることがいかにむずかしいか、それを言いたいのである。

胸中深く、どれほどたくさんの欲望や雑念を抱え込んでいるか、瞑想という難行が教えてくれる。だれもが外へ外へと向かおうとする不幸の火種を隠し持って、押し合いへし合いしている現世が、じつはどんなに恐ろしい場所か、知らぬが仏を決め込むに如くはない。

中国に陸沈という言葉がある。「大隠は朝市に隠る」という生き方を意味し、故事ことわざ辞典によれば、大悟した人物は山中などに住まずに市中に暮らし、泰然と俗世間と交わりながら世俗を超越しているという。日本では隠居や隠者と呼ばれる人たちが、この系譜に連なるものだろう。瞑想や坐禅は、修行をともなう自己鍛錬という要素が強いが、こちらは、いわば生活態度としての「部屋」ごもりといったところか。

世間は表むき彼らを敬しつつも、本音では無用者、あるいは変わり者として横目に通り過ぎるのを常としてきた。まして安直な行動主義やワンフレーズに喝采があつまる時代である。瞑想も坐禅も、陸沈も隠棲も、時代遅れだと考える人が増えるのも当然なのかもしれない。

無用者という言葉から連想する、私なりのイメージに合った一群の良質の人たちを知っている。鹿児島県の離島、屋久島に住む県外からの移住者たちだ。記者のころから何度もこの島を訪ね、幾人もの移住者と知り合った。東京、大阪、埼玉といった都会生活の経験者が多かった。彼らはどことなく似かよっていた。穏やかで、主張したり激したり構えたりするところがないことだ。それでいて、大工仕事で自宅を建て、トビウオの燻製をつくり、多種多様の作物を育て、自家製のビールも醸造する、優れた生活人でもあった。

その一人に、東京から移ってきたカメラマンがいる。とてもシャイで、三十数年来屋久島の森を撮り続けている人だ。彼の体験談はずっと以前にこの欄で紹介したことがあるが、いい話なのでもう一度書く。

一日の撮影を終え、縄文杉近くの小屋で夕食をとっていたときのことだったという。だれかが入り口の引き戸をノックするので、開けたところ、だれもいない。食事に戻ると再びコツコツという音。もう一度開けるとメスのシカが一頭、こちらを見ている。彼女は一瞬、頭を下げるような仕草をし、林の中に去っていった。

思い当たることがあった。昼間、沢で傷つき、死んでいる子ジカと出会った。不憫に思い、砂地に埋葬して弔った。母ジカはどこからか見ていたのだ。そしてお礼を言いに来たのだ。彼はそう直覚した。長い時間、一人きりで森の中にいると、自分も含め、樹も草も動物も、鉱物さえもがつながり合っているのを実感する。そんな気分が、あの母ジカにも伝わったのだと思う、と彼は言った。

カメラマンの話に、私は「もののあはれ」という古くからの、日本人のこころの働きを思った。ああ、という歎息とともに、一回限りの頼りないこの世の生の営みに、しみじみと「あはれ」を感じる心情である。生活に利するものは何もなく、いまでは死語に近い。しかし人と自然をそのように観照するこころの働きが、その人の人生に資するものの大きさを思って、私はカメラマンの話に心底共感したのであった。

古代中国の賢人の言に「無用の用」というのがある。世間から無用者と見られている人たちの中にこそ、大切なものが秘められているとの謂いだ。ときどき、屋久島で出会った彼ら彼女らの顔を思い浮かべながら、私はこの言葉の持つ味わいをかみしめ直している。

ひきこもりや不登校が社会問題として騒がれだしてからずいぶんになる。主として社会的な不適応の問題として語られてきた。背景にあるのは、社会や学校で他者と交わり、協調することが健全であるとする価値観だ。

私たちの社会は、ある意味、彼らに対して寛容さを欠いてはいないだろうか。

医師やカウンセラーの助力を必要とする人たちもいるだろう。いじめにあうなどして萎縮し、家から出られない子らも多いに違いない。しかし単に社交が苦手だったり、そこに価値を見出せないで、自分一人の時間を持ちたいだけの、自発的なひきこもりや不登校も相当数いるはずである。

雇用する側の都合で大量に生みだされ、一定の階層をなすまでになったフリーターの中にも、正規雇用を拒む者が増えていると、最近、何かで読んだ。自由な時間が欲しくて、すすんで競争の場から降りるのだという。

世の中には二種類の人間がいる。外へ向かう人たちと、内に向かう人たちだ。自分を有用だとうぬぼれる前者が圧倒的に優勢なのは、いつの時代も変わらない。だが、私は疑っている。彼らの多くは、「部屋」で静かにしているのが不安なあまり、忙しく立ち回っているだけではないのか。そして、後者の中にこそ、魂を養生するために内なる土壌を耕し続けている人が少なくないであろうことを信じている。

無事有事

諸事、事あれかしと身構える風潮が、この国に蔓延している気がしてならない。身動きならず密室に閉じ込められていると感じ、ならばいっそ、壁を打ち壊してでも飛びだしたい、壁の向こう側に何が待ち受けていようとも。浮き足立った観のある社会の気分に危うさを覚える昨今だ。

浩然の気を養おうと、静岡大で農学を教えていた義兄中井弘和さんの棚田を訪ねた。静岡市のはずれ、里山と接した二反ほどの田んぼは新緑の中にあった。ひところほどではないにしても、棚田は自然保護や景観保全の観点から根強い人気を保っているらしい。写真集も多く出され、景観美を競っている。

しかし彼の棚田はおもむきを異にする。草ぼうぼうの外観は、写真集で見る、一糸乱れずといった印象の棚田と違い野趣に富む。季節柄や田植え前ということもあろうが、自然農という特殊な農法によるところが大きい。農薬や化学肥料をいっさい使わず、耕すことすらしない。自然の堆肥だけを用いた水田作りで土本来の力を引き出そうとする栽培法だ。
品種改良の学問である植物育種学が専門の義兄がこの農法と取り組んで二十数年になる。大学を定年になるまでの十四年間、世界中から百二十品種のイネを集めて長野県を中心に全国各地で、自然農法と従来の農法の田んぼで育てながら、基礎的な研究を続けてきた。定年後はこれを土台に、全国二十カ所で地元の農家といっしょに、その土地に合った品種を作るための品種改良を重ねている。二、三年後、かなりの数の新種が登場する見通しだという。

十四年目になる、ここ地元静岡の棚田でも二十品種ほどのイネを栽培している。しかし他の田んぼが、彼の学問実践の場であるのに対し、ここの特徴は、参加者とともに農作業のなかで自然とのつき合い方を学び、生き方を探る場でもあることだ。現地の地名をとって「清沢塾」と名づけられた棚田の三十人の塾生の多くは、農業とは無縁だった人たちだ。長年放置され、草に埋もれた棚田を借り受けて復元、人手不足で現在は十五、六段だが、一時は二十四段あった。

なつかしい生きものと出会った。シオカラトンボだ。たしかムギワラトンボとも呼んでいたと記憶するが、胴体が黒とグレイのあれだ。もう何十年も見たことがなかった。ミズスマシやクロアゲハもいた。彼らの無言のざわめきが、私を子どものころにタイムスリップさせる。

清沢塾の休憩小屋でおにぎりとビールの昼食をとりながら、中井塾長が「もうじきホタルが出てくるよ」という。ゲンジボタル、次いでヘイケボタル。両者の共棲はまれなことで、六、七月には近隣から毎晩、何十人もが見物にやってくるそうだ。周辺の茶畑農家に広がりつつある減農薬の動きは、このホタルの繁殖に教えられたものだ。

ある光景が義兄の眼底に焼きついている。静岡市のとなりの富士宮市で、市の依頼で荒れ放題の田んぼに自然農法を導入したときのことだ。一面の水田、けれども、よみがえった彼の田んぼの上だけ赤トンボが群れ、そこから出ようとしないのだ。目には見えない、生態系内部で働く動的平衡。自然のふところの深さを思う。

農学者としての彼の信条の一つに、身体と土は不可分という「身土不二」の仏教思想がある。クリスチャンの彼にとって、それは旧約聖書の「創世記」が語る、土のちりを材料とした、神による人間創生神話と重なる。生命の源としての土というメタファーだ。

土の活性を奪う農薬、化学肥料、作業の機械化という効率重視の近代農業の産物が、食する人のいのちと健康に影響を与えないはずはない。「身土不二」が彼の中で、季節（旬）の野菜を食べることの大切さへとイメージアップされるのは理の当然であろう。

たとえば、見ばえはいいが、ビタミン、ミネラルなどの栄養価や味覚で劣る、いわゆる「宝石野菜」や「貧血野菜」。一年中、キュウリやトマトが食卓にのぼることをだれも不自然と思わない。遺伝子組み換え食品まで生んだ「食」の人工化はもはや歯止めがない。

高度に発達した技術と効率主義が、逆に人と物をその尺度のなかに押し込め、単純化してしまおうとする本末転倒について、彼は論文「米と環境」のなかで次のように書く。

画一的な製品としての農薬、化学肥料、機械に合わせるように品種改良が進められた当然の結果として、それらに合わない膨大な数の育種材料・品種（植物遺伝資源）が捨て去られた。これは、近代農業を進める中で、われわれ日本人が犯したもっとも大きな誤りのひとつとされる。

（中井ほか編『米と日本人』）

「大きな誤り」とわかっていながら、その流れが減速されることはない。「食」の危機は、定向進化にも似た現代文明全体の進み具合やその弊と軌を一にしているからである。すべてを画一化しようとする現代文明の衝動についてのポール・ヴァレリーの明察をひいてみよう。

われわれ（ヨーロッパ）の文明は機械の構造と質とを帯びる、というか帯びようとする傾きがある。（中略）機械の本質をなすその正確さというものは（中略）役割と条件とが明確に定義されないような人間が、ひとりでも残っていることを、それは容認できない。それは、その見地から見て不明確な個人を排除し、そうでないものを、種の過去はおろか未来をも意に介することなく、配置し直す。

（「知力の危機について」寺田透訳、『ヴァレリー全集11　文明批評』所収、傍点はヴァレリー）

ヴァレリーはこのエッセイの別の箇所で、デカルトとバッハについて言及している。作品を初めて世に問うたのは、デカルト四十八歳、バッハは五十代なかば。ヴァレリーによると、その偉大さが世に知られるまでの長い年月、元軍人の年金受給者と教会のオルガン奏者だった二人は「その時代の社会的定義においては、明確さが欠けていたばかりに存在しえたのである」。デカルトとバッハを、農薬や化学肥料や機械になじまない「品種」にたとえてみると、「不明確」という言葉の意味が積極性を帯びてくる。
不明確なもの（自然といってもいいが）に目を閉ざす科学（技術）はただの蛮行に堕してしまうであろう、とは科学に無知な私の思い込みである。だが、「自然に配慮すれば、自然はそれ以上の配慮をもって応えてくれる」という、清沢塾の小屋で聞いた義兄の言葉には、自然農（法）二十年余の自信と実感がこもっていた。

「トマトにはトマトの生きる論理がある」と彼はいう。長いあいだ、トマトは夏野菜として栽培され、人間とトマトのひとつの生態系が築かれてきた。しかし季節の無視という、人間の一方的な欲望の論理によって、生得の論理を否定されたトマトが栄養不良に陥るのは当然の結果だった、と。科学技術の蛮行である。

手元に一冊の本がある。『自然農の大きな庭に遊んでの10年』。「ある棚田の稲の姿に関する記録」と副題がついている。以前、義兄から送られてきた。筆者は清沢塾発足時からのメンバーの近藤弥五郎さんという人だ。農学の基礎的な訓練は受けていないが、清沢塾の理念をもっとも深く理解、体現した一人だったという。夏は朝五時ごろには棚田に現れ、作業が始まる九時にはひと仕事終えていた。

本を開くとほぼ全ページに、イネの生育と態様などの観察・調査結果を表した図表や計算式が載っている。私にはチンプンカンプンだが、調査項目の多さ、図表の多彩さに、これはたいへんな根気と工夫が費やされているなと感じる。専門家の義兄でさえ、観察記録を見せられたときは、面食らったらしい。しかし、じっくり眺めているうち、じつに豊富なデータが集められ、縦横無尽に分析が加えられているのがわかった。豊かなイネの姿がまざまざと浮かび上がってくるのである。

著書の題名にある「遊び」という言葉がいい。自然と遊ぶ、いや遊んでもらう。そんな感謝と謙虚は、清沢塾に集まってくる人たちに共通した気分でもある。遊びながら自然のふところにもぐりこみ、その秘密を教えてもらう。こんなぜいたくがほかにあるだろうかと義兄は思い、いまは亡い近藤さんをしのんで、「科学の原点を見る思いがした」と言うのである。

自然に還れ。歴史のさまざまな文明の段階で、この言葉が繰り返されてきた。人間自身が自然の一員でありながら、だんだん自然との距離が広がっていくことへの不安は、いつの時代にも重くのしかかっていたようだ。文明史とは他面、自然破壊の歴史でもある。自然と事を構える有事の歴史である。だれもがつつがなく、無事で生きたいと願う。「事なかれ」でも「事あれかし」でもない、穏やかな暮らしむきを望むのだ。

清沢塾の棚田で遊んだ日々、自然保護や環境問題について、大切なことを教えられたように思う。思想やイデオロギーといった頭でっかちの議論では事態は動かせまいということだ。長い文明史の宿痾《しゅくあ》ともいえ、すみやかに解決できるような問題ではないからだ。

むしろ、近藤さんたちに見るように、工夫とか辛抱強さとか、そういう個人個人の努力の積み重ねの先に光が見えてくる性質のものであろう。そうした生き方が広がっていけば、自然の無事もおのずとそのうしろからついてくるであろう。

ホモ・エコノミクス

ロシアと国境を接するグルジア（現ジョージア）の首都トビリシのレストランで食事をしていたときのこと。まわりのテーブルで若者たちが、ピッチャーのワインをグイグイやっている。平日の昼間である。一九九八年初夏のことだ。

ソ連崩壊後の内乱に続く複数の民族紛争を抱え、グルジアの首都は治安が悪く、デパートや商店は品薄、人影もまばらだった。不穏で疲弊した印象の中、レストランで毎日のように見かける、コーカサスの青年たちのかげりのない笑顔だけははっきりと覚えている。

その十年前、ギリシャの首都アテネ。取材で訪ねた海神ポセイドンの神殿がある海辺に、小さな白壁の別荘がひしめいていた。市井の暮らしはさして豊かとも見えないが、ふつうの勤め人なら、別荘を持っていて、週末の三日間はそこで過ごす、と通訳の日本人女性から聞いた。

アウトドアと談論風発、この二つがギリシャ人の生活術の肝だという。通訳の女性はギリシャ人と結婚して、長年アテネに住んでいる。関西出身の彼女は里帰りのたびに母国の繁栄ぶりに驚かされる。半面、白茶けた感じの人間関係に違和感がぬぐえず、複雑な思いを抱いて帰国するともいう。

消費を軸とする日本人のライフスタイルを疑問視する声が、ほかならぬ私たち自身のあいだから発せられて久しい。一方で、「はたらけど、はたらけど」困窮する、啄木の時代とは別種の貧困層を新たに生んでもいる。この国の来し方行く末を思い、ふとグルジアとギリシャの思い出がよみがえった。

ふり返れば、仕事でグルジアを訪れた一九九八年、国内の自殺者は前年より一挙に八千人増え、史上初めて三万人を超えた。大手の証券会社などが破綻し、中小、零細業者への貸し渋り、貸しはがしといった銀行の心ない仕打ちが、経営者や家族を自殺に追い込んでいくケースも多かった。

ギリシャで遊んだ一九八九年、日本はバブル最後の宴に狂奔する日々だった。翌一九九〇年から株や債券が値崩れし、多くの金融機関で貸付金がこげつき不良債権化する。リストラによる失業率の急上昇と重なって、日本はまっしぐらに不況の階段を駆け下り現在に至っている。

グルジアもギリシャもいまは遠い思い出の中にある。けれども、当時深く考えることもなかった二つの国の、冒頭に述べた記憶がいまにして、強力な光源から発せられた光となって、「自殺大国日本」という文脈の中に射し込んでくる。

WHO（世界保健機関）の二〇一二年の自殺統計を調べてみた。データを持つ百五カ国のうち、自殺率（人口十万人当たりの自殺者数）の高さでグルジアは七十一番目、ギリシャは八十番目にランクされている。財政破綻と高失業率に苦しむギリシャの低さは意外だった。日本の自殺率は八番目の高さだ。

自殺には、病気や人間関係などの個人的な事情や経済環境、国民性、宗教といった多くの要因がからみあっていることが多い。しかし、グルジアやギリシャと日本の落差を思うとき、背景にライフスタイルの違いがあるだろうことは、私の乏しい見聞からでも容易に想像がつく。

最近の報道によれば、一九九八年以来、毎年三万人を超えていた日本の自殺者数が二〇一二年、十五年ぶりに三万人を下回ったという。事態改善のきざしなのか、単なる小康状態と見るべきか。私は前者の解釈をとる気には、とてもなれない。時代の趨勢はむしろ人々の生存すら危うくする方向に向かっているように思われるからだ。

原発事故とその後の対応は暗示的である。福島の被災者は放置され、放射線量情報は隠されたまま。自民党が政権復帰したとたん、さっさと脱原発から再稼動へ、途上国への原発輸出まで決まった。

経済成長を否定するものではない。だれのための成長かと問いたいだけだ。GDP（国内総生産）は増え続けているのに、働く人たちへのおすそわけはない。人件費の削減で大企業がためこんだ内部留保はかつてなく巨額である。しかし、雇用維持や分配に使う気はさらさらないらしい。

国民生活をかやの外に置いたまま、なお経済成長という一炊の夢にふける、この国の指導者層の多くに、自分以外の人間のための、人間らしいライフスタイルに思いをいたすことなどないのだろう。

ホモ・エコノミクスという。利己心に忠実で、自分の利益を最大限に満足させようとする経済的生きものを意味する。ホモ・ファーベル（工作人）やホモ・ルーデンス（遊戯人）などと同様、ある側面を特化して人間性を定義する評語である。

人間はホモ・エコノミクスという言葉でひとくくりにできるような存在ではない。喜び、悲しみ、怒り、希みながら生きる、情緒てんめんたる生きものだ。だが、「経済人」のみをそこだけ肥大させるのが、勢いを増す新自由主義と呼ばれる米国発の資本主義だ。

三、四十年前、新人類という言葉がはやった。世代論の一種で、それまでとは違う価値観や生活スタイルを主張する若者を指して言った。もじっていうなら、新自由主義の使徒たちはさしずめ経済新人類ということになろうか。新人類には明るい響きがあったが、経済新人類は非情で、どこまでも利にさとい。ことごとに、「市場が判断する」、「市場にまかせよ」と託宣する。あたかも市場を動かしているのは神であるかのように。「人間」がいないのだ。

新自由主義を奉じるグローバル経済の激化で、企業社会で何が起きているか。朝日新聞が、生き残りをかけて人減らしに走る企業の姿を随時、特集している。ここまでやるかといった、とことん人間をおとしめる企業の手口はあこぎにすぎる。

ゲームソフト開発大手の四十代の男性は突然、「キャリア開発課」への異動を命じられた。だが職場は社内にはなく、自宅で自分の職探しをする「部署」なのだ。会社に残りたければ、関連のパチスロ工場の応援を、と告げられる。やむなく工場行きを選ぶが、そこは中古パチスロの解体作業の仕事で、社員らが「追い出し部屋」と呼ぶ職場だった。体調をくずし、「適応障害」と診断された。「配置転換が必要」との診断書を会社に出したが、受け入れられず退職した。

「追い出し部屋」は全国に広がりつつあり、名の通った会社ほど手口は陰湿かつ巧妙という。そして、こんどはそこに商機を見る者が出てくる。「社内失業者」を他の会社に出向させる人材サービス業だ。リストラ関連は成長事業だと記事にあった。

こうした負の連鎖を断罪するのはやさしいが、首を切る側も最低限の免罪符を持っている。経営者であるからには、温情ある、社員に尊敬される立場にいたいに違いない。しかし、「市場が許さない」

のだ。会社の苦境に際し、心を鬼にしなければ株主や投資家から尊敬されず、次は自分が標的にされるかもしれないからだ。この構図を何とかしなければ、弱い立場にある者を自殺や過労死、うつ病や退職に追い込んでいく状況は容易には変えられまい。

昨年の自殺者数が十五年ぶりに三万人を下回ったことについての分析が先ごろ、政府の「自殺対策白書」として出た。初めて三万人を突破した一九九八年と比べると、二十代の自殺率は高い水準のまま、と白書は指摘している。原因や動機をみると、くわしいデータをとり始めた二〇〇七年以降、二十代では変わらず仕事の厳しさや就職難が挙げられている。

米映画「フルメタル・ジャケット」を思い出す。ベトナムの戦場に送られる米海兵隊の若い兵士の訓練を描いたものだった。訓練は若者たちの尊厳を奪うことに主眼がおかれる。戦う兵士は没個性でなければならないからだ。上官の罵詈雑言と体罰に、彼らはしだいに思慮も感情も失い、ロボット化していく。やがてそのうちの一人がなかば発狂状態で上官を射殺、自殺を遂げる。

この映画のテーマは現在のブラック企業のありようと重なる。ネコもしゃくしも、ホモ・エコノミクスとしてだけの行動を強いられるこの国の企業社会はいまや戦場なのだ。いつ、どこから銃弾が飛んでくるかもしれず、当たって倒れても、「自己責任」と突き放されるだけだ。

若者たちを「戦死」させてはならない。「やは肌のあつき血汐にふれも見で……」。生のまぶしさに、ついに触れることなく逝ってしまうかもしれない若者たちに対し、私は「君死にたまふことなかれ」とつぶやくのみである。

廃墟

廃墟という語感にひかれるものがあり、それをテーマに書いてみたいと思って入口を探していたら、記憶のなかのある光景に行き当たった。「遠《とお》の朝廷《みかど》」である。

福岡県太宰府市にある通称都府楼《とふろう》跡。飛鳥から平安時代までの五百年以上、最大の地方官庁だった大宰府政庁の遺構だ。西海道を統括し、外交と防衛の任にあたった「遠の朝廷」は、柿本人麻呂による命名とも伝えられている。

この史跡近くに二年ほど住んだことがあり、よく訪れた。遺構や古代史への関心からというより、廃墟からもらうある安らぎが魅力だった。三十年余におよんだ発掘事業の中期のころで、礎石群や柱穴が古人の息吹をいまに伝えてくることに、不思議な感懐をおぼえたものだ。

秋の一日、地下鉄と私鉄を乗り継いで再訪した故地は風が吹きわたり、いわし雲が浮かんでいた。すっかり面がわりした「廃墟」の入口に、以前はなかった歌碑が建っていた。

あをによし寧楽《なら》の京師《みやこ》は咲く花の薫《にほ》ふがごとく今さかりなり

大宰府に赴任した小野老が奈良の都をたたえ、偲《しの》んだ歌だ。当時、この地には大宰府長官大伴旅人、筑前守山上憶良、旅人の妻大伴郎女、旅人の異母妹大伴坂上郎女ら名だたる歌人が集結、のちに旅人の息子大伴家持が編んだ『万葉集』巻五にその歌群が収められている。

天平二（七三〇）年、旅人の邸宅で催された、有名な「梅花の宴」がそれである。三十二名の歌人が円座になって詠みかわした、梅の美しさと重ねた大宰府讃歌だ。興味深いのは、「員外」、つまり三十二名以外の歌として、匿名の二首がつけ加えられていることである。

わが盛りいたく降《くた》ちぬ雲に飛ぶ薬はむともまた変若《を》ちめやも
雲に飛ぶ薬はむよは都見ばいやしき吾が身また変若ちぬべし

異郷で衰えていくわが身を憐れむ歎声が悲痛である。晴れやかな梅花の宴の三十二首を反転させたかのような二首について、国文学者の中西進さんは旅人の作であろうと推測している（『万葉秀歌選一』）。大宰府をどう謳いあげようとも、都から見ればしょせん僻地に過ぎない。都に帰りたい。都こそがどんな仙薬にもまさる若返りの特効薬なのだ。胸の奥深くに秘められた、望郷のモチーフが顕在化したのがこの二首だと中西さんは言う。

詩人旅人にしてそうであったか。花の都と大宰府のあいだで揺れる彼らの葛藤は、現代人の生活感情のなかにも等しく生き続けている。双方をへだてる千数百年の年月は途方もなく長く、しかし、きのうのことのようでもある。若山牧水は歌っている。

かたはらに秋くさの花かたるらくほろびしものはなつかしきかな

と観じた。先人の衣鉢を継いで私も生きよう。牧水は廃墟にたたずみ、気持を奮いたたせたのである。

ふり返れば、私たち（未来）に向かって営々と行進してくる古人たちを、牧水は「なつかしきかな」

生きよ堕ちよ——。坂口安吾が「人間発見」の叫び声をあげたのは、敗戦間もない廃墟の中であった。「半年のうちに世相は変った」と書き出す『堕落論』はこう続く。

「醜の御楯といでたつ我は。大君のへにこそ死なめかへりみはせじ。若者達は花と散ったが、同じ彼等が生き残って闇屋となる。ももとせの命ねがはじいつの日か御楯とゆかん君とちぎりて。けなげな心情で男を送った女達も（中略）やがて新たな面影を胸に宿すのも遠い日のことではない。人間が変ったのではない。人間は元来そういうものであり、変ったのは世相の上皮だけのことだ」

人っ子一人隠れる場所もない一面焼け野原の、いっそサバサバした戦後の風景が、安吾に『堕落論』を書かせたのだと思う。

「私は偉大な破壊が好きであった。私は爆弾や焼夷弾に戦きながら、狂暴な破壊に劇《はげ》しく亢奮していたが、それにも拘《かかわ》らず、このときほど人間を愛しなつかしんでいた時はないような思いがする」

一切の虚飾をはぎとられて丸裸となった東京という廃墟は、安吾にとって一枚の澄明な鏡であったに違いない。精神もまた過剰な虚飾を捨て去るときではないか。特攻隊の勇士が生き永らえて闇屋になり、戦争未亡人が新たな面影を求めたように、戦時の美化と欺瞞と高揚感で繕われた衣を脱ぎ捨てるときではないか。人間の本然の姿に還ること、それが堕落ということだから。

ただし、安吾によれば、「正しく」堕ちなければならないのである。理想や意に反して人間は必ずや堕落する、その自覚をもて、と。「生きよ堕ちよ」はどこか親鸞を思わせるものがある。

安吾が立った同じ廃墟の地平から、一人の天才少女が現れる。美空ひばりである。

ひばりは十二歳のとき、「悲しき口笛」で国民的アイドルになった。「無垢」な子ども、奇抜で晴朗な「美空ひばり」という芸名、そして焼け跡。意表を突く取り合わせが、廃墟に大輪の花を咲かせていくのはあっという間であった。

子どもが、おとなびた柔らかい歌声とずば抜けた歌唱力でおとなの悲しみを歌う。ひばりがまとった哀感、けなげさは、敗戦後の混乱と疲弊にうちひしがれた大衆の胸にくすぶる再生への希望を掬《すく》いあげていく。天の配剤と呼びたくなるほどに。

少女からおとなへ。戦争を知る世代に焼け跡のにおいを感じさせながら、ひばりは熱唱する。一方で国勢は上昇気流に乗る。乗りすぎて高度成長という新たな熱狂を生んだ。大量生産、大量消費、そして大量廃棄。世界からエコノミック・アニマルと揶揄される猛烈な企業活動。物量戦で完敗した大戦のトラウマかと思わせるほど、それは戦時の一億総動員体制と精神主義の裏返しであった。

「精神的過剰」が「物質的過剰」へ姿を変えたにすぎず、別種のひずみを生まずにはいない。公害一つとっても、前例のない人間と環境の破壊であった。水俣病やイタイイタイ病、四日市ぜんそくを典型に、国策を後ろ盾にした企業の利潤最優先は、列島に修復不能の傷を広げてしまう。

戦後、日本人は「正しく堕ちる」ことができなかったのである。

バブルの崩壊が本格化した一九九一年、都内の喫茶店で女優の緑魔子にインタビューをした。彼女はこんなことを言った。

「人はだれも、こころのどこかに廃墟を抱えて生きています」——。

私の学生時代、彼女はひとかどの映画スターだった。繁栄日本に置き去りにされた裏街の女を、時代の空気感たっぷりに演じて異彩を放っていた。しかし、さっさとスクリーンの世界から去っていく。夫の石橋蓮司と劇団第七病棟を旗揚げしたのである。

新聞社にいたとき、同僚と二人で芸能人の連載記事を一年間続けたことがある。芸能人とその周辺を書けば、時代の断面が描けるかもしれない。緑魔子はぜひとも取りあげてみたい一人だった。

さて、緑魔子のいう廃墟とは何をさすのか。見捨てられ、忘れられた存在であり、その思いだと言う。生きることが、どうあらがいようもなく内部に積み増していく廃墟と、時代や政治の追い討ちによるさらなる延焼。そこにこだわり、それらを引き受けて演じようというのが第七病棟の旗印である。

演劇人の多くも関わった七〇年安保の挫折が大きかった。変革への熱気がひいていき、小劇団の解散が続く。奇妙な明るさが世の中を覆い、人々の内部に見えない廃墟が広がっていく。そこは時代に置き去りにされたものの廃棄場であった。一九七六年、その実感が第七病棟を立ち上げさせたのである。

だれからも視線を向けられないものに光をあてる装置として、廃業した映画館や公衆浴場や倉庫を探すことから始める。劇団員が何カ月もかけて劇場空間に改装するのである。そこに唐十郎らを案内し、時代に切り捨てられたもののイメージにそって戯曲を書いてもらうのだ。

納得のいくまでけいこを重ねたうえでないと上演しないので、劇団結成十六年（当時）で公演回数は七回、オリンピック劇団とからかわれもした。しかし、公演のたびに必ずその年のベストワンか、それに近い評価を得る。

インタビューの終わり近く、緑魔子が言った言葉にはほれぼれするものがあった。

「廃墟に光をあてることは、私のなかの廃墟を見つめること。そこから生きていることの手ごたえをつかみたいのです」

劇団発足から三十七年、第七病棟はがんこに「オリンピック劇団」をつらぬいている。

廃墟はすべてが終わった終着点ではない。

遠い過去から何かがつながってきて、未来に向けてそれをつなげていく中継地、そんなふうにイメージしたい。

二〇一一年三月、福島第一原発の原子炉がメルトダウンし、水素爆発を起こした。何十万人もの人が廃墟となった故郷に帰れないでいる。いまもタンクから膨大な量の放射能汚染水が海に流出している。原発推進派は事故を起こした原発はコントロールされていると言い、電力会社は一刻も早い再稼動を求めている。つながっていく未来がほんとうに見えにくい時代になってきた。

死者と生きる

師走をひかえ、二度続けてちょっといい気分を味わった。余韻はまだ残っている。

特定秘密保護法案の成立に向けて、政府の詭弁、強弁が目に余る時期だった。冬空に舞うタカの群れを見るような、突撃ラッパの音が聞こえてきそうな、そんな剣呑さにへきえきしていた私の気分をつかの間なごませてくれたのである。

ある国立大学で生命倫理講座を担当しているが、授業が終わった直後のことだ。教壇に歩み寄ってきた男子学生に、「死にかけている人にも『生老病死』を説かねばならないのですか」と聞かれた。藪から棒の問いに面食らったが、彼には余命いくばくもない祖母がいて、祖母を案ずるあまりの「質問」だったのだ。

授業で私は仏教でいう「生老病死」について取りあげた。だれ一人免れることのできない、人の一生の道筋を自覚することの大切さを述べたつもりだったが、彼は生死の瀬戸際にいる祖母を思い、頭での理解とは別に感情的に受け容れがたいものを感じたらしかった。

思いつめたような表情は、祖母の手厚い愛情のもとで育てられたことを物語っていた。それにしても、いまどきこれほど肉親への情愛を感じさせる場面に、そうそう出あえるものではない。立ち話の中で、「生老病死」という万古不易の枠組みについて、蛇足めいたことを加えるほかなかったが、不安と焦慮のただなかにある彼の力になり得ようもない。しかし、やがてくるであろう別離の悲嘆がその深さを代償に、彼のその後の人生に大きな糧を与えるに違いないと信じ、私はあるすがすがしさを覚えたのだった。

その数日後、叔母の十七回忌があり、娘夫婦を中心にいとこら十人ほどが集まった。前回の法要から四年、まずは顔を見合わせ、寄る年波を確かめ合うといったふうであった。六十代と七十代が半々、今回は叔母の孫で、娘夫婦の三十七歳になる長男が初めて顔を見せたのが法要に花を添えたかたちになった。

本堂での供養は型どおりで、何十回、何百回となく繰り返したのであろう、よどみのない住職の法話にも、響いてくるものはなかった。しかし席を変えての会食は思いがけずはずんだ。長い海外勤務から帰国したばかりの孫の記憶から浮かび上がる叔母は、私が知る生前の姿を髣髴《ほうふつ》し、他方いくつかのエピソードは、生前は気づかなかった叔母の別の横顔を浮かびあがらせ、愉快な気分になった。なかなかのやかまし屋であったこと、そしてあの年代にはめずらしくドライな感じの人だったが、じつはこまやかな情の人であったこと。孫に触発され、めいめいが問わず語りに叔母の思い出を語ることで、亡き人が新たな存在感を帯びてよみがえってきたのである。

ふと思い起こす。古い話だが、新聞記者のころ、しばしばお話をうかがった作家の石牟礼道子さんのことだ。彼女は幼いころから葬式や法事が好きだったという。死者は人々の思い出話のなかに、在りし日の弊衣を脱ぎ捨て、晴れやかなたたずまいで立ち現れてくるからだ、と。

私たちは死者とともにある。叔母の十七回忌の日、日常と異なる時空の中で、その思いを強くしたのは私一人ではなかったはずである。

死者と生きる街。切り抜いておいた新聞記事を読み返しながら、そんなスポットの存在を思った。二万人近い死者行方不明者を出した東日本大震災から二年余のこの夏、朝日新聞が特集した「新・遠野物語」だ。

現在の岩手県遠野市が舞台になった柳田国男の『遠野物語』の多くは怪談、奇談のたぐいである。特集はそれと重ねて、この世界に通じた文芸評論家東雅夫さんが怪談のもつ力について具体的に語っている。昔から大きな自然災害のあった土地では、種々の怪異現象がみられたが、東北の被災地でも同じことが起きているという。ネットで体験談を募ったら多数の応募があった。東さんが推す、若い女性からの投稿「白い花弁」を次にひく。特集記事に添えられた一篇の要約である。

グラグラ揺れたとき、女性は仙台市のアパートにいた。気仙沼の実家に電話すると、「お父さんは仕事場にいるけど、たぶん大丈夫」との返事。それきり連絡が途絶え、電話がつながった一週間後、父親が帰宅していないことを知る。知人と近くの銭湯に出かけた。涙をお湯でごまかした。帰りぎわ、靴箱からブーツを出し足を入れた瞬間、ふわっと足裏が何かを踏んだ。一房の白い花弁だった。真っ白く、いま切り取られたばかりのようにみずみずしかった。

二週間後、木棺に入れられた父親が帰ってきた。小さなガラスを通して見る顔は水にぬれて青白かったが、大きな傷はなかったのですぐに父親とわかった。遺体に触れたかったが、それはできなかった。棺のなかに隠れている、首から下のからだに視線をやって、あっと声をあげそうになった。胸の上に、ブーツに入っていたのと同じ白い花弁があった。父親を思うとき、あの白い花弁を思い出す。足裏で感じた冷たさと柔らかさも……。

被災地で東さんはほかにも、たくさんの不思議な話を耳にしている。

津波に襲われたある街の、がれきの中にぽつんと残った歩道橋の上に、決まった時間に「鈴木さん」が現れる。あの日、津波に追われ、歩道橋に向かって懸命に走っている姿が目撃されている。「あと少しだったのに間に合わなかった。その無念の思いが残ってしまって現れるんだべ」と知人らは話しているという。

仮設住宅でのお年寄りの「お茶っこ」で、茶飲み話が終わったあとふと気づく。そういえば、さっきのあのおばあちゃん、津波にさらわれたんじゃなかったかな。「だけんど物忘れが激しかったから、自分がさらわれたことも忘れたんだべ」とだれも気にしない。

震災の記録は残るが、あくまでも被害の数字としての記録だと東さんはいう。物語となれば別だ。年寄りにも子どもにも、心に強く刻まれる。死者の思いは人々の記憶のなかに長く生き続ける。それが怪談という物語の大きな力だというのである。怪談の本質は死者の慰霊と鎮魂なのだ。

暮れが近づき、時折、「喪中につき賀状欠礼」のはがきが舞い込んでくる。古稀まであとわずか、私の身内が同じはがきを出すのも、そう遠い日のことではあるまい。来し方行く末へと想いが傾いていくのは老いの常。そして「行く末」はもはや限られ、いのちの砂時計ばかりが目の前をちらつくということにもなりかねない。

哲学者の三木清は『人生論ノート』のなかでこんなことを言っている。「愛する者、親しい者の死ぬることが多くなるに従って、死の恐怖は反対に薄らいでゆくように思われる」と。彼らと再会できることが最大の希望だが、それは自分の死において以外にない。この世で再び彼らと会う可能性がゼロである以上、死者の国に望みを託すほかはないであろう、とも述べる。

執着するものを持つこと、それが死への準備だと三木清はいう。執着することと愛することは、彼にとって同義である。「私に真に愛するものがあるなら、そのことが私の永生を約束する」と言い切るのである。

「(愛する者との死別を)折にふれ物に感じて思い出すのが、せめてもの慰藉である。死者に対しての心づくしである。この悲は苦痛といえば誠に苦痛であろう、しかし親はこの苦痛の去ることを欲せぬのである」

これは、『西田幾多郎随筆集』にある「我が子の死」の一節である。六歳の次女の急逝が、西田幾多郎に深い悲しみとともにある覚醒をもたらす。ついさっきまで話したり、歌ったり、遊んだりしていたわが子が忽然と姿を消し、小さな骨片に変わったのはいかなるわけか。生きるとはどういうことか。死という、いわば日常の常識が根底からつかみ直され、哲学の動機を深化させる。

随筆集にある三十年後の文章に、「哲学は最も深い常識でなければならない」とあるのは、愛娘との死別体験を反復しつつ書かれたものであろう。

三木清と西田幾多郎。日本を代表する哲学者の二つのエッセイに通底するのは、「知」という堰《せき》を越えてあふれ出てくる「情」の世界だ。その滋味は、彼らの哲学の因であり果である。二人は死者と生者の微妙な境界域に立っている。


墓を掘り埋葬を行った最初の人類は旧人ネアンデルタール人だと言われている。古人類学によると、人骨の出土状況から葬送儀礼は十万年前から六万年前に始まったとみられている。死の意識に目覚め、死後の世界に想いをめぐらせることが葬送儀礼を生み、それによって、人類が他の霊長類と決定的に異なる道を歩き始めたと考える専門家は多い。

現代の風潮は死を遠ざけ、タブーにしようとする。死者とともに生きることで進化を果たしてきた人類の退化を物語っているのであろうか。

雪

二月初旬、東日本に大雪が降り、近年雪を見ることが少なくなった東京都心で二十七センチの積雪があったと報じられた。二十年ぶりのことだそうだ。

私の住む福岡市も一気に真冬の寒さに戻り、曇天からひらひらと小雪が舞い落ちる、その頼りなげな風情にいっそう寒気をあおられる。ぼんやりと窓外に目をやり、今回のエッセイは雪について書いてみようかと思ってみるが、さて妙案も浮かばない。思いついて、本棚から物理学者中谷宇吉郎博士の名著『雪』を抜きだし、パラパラと読み返すうち、あの記述に再会した。「雪の結晶は、天から送られてきた手紙である」。

博士は一九三六（昭和十一）年、世界初の人工雪作製に成功する。高層で氷結した水蒸気が、途中でかたちを変えながら地表に到達する雪。天然雪を模した、多種多様な形状の結晶を超低温室で作り、実験室で測定すれば、各雪片を作った各層の気象状態がわかる。当時、だれも考えつかなかった。

『雪』は、夢多い実験の話を読みやすいエッセイにまとめたものだが、「雪と人生」と題した序章で北日本を中心に、昔から豪雪による多大な被害を受けてきた日本人の生活誌が、多くの資料をもとにたどられている。そこから、天からの手紙である雪の暗号を解読し、少しでも被害を食い止めたいという博士の思いが、終章の「雪を作る話」につながっていく流れが心地よい。初版から八十年近くたつが、冒頭触れたように雪害は繰り返されている。雪に限らず、近年の自然災害の激甚化は不気味なほどで、私たちは自然対人間という過酷なドラマを、これからも生きていかねばならないのであろう。

雪国の人には申しわけない気もするが、暖地の人間である私には、雪はもう一つの天からの通信である。雪といえば、しんしんと降りつむ暮夜の雪が、最も豊饒で清冽なイメージとして私の中にある。たとえば三好達治が歌ったような。

太郎を眠らせ、太郎の屋根に雪ふりつむ。
次郎を眠らせ、次郎の屋根に雪ふりつむ。

（「雪」）

生活にひしげた人々のこころを、雪がいっとき眠りにつかせてくれる。そして夢の中にいるような人生を想うひととときに誘《いざな》ってくれることもある。

理科は苦手だったが、教科書で、顕微鏡で拡大された多様な雪の結晶を見るのは好きだった。多くは六角状に結晶し、姿が花びらに似ていることから六花《むつのはな》とか、雪華とも呼ばれる。そんな花模様を秘め持つ雪片が、中谷博士によると、高度二、三千メートルの場所で結晶し、二、三時間かけてゆっくりと落下してくるのである。

先日、雨が二日続き、あわてて自宅近くの桜名所に花見に行った。散り始めたソメイヨシノの根もとにビニールシートを敷き、酒を飲んだ。花見客の多くは例によって花より団子である。けれども騒然としたあの光景は、観賞などと改まらずとも、私たち日本人の遺伝子に組み込まれているらしい、桜との親和性の正直な表現だろうと思う。

風が出て花吹雪が舞った。落花の方向も速度もまちまちなのは、風まかせのようでいて、一片一片が確たる意思を有するもののようにも思える。花びらは、天上から舞い散る雪の華とだぶって見えた。雪が運んでくる、天からのメッセージを想った。

穏やかだった天気が急変し、真冬に逆戻りしたかのような冷たい風が吹いてきた。森の水溜りはみるみる氷が張り、いまにも雪が降ってきそうだった。鳥撃ちの帰り、大学生のイワンは寒さに震えながら道を急いだ。

思い屈したイワンの日々に、一瞬かすかな光がさしてくる福音の時間を描いた、チェーホフの『大学生』(池田健太郎訳)はこう続く。

道々、イワンは思う。きょうと同じ烈風がイワン雷帝の時代にも、ピョートル大帝の時代にも吹きまくり、いまと同じ貧困や無知や憂鬱が世を覆っていたに違いない。そうした悲惨と恐怖は未来永劫に続き、人生がよりよくなることなんて金輪際あるまい、と。

森を抜けると、顔見知りの老女とその娘が焚き火で暖をとっていた。イワンは両手を火にかざしながら、ふと千九百年前のペテロの裏切りの話を思いだし、「ちょうどこんなふうに、寒い夜、使徒ペテロも焚火にあたったのさ」と、ルカ福音書に書かれたあのてんまつを語りだす。

最後の晩餐のとき、イエスは最も信頼する弟子ペテロに、きょう、にわとりが鳴くまでにあなたは三度、私を知らないと言うだろうと告げる。やがてイエスは尋問を受けるため、祭司長の中庭に引き立てられる。あとをつけたペテロが使用人らと中庭で焚き火にあたっていると、女がペテロを見て、この人もイエスといっしょにいた、と言う。うろたえて否認するペテロに、別の二人が同じことを言った。三度目の否認の直後、にわとりが鳴き、イエスがペテロをふり返った。不意にイエスの言葉を思いだし、ペテロは中庭を出て激しく泣いた。

微笑しながら聞いていた老女が突然しゃくりあげ、娘の顔はひきつった。なぜ母親は泣きだし、娘はうろたえたのか。ペテロへの哀しい共感からだろうか。それとも、もっと深いわけでもあるのか。じつは、母娘もイワンも、いや、すべての人がいまも、あの「中庭の事件」の渦中にあるからではないのか。

あらゆる出来事は過去から流れ出る一本の鎖で現在とつながっていて、イワンはいま、鎖の両端が見えたような気がした。彼が一方の端に触れると、こちら側の端がぴくりと揺れたというふうだった。彼の胸は高鳴った。イワンは、ペテロに起ったできごとと彼の慟哭を想ってみる。その真実と美はとぎれることなく、いまも人々の生活の中心部に流れ込んでいるに違いない。そう考えると、身内に若さと力がみなぎってきて、世界が崇高な意味に満ちたものに思われるのだった。

だれの内部にも、めいめいの「ペテロ」が眠っている。悩めるイワンや、ふしあわせな母娘がそうであったように、人はおのおの鏡に映る「ペテロ」を見てふと目を覚まし、つかの間、一人の人間に還るのだ。寒い、あの「中庭」から届けられたメッセージの先端に手が触れ、ぴくりと震えたからである。

中原中也は歌う。

〈雪が降るとこのわたくしには、人生が、／かなしくもうつくしいものに――／憂愁にみちたものに、思へるのであつた。／／その雪は、中世の、暗いお城の塀にも降り、／大高源吾《おほたかげんご》の頃にも降つた……／／幾多々々《あまた》の孤児の手は、／そのためにかじかんで、／都会の夕べはそのために十分悲しくあつたのだ。／／ロシアの田舎の別荘の、／矢来の彼方《かなた》に見る雪は、／うんざりする程《ほど》永遠で、／／雪の降る日は高貴の夫人も、／ちつとは愚痴でもあらうと思はれ……（後略）〉（「雪の賦」）

何百光年のかなたからたったいま地球に届いた光のように、中世の、赤穂浪士が討入りした元禄の、帝政ロシアの……雪が、いま中也の頭上に降ってくる。数珠つなぎになった人間の悲しみに、中也の悲しみが共振する。

非常勤講師をしている山口大の最寄り駅、ＪＲ湯田温泉駅の近くに中原中也記念館がある。詩人の生家があったところだ。白い二階建ての内部のつくりは回遊式で、途中、さまざまの「中也」と出会える工夫がこらしてある。「雪の賦」を収めた『在りし日の歌』の初版もあった。

この詩集は中也の死の半年後に出版された遺稿集だが、「在りし日」とはどのような日をいうのか。単に詩人が生きた年月のことか。中也の三十年の生涯をとらえて離さなかった、だれのものとも知れぬ悲しみの痕跡を指すのか。あるいは、人類の全過去にまで詩想を広げたものかとも思う。

『在りし日の歌』のなかに、「冬の長門峡」という一篇がある。精神に変調をきたし、亡くなる半年前に発表された。中也には、人生との摩擦から生じる不協和音を、そのまま吐き出すように歌った詩が多いが、生家に近い長門峡に遊んだ一日を歌ったこの詩には、死の影を感じさせる、別人のような静謐がある。薄明のかなたから流れ込んできて、水のように流れ去っていく時間をじっと見つめているかのようである。

〈長門峡に、水は流れてありにけり。／寒い寒い日なりき。／／われは料亭にありぬ。／酒酌《く》みてありぬ。／／われのほか別に、／客とてもなかりけり。／／水は、恰《あたか》も魂あるものの如く、／流れ流れてありにけり。／／やがて蜜柑《みかん》の如き夕陽、／欄干《らんかん》にこぼれたり。／／あゝ！　――そのやうな時もありき、／寒い寒い　日なりき。〉

「不在」の重み

河瀬直美監督の新作「2つ目の窓」を観に行った。館内は、夫婦とおぼしい中年以上のペアでけっこう混みあっていた。この年齢層の関心や時代の気分と、監督の年来のテーマが引きあったのか、主題の重さとは別に、私はどこかホッとするものも感じた。

映画の舞台は鹿児島県奄美。島育ちの少女と、離婚した母親と都会から移ってきた同級生の少年の物語だ。少女の母親は死期が迫り、少年は母親の異性関係に傷ついている。二人の間で交錯し、揺れる生と性と死。少女は少年に問う。「人はなぜ生まれたり死んだりするのか」。

生命という、ある名状しがたい存在のありように向けられた少女のつぶやきは、蛇行しつつしだいに射程を整え、対象との距離を縮めていく。力強いカメラワークがとらえた奄美の海の荒々しさと優しさ。すべてを包みこもうとする、大きな生命の源との融合に向かってだ。

少女の母親は「すべてのものはつながっている。死ぬのは怖くない」と言って娘に別れを告げる。少年は母親と和解する。全裸の二人がイルカのように海中を遊泳するラストシーンはまぶしすぎるほどだ。

「沙羅双樹」、「萌の朱雀」、「殯《もがり》の森」と一連の作品で、この映像作家は「喪が明けるまで」を描いてきた。愛する者の「不在」を超えて、めいめいが新しい一歩を踏み出す物語だ。だが、「2つ目の窓」のラスト、一気に天の高みに駆け上がったかのような、あの映像詩を生んだものは何か。原発事故を含む東日本大震災ではないだろうか。

映画を見終わって、私は小津安二郎監督のいくつかの作品を想った。幾世代もへだたった時代状況を超えて、二人の作家を並べてみたくなったのである。

小津監督もしばしば、喪失感を胸の奥深く秘めて生きる人物を登場させる。「東京物語」と「麦秋」では、戦後の家族制度の変容が、老いた両親から居場所を奪っていく光景が描かれ、そのさみしさの底に、さりげなく語られる次男の戦死が影を落としている。

「晩春」と「秋刀魚の味」は、妻を亡くしたやもめの父親と、婚期を逸しかけた娘の、哀感と諦観が入りまじったこころの揺らぎが描かれる。海軍の元艦長で、戦争で多くの部下や同僚を失ったであろう、「秋刀魚の味」の父親の、娘を手放すことへの無意識のためらいと、一転、娘の結婚にこころをくだく、内心の葛藤が淡々と演出される。

喪失と、あとに続く長い不在。それに耐えることが生きることだと、映画は語りかけてくる。これらの作品はかすかに明日という日に希望をつないで幕がおりる。父親の懇望を受けいれ、また自らの意思で嫁いでいく娘たち。義父に強く再婚をすすめられ、新生活へのおぼろな期待にこころ乱れる、戦死した次男の嫁。ともあれスタートラインに立ったのである。

先に「かすかに」と書いたのは、「自分たちは終わったが、君たちはこれからだ」という老親の、自身への諦念につまされるからだ。そして、生きかわり死にかわりしながら続いていく人間の営みは、うわべの変化にもかかわらず、畢竟、反復であるという、映像から伝わってくるメッセージがずしりとくるからだ。

私が拙文を連載している俳誌「空」の柴田佐知子主宰の句から。

ゆく秋の炎に父をあづけたる
父なくて位牌生まるる秋の暮れ
九十の母と夜露にのこされし

北に置く父の遺骨や冬銀河
父と世を違えて冬の床柱
杖置いて父は来世へ春の雪

火葬場、位牌、遺骨と、常ならぬものが忽然と日常に姿を現し、確固とした喪失と不在を告げる。主宰が父上をなくされたのはおととしの秋。九十五歳であったという。かなしみ、おののき、おどろき、あきらめ、かくご……。想いこもごもいたるこれらの惜別の句に、抒情の深さを感じる。父と娘が「世を違えて」しまったことを、秋、冬、春という明快な季語が浮き彫りにする。あの世に季節はないであろうから。

俳句について私は門外漢である。昔、句集を開いて、余白の広さにまごついた記憶がある。純粋に視覚上のことだが、散文になじんだ目が、白っぽい紙面に違和感を覚えたのかもしれない。けれども、それが俳句の本質を端的に象徴している、といまは思っている。

十七音に切りつめた表現の背後に、ぼうだいな余白が広がっている。目に見えない、豊かな現実と真実だ。その先さらに、言葉になり難い、はるかな世界への想いがある。俳句は十七音を手がかりに、そこにつながっていこうとする営みなのかもしれない。柴田主宰の句に感じる抒情の深さは、そうしたモチーフの強さによるものだと思う。

余談だが十四年前、私の父も九十五歳で逝った。火葬場で棺がゴオーッという火焰に包まれた瞬間、ドキンとし、別離を実感した。私は亡き父の部屋を寝室とし、ベッドも引き継いだ。夜中にふと、このベッドで寝ていた父の姿が浮かび、父と「世を違えた」ことの不思議に目がさえることがある。

詩人の荒川洋治さんは、常識的思考のすきまを突くエッセイの書き手でもある。たとえば、日常の小さな「不在」にひそむ意味や機微をすくいとってあざやかだ。「芥川龍之介の外出」(『忘れられる過去』所収)という一篇から。

荒川さんは『芥川龍之介全集　第二十四巻』の「年譜」にある、一九一九(大正八)年六月の芥川の外出記録を丹念に追ってみる。訪問先で相手と会えたときを○、留守で会えなかった場合は×、待っていたら会えたときは△のしるしをつけてチェックしてみるのだ。以下抜粋。

五日、午後、菊池寛と中戸川吉二を訪ねる。○
六日、夕方、久米正雄とともに菊池寛、小島政二郎、岡栄一郎を訪ねたが、皆不在。(三軒不在だから)×××
一〇日、夕方、八田三喜を訪ねるが不在。×
一一日、午後、菊池寛を訪ねるが不在。×
一三日、夕方、久米正雄を訪ねる。○
二四日、午後、菊池寛を誘って久米を訪ねる。○

この月は十四回、知人や先輩を訪問しているが、うち○印は八回で、△印が一回、不在の×印が五回。ほぼ三回に一回は相手と会えなかったことになる。そのころは一般家庭にまだ電話がなく、訪ねて行っても会えないというのはふつうのことだったのだ。私の子どものころもそうだった。同じ都内といっても、遠くの町へ行くことも多い。相手が不在かもしれないのに出かけるのだから、会ったときの会話はそれなりの重みがあったはずだ。荒川さんはそう考え、当時の人の行き来の事情を想像してみる。

突然の訪問だから、見知らぬ人や、世代の異なる人がいたりすることもある。新しい知己を得たり、予期せぬ話題が出たりして、世界が広がることがある。不在だったとしても、きょうは会えなくてよかった、次に来たときは別の話をしようなどと思い、考えがより深くなる。会えても会えなくても、思考が深まる、と荒川さん。

回線電話も携帯電話もいきわたった現代はどうか。まず行き違いは生じない。しかし、「無駄」をはぶけるかわりに、奇遇に恵まれる機会も減った。同時に私たち現代人は、「不在」を単なる空白としてしか考えられなくなったのである。

私の長かった記者生活は、ひたすら世の中の異変を追いかけることだった。この場合、異変とは、目に見えるかたちで起きた特異な事案である。起きなかったこと、特異でないものは、報道する側にとって、そもそも「存在」しない。

そう決めつけているわけではないが、報道には、世界はいまこの目に見えている現実だけでできている、という暗黙の前提がある。ことの是非は別にして、この仮定の上に立たないと、仕事が成り立たないからだ。落とし穴もまたここにある。

あるニュースが取りあげられ、論評が加えられる。判明した事実だけを寄せ集めて、ある事件を合理的に構成する。しかし、先の報道上の前提をとり払ってみれば、提示された内容はやせたいびつなものも多いはずだ。ニュースの背後にある、もやもやしたものは省みられないからだ。

新聞も読み方しだいではおもしろくなる。視程の短さと唯物志向が徹底しているぶん、その裏側に広がる「余白」や「不在」、つまり、ことの本質に思いをはせる楽しみが大きくなるのである。

再び荒川さんのエッセイ「文学は実学である」（同前所収）から。「この世をふかく、ゆたかに生きたい」人のための文学のすすめである。功利的な世間には、単なる「虚」や「不在」でしかない文学が、「芥川龍之介の外出」と同じ視点から語られている。

……文学を「虚」学とみるところに、大きなあやまりがある。科学、医学、経済学、法律学など、これまで実学と思われていたものが、実学として「あやしげな」ものになっていること、人間をくるわせるものになってきたことを思えば、文学の立場は見えてくるはずだ。

自助共助

「不幸中の幸い」とか「艱難《かんなん》なんじを玉にす」とかいった言葉がすっかり力を失ってしまった。不幸と苦痛を人生のベースと見、それをはね返そうとする人々の努力と気構えがそがれ続けているからではないだろうか。

十数年このかた、この国の史上例を見ない自殺者の急増にその一端を感じる。はやばやと人生をあきらめる人たちが年間三万人前後。冒頭の警句がおまじないの効果さえ持ち得なくなったのは、克服すべき「艱難」のハードルが高くなりすぎたせいか。生活苦にしろ災害苦にしろ、昨今は自分の責任ではないことに起因する不幸や苦痛が多すぎ、切実さも増している。しかし原因を作りだした側に、それすらも「自己責任」として切り捨てようとするおごりや責任回避がある。

最近の報道から一例をあげるなら、東京電力福島第一原発の事故後に避難先で自殺した女性に対する損害賠償訴訟で、東電側は、この女性が弱かったせいで、原発事故が原因ではないと、主張したという。裁判は女性側が勝訴したが、あれだけの被害にあい、そのうえ、「自己責任」と言われたのでは故人も家族も立つ瀬があるまい。

さまざまな局面で方便として自己責任という言葉が目立つようになったのは、小泉内閣の終わりごろからだったと記憶する。欧米をまねて大企業や富裕層寄りの構造改革を進めた結果、社会のセーフティネット（安全装置）が破壊され、新たな貧困層が生まれた。自殺者やホームレスが増えても政府は何の痛みも感じていないようだった。

その小泉さんが最近、「脱原発」発言を繰り返し、再び話題の人になっている。喝采の声は、相変わらず勇ましい小泉節にも向けられたものだろう。しかし経済の雲行きしだいで、再び「自己責任」と突き放されるのも、悲しいかな、たぶん拍手喝采組である。

二〇〇〇年代を風靡した自己啓発ブームはやや鎮静化したものの、衰える気配はない。多くがリストラや派遣労働といった労働環境の劣化に負けず、個々人が技術や能力をアップして幸せになろうという生き残りのすすめだ。一種の自助論だが、富と成功への道を説いた、きわめて自己中心的な色調は共通しており、本来の自助論とは似て非なるものになっている。

作家宮崎学さんの『「自己啓発病」社会』はそのあたりの内実を鋭くえぐっていて読ませる。著者によると、自己啓発ブームを後押ししたのが、十九世紀なかばに英国の著述家サミュエル・スマイルズが著した『自助論』だ。ただし、よく読まれているのはこの本の日本語の全訳ではなく、ある学者による抄訳だという。

しかも抄訳は、ある章をすっぽり省略するやり方ではなく、訳者の好みや問題意識にそって、全文からところどころ抜き取って構成されているというから、訳者による原著の巧みなすり替えということになる。宮崎さんは全訳を読んで、たとえば次の二点に感銘を受けたが、抄訳ではそこが素通りされていることを疑問視する。

一つは、原著でスマイルズが多く取りあげた科学者と芸術家の生き生きとした探究精神である。そこでは「成功」より、目的に立ち向かおうとする彼らの「立志」が熱く語られている。仕事を神から授かった天職ととらえ、勤勉と努力で全うしようとする精神だ。

もう一つは、産業資本主義社会を生きる労働者や貧しい若者がどう自立し、それをどう守っていくかというスマイルズの視点だ。『自助論』を執筆した動機を序文にこう書いているという。

ある冬の夜、数人の貧しい少年工がお互いを高め合うために勉強会を開いた。仲間が増え、乏しい中からお金を出し合って空き家を借り、読書と作文に励み、算術、理科、外国語を学び、互いに教え合った。何年後か、同じ町に住んでいたスマイルズに彼らから講演の依頼があり、スマイルズは若者たちの自立と互助の精神にうたれて『自助論』の筆を起こすのである。

抄訳では、自助は助け合いでもあるとするこの序文も割愛され、つまみ食いされたかたちの『自助論』が、「成功」のためのバイブルとして現代を闊歩《かっぽ》するのを宮崎さんは苦々しく思うのだ。

宮崎さんは、高い支持率を誇った小泉政権のとき、小泉さんと彼の経済ブレーンだった竹中平蔵さんが国会演説や講演でしきりにスマイルズの『自助論』を持ち上げているが、これも責任の所在を転嫁、政権の新自由主義路線を正当化するための歪曲と断じている。そして、この抄訳本が急に売れ始めたのは小泉演説後のようだという指摘にもうなずかされる。

『「自己啓発病」社会』の白眉は、人間社会はもともと「互恵社会」であり、そうでなければ世の中が回っていくはずがないという論点にある。ふつうの生活人にはあたりまえのこの原理が、上から外からの吹込みによって矮小化され、見えにくくなっているのである。

そのことを著者は、東日本大震災時の宮城県南三陸町馬場中山地区の相互扶助による自助復興を例にとり、「公認の社会」と「真実の社会」という他の論者の論を援用しつつ述べる。「公認の社会」とはうわべの社会、現在で言うなら互恵不能、つまり競争社会であり、「真実の社会」とは隠れた社会、相互扶助が働く社会である。そして、「真実の社会」は「公認の社会」が壊れて初めて姿を現すのではなく、目に見えないところで粛々と存続しているものなのだ。

特定の立場を離れ、当事者間の利害の調整を適正に行うのが政治の役割であろう。しかし最近の政治のふるまいを見ていると、逆にそれを壊しにかかっているのではないのかとさえ疑われるのである。著者の結びの言葉は胸にひびく。「自助が成り立つ社会とは利己社会ではない。自助が成り立つ社会は、個人個人の自助が相互的に働いて相互扶助が成り立つ社会なのである」。

十数年来、私の記憶に少しも鮮度を失うことなく息づいているエピソードがある。三木浩司さんという精神科医から聞いた、ある患者の話だ。

あるとき若い女性が、北九州市にある総合病院の診察室に彼を訪ねてきた。長年、うつ病に苦しみ、転院を繰り返してきたという彼女と症状や治療歴を話しているうち、彼女は突然こう言った。「通院中、三木さんのことを先生と呼ばなくていいですか」と。三木さんに異存はない。

しかしそんなことを言う患者は初めてだった。彼女の真意がつかめず、理由を聞くと、「先生と呼ぶと病気が治らない気がするから」と言った。そのとき、三木さんは直感的に「治療はうまくいくかもしれない」と思ったという。

おそらく彼女は転院を重ねながら、多くを「先生」に頼り、すがってきたのだろう。けれども今度はある決意を秘めて来院したのである。「先生」にまかせるのではなく、自分が当事者なのだという強い自覚をもって。診察室で向き合うと彼女は三木さんを「あなた」と呼んだ。

彼女の自助精神と、臨床心理士の資格も持ち、患者と親身に接することで知られる三木さんの対応がうまくかみ合ったことは想像に難くない。彼女は回復に向かい、二年後に完治した。三木さんは「助けられたのは僕のほうかもしれない。彼女は臨床の何たるかを、患者の立場から教えてくれたのだから」と述懐するのであった。

真の自助は相互扶助を生むという「真実の社会」の一風景である。

宮沢賢治に「世界がぜんたい幸福にならないうちは個人の幸福はあり得ない」という、よく知られた言葉がある。額面どおりにとれば、話はとほうもなく困難なことになりそうだ。だが、隠れた「真実の社会」の自律性と因果の網の目を想って黙想するとき、この言葉に理想論を超えた独特のリアリティーが感じられてくる。

話は飛躍する。

ブラジルで一匹の蝶が羽ばたいたらアメリカで竜巻が起きた——。物理学のカオス理論にバタフライ(蝶)効果というのがあるそうだ。ある場所で起きた小さなできごとが、遠く離れた場所に大きな影響を与えるというものだ。この説は科学オンチの私をも魅する。私（たち）は孤立した存在ではないという考えに導いてくれるからである。

自助とは自分が変わること、あるいは自分を変えること。自分が生まれる前からあった社会を否定し、力で変えようとするのは革命家や独裁者の領分であろう。それらの資質と無縁の私はある夢を夢見る。一匹の蝶になって羽ばたく夢を。蝶の数が増えるにつれ、社会の方が変わっていくかもしれないというかすかな希望を抱いて。

いやな感じ

近年の自然災害の頻発と激甚化には空恐ろしいものを感じる。関東の二十年ぶりという豪雪、広島の土石流、長野では御嶽山の大噴火と震度6弱の地震。狭小な国土に、前ぶれなしの天変地異がことし（二〇一四年）だけでも目白押しである。「天災は忘れたころにやってくる」という警句も出る幕がなくなった。

おのずと三年前の大地震と大津波の記憶がよみがえってくるが、あらためて、いまの観測技術では地震も噴火も予測はむずかしいと知る。しかし問題は別にある。予知能力の不全という人間の非力に対し、私たちが不正直で思慮も謙虚さも欠いていることだ。深刻な二次災害となった福島原発事故を思い、空恐ろしさはいや増すのである。

先日、福島事故後初となる九州電力川内原発の再稼働が決まった。政府はこれをモデルに全国で再稼働の動きを速め、老朽化した原発もまだ使えそうなものには、大いに稼いでもらおうと算段しているようだ。新増設も途上国への輸出も視野にある。「安全神話」という虚構の、臆面もない復活である。推進派は利益追求や既得権益擁護の姿勢をもう隠そうともしない。

敗戦三年後の一九四八（昭和二十三）年、小林秀雄は湯川秀樹との対談で、広島、長崎に投下された原爆をめぐり次のように述べている。

「人間も遂に神を恐れぬことをやり出した……。（中略）単に戦争の不幸というのではなく、なにか非常に嫌な感じを持った。（中略）地球というものがやっとこれだけ安定した。安定させてくれたから生物も現われてきたわけでしょう。それをむりに不安定な状態に、逆なことを……人智によって、自然に逆のプロセスをとらせることを、やり出した」

特殊な細工をして原子核の中の潜在エネルギーを解放できるまでに人類は科学技術を進めた。しかし、これと向き合う人間は「オーガニズム（有機的組織体）が何億年と変わらない」生きものだ。高度化する技術と凡常な人間の極端な非対称性はいずれ、さらなる危機を招かずにはいまいと小林秀雄は率直に不安を語るのである。

「平和の技術はまた戦争の技術でもある。目的いかんにかかわりない技術自身の力がある。目的を定めるのはぼくらの精神だ。精神とは要するに道義心だ。それ以外にぼくらが発明した技術に対抗する力がない」

対談の題名は「人間の進歩について」(『小林秀雄全集　別巻I　人間の建設』所収)だが、青天井のような科学技術の進歩に対し、どこまで人間の「進歩」が追いついていけるのか。道義心という、はなはだ古風な心性しか対抗手段がないと言う小林秀雄の明察と懸念もいまとなっては、かみしめるには遅すぎる予言だったかもしれない。

この対談から七年後、米国政府は原子力の「平和利用」を宣言する。米国の肝いりで、茨城県東海村で日本初の原発が動き出すのがその十年後の一九六六年のことだ。原発が内外で大小の事故を繰り返す中、日本人の多くは、福島の大事故でそれが両刃の剣、あえて言えば、「無用の長物」であることを肝に銘じたはずだったが、前述のように、はや元の木阿弥に戻った感がある。

日本の原発はその運用において、戦時中の国のやり方と酷似する。原発安全神話と秘密主義は、真相を伏せて国民を誤導、国を破綻させた大本営発表と表裏であり、かつて政治学者丸山真男が鋭く分析した、軍部の「無責任の体系」(「軍国支配者の精神形態」)とみごとに符合する。

原発の持つ核武装の潜在能力を考慮に入れるなら、合わせ鏡に映った原発の後ろ姿は「核兵器と戦争」である。小林秀雄が言う「嫌な感じ」は、そのはざまで利害や打算にこづき回され、自ら素朴な道義心の発動を絶えず封じ込めようとする、私たち自身の弱さに根を持っている。

小林・湯川対談と同じ年、ルネサンス研究の泰斗渡辺一夫はエッセイ「狂気について」(同名の評論集所収）を書いている。自身、大戦のトラウマに苦しみながら、易きに流れる人間の弱く不安な心の動きを、洒脱な筆致で描いた文章を引用してみる。

……人間というものは、『狂気』なしにはいられぬものでもあるらしいのです。我々の心のなか、体のなかにある様々な傾向のものが、常にうようよ動いていて、我々が何か行動を起す場合には、そのうようよ動いているものが、あたかも磁気にかかった鉄粉のように一定の方向を向きます。そして、その方向へ進むのに一番適した傾向を持ったものが、むくむくと頭をもたげて、まとまった大きな力のものになるのです。そのまま進み続けますと、段々と人間は興奮してゆき、遂には、精神も肉体もある歪み方を示すようになります。その時『狂気』が現れてくるのです。

だが、この「狂気」も長続きせず、やがて静まり、もとの漫然とした状態に戻っていく。とりあえずこの状態が平和や正気と呼ばれるものらしいが、いっときすると人は再び憂鬱や退屈にとらわれ、新たな「狂気」を求める。いわば「狂気」を軸に回転する人間生活の奇態さが、渡辺一夫をふさぎこませるのだ。

エッセイは「病患はキリスト教徒の自然の状態である」というパスカルの言葉の紹介から始まっている。われわれは常に何かが欠損した、中途半端な生きものだという、人間一般との比喩でもあろう。そして、「狂気」とは、そのような自覚を持たない人間の精神状態をさすのかもしれないと、筆者は控えめに言うのである。

渡辺一夫という人は、人間が作り出したもの、たとえば制度や思想や技術を重んじなかった。というより是々非々で臨んだ。どんなに見ばえがよくても、それらに入れあげることを「人間の機械化」と呼んで嫌悪した。

高度な技術も制度も、人間への奉仕を目的に設計されたはずだ。結果、多くの人々を不幸にするなら、さっさと捨てるか変えるかしかない。しかし、いつも人間は後回しにされ、それが戦争の原因になったりもする。そうした倒錯を嫌った。生涯の思想としたヒューマニズムでさえ、その「正義」を振り回すなら、人間機械になりさがってしまうと、自らへの警戒を怠らなかった。「人間の機械化」もピンからキリまであって、なにげない現代的風景の中にも、「狂気」の芽はいたるところに見られる。

何ごともマニュアルの時代、黙ってその手順に従うのが現代人の作法である。「KY」という。まわりの空気を読んで動くのが、これも現代人のたしなみらしい。路上で車中で、自転車をこぎながら、スマホとやらに熱中している人種を見ると、ああ、あれは機械に使われているのだと思い、「いやな感じ」にかられる。

あの戦争から七十年がたとうとしているが、世上、ある一つの色が濃さを増しているように思う。いっせいに磁気に引き寄せられる鉄粉が、いまじりじりと互いの距離をつめ合っているように感じられる。妙なる音色で、町の子ども全員を山の中に連れ去った、あの「ハーメルンの笛吹き男」が現れないことを願うのである。

「狂気について」は次の文章で終わっている。

平和は苦しく戦乱は楽であることを心得て、苦しい平和を選ぶべきでしょう。冷静と反省とが、行動の準則とならねばならぬわけです。そして、冷静と反省とは、非行動と同一ではありませぬ。最も人間的な行動の動因となるべきものです。ただし、錯誤せぬとは限りません。しかし、常に『病患』を己の自然の姿と考えて、進むべきでしょう。

小文を書いていて、ふと、幕末動乱期の一八六七（慶応三）年、各地で民衆が踊り狂った、有名な「ええじゃないか」という集団ヒステリー騒ぎを思った。現代日本を広く覆っている気分とつながってくるように思われて仕方がないのである。

民衆によるうちこわし、米価の急騰、内戦の危機……物情騒然とする中、東海地方で始まった民衆の大乱舞はあっという間に全国に広がった。男が女装、女が男装し、笛や太鼓で「ええじゃないか」とはやしたて、卑わいな言葉を叫びながら、集団で踊り歩くのだ。なかには土足で商家や富者の屋敷に上がりこみ、「ええじゃないか」と金品、酒肴を強要する者もあったという。この騒乱は幕末の政争に乗じて、庶民の漠然とした不安や不満が自然発生的にはけ口を求めたものだったが、「ええじゃないか」という捨てばちな気分の中に、暴力的な快感も込められていたようだ。

突飛なことを言えば、私は「現代版ええじゃないか」が起きてもおかしくないと思っている。それほど、近年のこの国の憂鬱は深いものがある。しかし、「ええじゃないか」と踊り、叫ぶ者が出てくる気配はない。

近代国家の装いとともに、支配層が練り上げてきた情報操作術によるところが大きいのだと思う。

お笑い芸人はうつろな笑いを笑い、時事問題を論じるワイドショーのコメンテーターらは論を戦わせるでもなく、互いの感想をにこやかにうなずき合う。

時代はそれぞれの特性に見合った表現スタイルをもつ。つらつらこの国の現状を眺めていると、これらの「ナンセンス」こそが、現代の「ええじゃないか」なのではと思えてくる。そして、幕末期のそれとの違いは、「現代版」が破れかぶれのエネルギーを欠いていることだ。「いやな感じ」はいや増すのである。

胡蝶の夢

墨を流したような闇夜の海を、男を乗せたボートが沖に流されてゆく。なすすべもなく海流に押しまくられ、陸地の灯がどんどん遠くなる。ボートは瀑布を下るように、さらに暗鬱な海原に滑り落ち、そこはもはや、後戻りのできない深海の上。闇の中で男はワッと声をあげた……。

陽光の下、海面すれすれに沖に向かって伸びる岩礁の上を男が歩いている。わき目もふらずに進むうち、ふと不安になる。ふり返ると、足場は人一人が立てるだけの岩場のみ。そこもみるみる海水が浸し、あたりがにわかに暗くなる。心臓がドクドク鳴り、男は立ちすくむ……。

二つの夢に出てくる「男」はどちらも私である。

年齢とともに夢の感触はなまなましく、のっぴきならない相を帯びて訪れることが多くなった。夢を見ているのは私だが、私もまた夢に見られているとでも言おうか。夢は、ふだんわれわれが無意識のうちに避けて通っている、深層の何ものかと向き合うよう仕向けてくるかのようである。

老いるにつれ人生がますます謎めいて見えてくる、と語った先人は少なくない。実生活のしばりが緩やかになり、世に在ることの不思議が、より前景化されてくるせいでもあろう。そして、夢の荒唐無稽は、じつは生自体がもつ得体の知れなさと異なるところはないとも言えるのである。

荘子に「胡蝶の夢」という断章がある。

あるとき、荘周(荘子)は蝶になった夢を見る。自分が荘周であることを忘れ、楽しげに飛びまわっていたが目がさめると、だれでもない荘周その人であった。彼は疑う。私が夢の中で蝶になったのか、それとも蝶が夢で私に変身したのか。わからない、不思議なことだ、と。

よくよく考えれば、「私」という存在はどれほど不確かなありようをしていることか。夢と現実を等価とみるこの老賢人にとって二つは、コインの表裏なのだ。

とりとめのない夢(異界)の描写から、ジワリとある種のリアル感をかもしだす名手に内田百閒がいる。百閒の夢語りはどれも秀逸だが、なかでも『冥途』は繰り返し読んで興趣がつきない。

暗く高い土手の下にある、小屋掛けの一膳めし屋のいすに「私」は腰かけている。隣のテーブルで数人づれの男が何か食いながら、「提灯をともして、お迎えをたてると云う程でもなし、なし」などと意味不明のことをしゃべっている。男たちの姿は影絵のようにぼんやりとしている。「私」は目の前の障子を蜂が一匹上っていくのを見たが、男たちも気づいたらしく、一人がむかし見た蜂の話を始める。「私」と共有する記憶の断片らしい蜂の話に「私」はなつかしさを覚え、話し手が死んだ父親だと気づく。泣きながら「お父様」と叫んだが、向こうには通じなかったらしい。「そろそろまた行こうか」と父らしい人が言い、男たちはめし屋を出て闇の濃い土手道を上って行く。彼らの中に父の姿をもう一度確かめようとしたが、一団はうるんだようにとけあって見分けることができなかった。「私」は長いこと泣いたあと、いま来た道を戻って行った。

子どもが臆病になってもかまわない、神秘的な恐怖を教えなさい、臆病は、野蛮な勇敢より尊い徳がある、と百閒は『百鬼園日記帖』に書く。暗い森を見て、そこにいる化け物を退治しようと思う子どもよりも、ここにはどんな怖いものがひそんでいるのだろうと想像する子どもの方が偉い人間になる。科学は子どもをただ目端のきく人間か、野蛮な勇士にするだけだ、と。

先日、書店の雑誌コーナーで、ある月刊誌の表紙に「少年A　神戸連続児童殺傷　家裁審判『決定(判決)』全文公表」の文字があるのが目にとまった。この見出しだけで、ああ、あの事件のことだなとピンとくる人も多いはずだ。

神戸市で一九九七年、小学生の男女五人が何者かに殺傷された。切断された小学六年の男児の首が中学校正門前に置かれ、「酒鬼薔薇聖斗」の名で新聞社に犯行声明が送られてきた。そのうえ逮捕された犯人が十四歳の男子中学生とわかり、世間は騒然となる。

当時さまざまの分野の識者から分析が加えられたが、腑に落ちるものはなかったと記憶する。目に触れたかぎり、在野の哲学者池田晶子さんの論考「少年Aとは何者か」（『魂を考える』所収）が唯一、事件の核心に近いように思われた。

池田さんは、存在と宇宙をめぐる神秘と謎を一身に引き受け、平易な言葉を用いて徒手空拳、そこからのみ考え続けた、正統の哲学者の一人だ。

彼女は、少年Aの内部には尋常ならざるものが棲みついていると言う。しかし、だれもそんなふうには考えない。科学的合理的な考え方が世界認識の磐石となってしまった現代では、その枠に収まりきれない「現実」は、「あってはならないこと」、つまりタブーになったからだ。

捕まってから数カ月後、少年Aの、これも不気味な手記が新聞紙上に掲載された。題名の「懲役13年」は彼が生きてきた年月を指すらしいが、手記には自らと重ねて「魔物」という言葉が頻出する。自分はだれか。「魔物」との闘いをつづった手記の一部を池田さんの論考から引用する。

……そして一つの「答え」が俺の脳裏を駆けめぐった。「人生において最大の敵とは、自分自身なのである。」

魔物と闘う者は、その過程で自分自身も魔物になることがないよう、気をつけねばならない。深淵をのぞき込むとき、その深淵もこちらを見つめているのである。

「人の世の旅路の半ば、ふと気がつくと、俺は真っ直ぐな道を見失い、暗い森に迷い込んでいた」

深淵と自分の見つめ合い。悪夢の世界だ。ニーチェとダンテの言葉で結んだこの手記は、池田さんも指摘するように、とても十四歳の少年が書いたものとは思えないのである。にもかかわらず、一連のできごとに、驚愕するでも沈黙するでもなく、事件を狭苦しい現代的解釈のうちに落とし込もうとする単眼が、人間存在の不可解さにとんと思いが及ばない現代人の想像力の貧困を露呈しているのではないか。

ユングは七歳のときの記憶だと言って、次のように振り返っている（河合隼雄他訳『ユング自伝―思い出・夢・思想』）。

自宅の庭に大きな石があった。ユングはその上にすわって物思いにふけるのが好きだったが、彼を悩ませたのは、こんな自問だった。私が石の上にすわっているのか、石が私の上にすわっているのか。荘子の胡蝶の夢を思わせる、「私」の不確かさ。逆に言えば他の事物と「私」は通底しているのではないかという予感。ユングの学問の遠い出発点の一つであった。

フロイトと並び、夢解釈による精神分析学の発展に大きな足跡を残したユングは徹底した体験主義に立っていた。体験とは彼の無意識から忽然とわいてくるヴィジョンであり、睡眠中の夢であった。それらに対しユングは終始、受け身だった。そして謙虚だった。内界からのメッセージはあまりに強力で、あらがうことができなかったから。三歳のとき、彼は夢で、不気味でさえある神の姿をかいま見ている。

ユングはまた次のようにも言っている。

始めも終わりも定かでない人の一生は、地下茎から養分をもらって生きる植物と同じだ。地上に開く花はすぐに枯れてしまうが、ほんとうの命は地下茎の中に隠れ、生き続ける。そこから送られてくる、夢やヴィジョンを含む内的な経験の意味をくみとる努力の過程が自己実現の道である。地上の花などとるに足りない——。

ユングによれば、自己は「神話」でしか語れない。神話とは、いわく言いがたい体験、夢やヴィジョンがほのめかしてくるものを解釈し、イメージやシンボルを使って表現することだ。古代人らが駆使したこの手法だけが、自己を全体として語ることを可能にする。一般的、抽象的な科学の言葉でどうして多様であいまいな自己を語ることができようか、と。

内面世界だけを語ったこの自伝は、「個」の暗やみから「普遍」の明るみを目指した「魂の記録」である。だが、夢やヴィジョンを通じて無意識界と対決することは、本人が告白しているように、ひとつ間違えば精神の破綻をきたしかねない危険をはらんでいた。内部の暗やみには何があるかわからない。少年Aにとりついていたかもしれない魔性のものたちがいてもおかしくないのである。しかし、ソクラテスが内なるダイモン（鬼神）の指示に忠実であったように、ユングも自分を超えた世界からの呼びかけにこうべを垂れ続けた。

老いとともに生の謎は深まってゆき、謎の深化は生の手応えの確かさに転化していったのだろう。危険に満ちた内界の旅の終わり近く、晩年のユングは、結局、自分には何もわからなかったと述懐する。しかし、そうした不確かさにもかかわらず、足もとに広がった堅固な土台と自分が、しっかりとつながっていることを確信する。この安息のうちに、ユングは自己実現を果たしたのであろう。

言葉

朝日新聞の朝刊一面で始まったコラム「折々のことば」は読ませる。哲学者の鷲田清一さんが毎回、さまざまの場面で発せられた有名無名の言葉をとりあげ、その味わいを解きほぐしてゆく。大文字で語られる歴史的名言より、身近なところから拾われた言葉と、それをめぐる語り口はやわらかく、ゆるやかである。万葉の歌人は倭《やまと》の国を「言霊《ことだま》の幸《さきわ》う国」と自讃した。日本語のもつ霊力が国と民をしあわせに導くという、古代人の晴朗、風雅な心象風景と、勇ましく空疎な言挙《ことあげ》ばかりが跋扈《ばっこ》する現代日本を思い、「言霊の幸う」コラムに育っていくことを期待したい。

連載二回目の、すさんだ生活の果てに不慮の死をとげた、昭和のコメディアンで元プロボクサーたこ八郎さんの「めいわくかけて　ありがとう」。「すみません」ではなく「ありがとう」。このちぐはぐさに鷲田さんはうたれる。たこ八郎のやり場のない哀しみと、荒れる言動を辛抱強く受け入れてくれた周囲への感謝の気持に。程度の違いはあっても、だれもがお互いに迷惑をかけたり、かけられたりして生きている。そこにはさまれる「ありがとう」のひとことが持つ千鈞の重み。

「身長が伸びなくなってようやく大人になるわけです」はデザイナー原研哉さん。「成長をめざすのはまだ青いとき、成長のあとにやってくるのは実りのとき」と鷲田さん。確かに。「日本を取り戻す」と叫ぶリーダーがいる。伸び切っているのに、まだ背伸びしようとする。株価操作で好況感を演出し、「どうだ」と言わんばかり。奇妙なのは、その恩恵を受けていないのに国民的慶事のようにことほいでいる人たちが少なからずいることだ。成熟や円熟から遠い、「大人」のいなくなった国ニッポン。

私たちが言葉を使いこなしているのではない、言葉に使役されているのだ。日本語という大河の中を、日々流されているのが実情であろう。誤認、思惑、曲解、舌足らず……。言葉のもつ負の属性を生活人ならだれでも知っている。それらが、私たち自身のエゴを養分にしていることも。だからこそ、駄弁というがれきの山の中でまれにキラリと光る「言霊」と出会うとき、人はその前でしばし口をつぐむ。

鷲田さんのコラムで思い出した。

記者のころ、人のこころを打つ言葉について考えてみたいと思い、話を聞き歩いたことがある。それらの言葉が、受けとる側のどんな条件とヒットしたのか、人それぞれのありようがおもしろかったことを覚えている。あらためて言葉は生きものだと思った。四半世紀たったいま、記憶をたどっていくつか取り出してみる。

人間は働かなうそばい

福岡市の出版社に勤める坂口博さんは中学生のとき、福岡県水巻町に越してきた。産炭地で、住人の大半が炭坑関係者。社員は社宅に、石炭を掘りだす坑夫は炭住と呼ばれる長屋に住んだ。そんな関係が子どもたちの上にも影を落としていた。高校に進み、森崎和江の『まっくら―女坑夫からの聞き書き』を読んだ。ある老婆の語りに前掲の文言があった。粉塵爆発や落盤の危険をともなう炎熱の地底を掘り進む作業はつらいことではないのか。腑に落ちないままに頭のすみに残った。

高校をさぼって上京、べ平連のベトナム反戦運動に参加、二度逮捕された。マルクスを読み始めたが、ここでも働くことは労働者にとって痛苦と考えられていた。あの老婆の言葉がよみがえったのは、就職して何年かあとのことだ。氷点下三十度の冷蔵倉庫内での仕事は、仲間との緊密な連携と協力が欠かせない。働くことは周囲と連帯を深めていくことだった。その協働作業のなかに平和があるのだと思った。無学の老婆は、労働者のというより、人間の倫理を語っていたのだった。

八百屋には八百屋の、
魚屋には魚屋の思想がある

えらい父親をもつ息子は難儀なものである。福岡県鞍手町の、文筆業で古書店を営む上野朱《あかし》さんの父は著名な記録文学作家上野英信。自らも坑夫として働き、エネルギー転換で衰退する炭坑と坑夫を記録し続けた。幼時からその父親の訓導を受けて育つ。「おい、朱、仕事は自分の思想を表現するものでなければならんぞ」。石牟礼道子、森崎和江、鎌田慧らそうそうたる作家やルポライターが訪ねて来た。朱さんは「この人たちの仕事のことかな。だったら僕には無理。別のことをしたい」と考える。高校二年のとき、父の親友で絵草紙作家の山福康政さんに悩みをうち明けてみた。山福さんの助言が冒頭の言葉だ。「文章を書いたりすることだけが思想やない。毎日、野菜や魚を売って懸命に生きることも思想の表現たい」と言ってくれた。長かった父の呪縛が解けた。秋霜烈日の気概を貫いた父英信と、労働運動で辛酸をなめ尽くした果てに小春日和のような穏やかさをたたえた山福さん。朱さんは二つの個性にもまれるなかで、この言葉と出あわせてくれた父にも感謝している。

おれたちのことはだーれもわからん

三人の子どもを抱え、夫に先立たれた藤本フサコさんは教壇に復帰早々、痛烈な言葉のパンチを浴びた。六年生のT男がぼそりと言った。「おれたちのことはだーれもわからん」。この言葉だけが鮮明で前後は記憶にない。一見、何の屈託もなさそうな男児がふとのぞかせた濃いこころの闇に藤本さんは棒をのんだように立ちすくんだ。一九六〇年代初め、熊本県合志村（現合志市）のハンセン病施設、国立療養所菊池恵楓園内の分校には四人の児童がいた。ハンセン病を発症、親もとから隔離された子どもたちだ。

日ならずして二発目が飛んできた。昼休み、みなで騒いでいると、T男がぽつり。「いま爆弾が破裂して、みんな一緒に死んでしまうといいな」。座がシーンとなった。大なり小なり、人は自分だけの「だーれもわからん」を抱えて生き、死んでゆく。にしても、まだ人生のとば口にも立っていない幼い身が背負わされた重すぎる十字架。藤本さんは、あの衝撃の日々を偲《しの》びながら口ごもりがちだった。途方もない不条理を前にして、人は饒舌になるか寡黙になるか、どちらかだ。

言葉は一個の謎である。どこからどのように生まれてきたのか。何十億年もの昔、アメーバのような原初の生命体がいまの人類につながってくるまでの、長いながい進化の中から現れた一種の奇跡⁉︎私個人をふり返っても、この世に生を享け、気がついてみるとすでに言葉の世界にいたのである。オギャーと生まれてから片言の言葉を発するまで、脳がどんな言語学習をしてきたのか、その記憶がない以上、最初から言葉とともに在ったというのが実感だ。ふと、世の始め、世界と人類は神の言葉とともにあったという、あの「元始《はじめ》に言葉ありき」を思ってみるのである。

思い切り先祖返りして、水中をアメーバのようにのびのびと泳ぎ回っていられたら、どんなに快適であろうかと空想する。前方に向かって原形質がニュッと突き出て「足」になり、その仮足は浮遊する微生物を食べる「口」にもなる。単細胞で変幻自在。言葉などとは無縁の、原初のもののみがもつ単純さと完璧な自己同一性がある。進化とは酷なものだと思うことがある。言葉にも同様のものを感じる。言葉は「進化」するたびに実体や内実との乖離《かいり》を深めてこなかったろうか。

田村隆一に「帰途」という詩がある。言葉によって言葉の世界を超えていこうとするかのような、詩人の力業を感じる。言霊のはたらきを見る。

言葉なんかおぼえるんじゃなかった

言葉のない世界
意味が意味にならない世界に生きてたら
どんなによかったか

あなたが美しい言葉に復讐されても
そいつは　ぼくとは無関係だ
きみが静かな意味に血を流したところで
そいつも無関係だ

あなたのやさしい眼のなかにある涙
きみの沈黙の舌からおちてくる痛苦
ぼくたちの世界にもし言葉がなかったら
ぼくはただそれを眺めて立ち去るだろう

あなたの涙に　果実の核ほどの意味があるか
きみの一滴の血に　この世界の夕暮れの
ふるえるような夕焼けのひびきがあるか

言葉なんかおぼえるんじゃなかった
日本語とほんのすこしの外国語をおぼえたおかげで
ぼくはあなたの涙のなかに立ちどまる
ぼくはきみの血のなかにたったひとりで帰ってくる

末期の眼

長崎原爆忌の翌日、八月十日の朝日新聞歌壇から。

国民に充分理解はされてないと言ひつつ審議を打ち切る不思議
〈賛成の諸君〉がのつたり起立して安保法案強行採決
戦争に捲きこまれたらきつと言ふ「想定外」と口を揃へて
骨壺に石ころひとつからんころん東洋平和のいくさの果てに

同じ日の紙面に「九州電力川内原発再稼働反対、二千人デモ行進」と。多くの国民の反対と不安をよそに「戦争法案」成立を急ぐ一方で、福島事故後初となる原発再稼働へ。先例のない猛暑日が続く異常気象にへばり気味の私は、それやこれやをひっくるめて、「日本炎上」と大見出しをつけてみたくなる。

前にこの欄で触れたが、フリーターの青年がある論壇誌に寄稿した、「希望は、戦争」という一文が論議を呼んだことがある。企業の都合で一方的に首を切られ、転職を余儀なくされる非正規労働者の怒りをぶつける内容だった。

自分たちの犠牲の上にいまの「平和」があるのなら、そんな平和は壊してしまえばいい。てっとり早いのは戦争だ。戦争こそが格差の広がりと固定化に風穴をあけ、社会を流動化させる。戦火の中で、苦しみを分かち合おう——。そのような趣旨であった。暴論、飛躍と一蹴するのはたやすい。だが、時代の歯車がうしろ向きに回り始めた感がある中での異議申し立て、あれは「炭坑のカナリア」ではなかったか。事実、毒ガスはたしかに坑内をひたひたと満たしつつあるように思われるからだ。

先日、映画館で塚本晋也監督の「野火」を観た。原作は大岡昇平の同名の小説だ。結核を病んだ一兵士が、食糧不足を理由に所属部隊からも野戦病院からも放り出され、灼熱のフィリピン・レイテ島のジャングルをさまよう話である。ウジに食われ、壊れた人形のように、いたるところにころがる屍体と腐臭。生き延びるため、死んだ兵士の肉を食べる他の兵士。ついには敗残兵を射殺、「猿の肉」と称して食うのだ。熱帯の青空と白い雲と森の緑。ただただ美しく厳正中立な自然の中で、人間だけが狂気の中をのたうちまわる。

観劇の余熱で原作を読み直してみたくなった。小説は明晰な文体で、「レイテの敗兵の末期《まつご》の眼」にとらえられた、戦場の異相を執拗に追っていく。

空腹、飢餓。生きものの生理とその極限だけが露出したジャングルで、主人公の心象にしばしば宗教的なイメージがやってくる。こんな場面だ。死期の迫った将校が木に背をもたせ、通りかかった主人公に、自分の上腕部をたたいて言う。「俺が死んだら、ここを食べてもいいよ」。将校は息をひきとるが、主人公はかろうじて人食いの誘惑をしりぞける。自分の意志で？　それとも自分以外の何者かの力に動かされて？

再び歩きだした兵士に、路傍の一輪の花が突然、「あたし、食べてもいいわよ」とささやきかけてくる。と、空の奥から同じ花が光りながら、あとからあとから降ってきて、彼は一つの声を聴いた。「野の百合は如何《いか》にして、育つかを思え、労せず紡《つむ》がざるなり。今日ありて明日炉に投げ入れらるる野の草をも、神はかく装い給えば、まして汝らをや、ああ信仰うすき者よ」。幻聴か、あの神の子の声か。彼は祈ろうとしたが、言葉にならなかった。

胃袋に飢えが戻ってきた兵士は、将校が自分の肉をすすめた、あの現場に取って返す。谷を出、野を横切り、丘を登ってたどりつくと、そこに仰向けになった将校がいた。四肢が赤褐色に変わりパンパンにふくれていた。皮膚のあちこちが破れて腐乱した中身がのぞいていた。食えたものではなかった。自分が戻って来る前に、神が将校の外形を変えた――。将校のために？　それとも兵士のために？

人間が決めたルールが無効になったレイテの戦場を舞台に、作者が試みた実験であぶりだされる、人間の底知れなさ。かりそめのものにしろ、ルールというものが失われた場所で人が生きようとするかぎり、何が起きても不思議はあるまい。そこに「人間の真相」など探ろうとしてもおそらくむだなことだ。人間は状況の函数でしかないから。わずかに均衡を取り戻そうとするかのように現れる「神」の影、それは作者の祈りであろうか。

奇跡的に生還した元兵士は、東京郊外の精神病院でこの「手記」を書いている。折しも、東西冷戦が始まり、新たな戦争が危惧されていた。

〈この田舎にも朝夕配られて来る新聞紙の報道は、私の最も欲しないこと、つまり戦争をさせようとしているらしい。現代の戦争を操る少数の紳士諸君は、それが利益なのだから別として、再び彼等に欺《だま》されたい人達を私は理解できない。恐らく彼等は私が比島の山中で遇《あ》ったような目に遇うほかはあるまい。その時彼等は思い知るであろう。戦争を知らない人間は、半分は子供である。〉

最近の新聞報道によれば、二〇〇四年から〇六年にかけて、「人道支援」でイラクに派遣された陸上自衛隊員のうち、帰国後二十一人が在職中に自殺している。いずれも心的外傷後ストレス障害（PTSD）の疑いが強いという。戦場の恐怖とストレスがもたらす後遺症だが、派遣された隊員は事前の診断で、精神的に問題のない精鋭だったという。しかも派遣先は「非戦闘地域」とされるサマワであった。ちなみに先の大戦中、外地で「戦死」した日本兵のほとんどは餓死であった。

私は敗戦の前の年、一九四四年に生まれた。だから幸いなことにこの七十年、活字や映像、伝聞以外に戦争を知らない世代として生きてきた。とくにひもじい思いをしたこともない。つまり、『野火』

の主人公に言わせるなら、私は「半分は子供」であり、そして、「子供」でいられたことに深謝したい。近くに幼い孫が六人いる。時々遊びに来るが、室内を走り回っているのを見ていると、気持がざわついてくることがある。かなたの地平にわき出た黒雲がむくむくと成長し、強い風雨をはらんでこちらに向かっている気がしてならないのだ。何のために人は生まれてくるのか。あらたまってそんな思いにとらわれる。

平安末期の歌謡集『梁塵秘抄』に、よく知られたこんな今様がある。

遊びをせんとや、生れけむ、戯れせんとや生れけん、遊ぶ子供の声きけば、我が身さえこそ動《ゆる》がるれ。

子どもが無心に遊ぶ姿を、おとなが自分の来し方を思いながら見つめているのである。見ているのは遊女だという説もあるが、仮借ないこの世で、無心に遊んでいられるのもいまのうちだよ、といったニュアンスが感じられる。同時に、幼児らの行く末の無事を願う気持がにじんでいて、哀切なものがある。

私はここに「末期の眼」が働いているのを感じる。自分はもう終わったという諦観から、子どもの遊ぶ姿の中に、世の移りゆきを見つめているように思われるから。歌った人物も、歌われた時代の雰囲気も、知るよしもないが、この韻律に触れるとき、人間へのなつかしさにかられるのである。

何《なに》せうぞ　くすんで　一期《いちご》は夢よ　ただ狂へ

これは室町時代の『閑吟集』にある小歌の一つ。『梁塵秘抄』が貴族の歌謡なら、こちらは庶民感情を歌ったものが多い。戦乱と飢餓の生きにくい時代に、諦念と無常感を皮肉とユーモアでまぶし、世の中をポンと突き放して見ている。この世はしょせん夢のまた夢。そんな「末期の眼」から眺められた小歌をいくつか挙げてみる。

何ともなやなう　何ともなやなう　うき世は風波《ふうは》の一葉《いちよう》よ
ただ何事《なにごと》もかごとも　夢幻《ゆめまぼろし》や水の泡《あわ》　笹《ささ》の葉に置く露《つゆ》の間《ま》に　味気《あじき》なの世や
世間《よのなか》は霰《あられ》よなう　笹の葉の上《え》の　さらさらさっと　降るよなう

『閑吟集』に底流する「狂」と「遊」の精神にひかれる。天下の公道からはずれたわき道を往く旅人は決して先を急がない。他人を挑発したり、自説を押しつけたりもしない。「永田町」を発信地とする安保法制論議に見るような、当節はやりの勇ましさ、ああいうものとは縁もゆかりもない。

勇ましさは、他人の耳目を集めたいがための虚栄であり、空虚な自己主張の隠れ蓑であることが多い。問題、課題と真摯に向き合おうとする人には無縁のシロモノだ。中世歌謡の世界は、いま世界の多くの国で勇ましさを競うリーダーたちよりよほど健全なのである。

相待つ

私の中で、秋の日本人ノーベル賞受賞の余韻が続いている。昨夜、医学生理学賞の大村智さんと物理学賞の梶田隆章さんがやや緊張気味に、スウェーデン・ストックホルムでの授賞式に臨む様子をテレビが伝えていた。

十月、最初に受賞の知らせが届いたときの大村さんの謝辞が印象深かった。「私自身がものを作ったり、むずかしいことをしたりしたわけではない。全部、微生物がやってくれた仕事を整理しただけ。科学者は人のためにやることが大事だ、という思いでやってきた」と。マイクを持つ大村さんのユーモラスな語り口と笑みは、人をひきつけずにはおかない、人間の奥行きを感じさせた。

受賞は、人を失明させる寄生虫病の治療薬開発の功績によるものだ。四十年前、静岡県伊東市のゴルフ場近くの土中で見つけた細菌の一種が特効薬の元になった。米製薬大手との共同研究を経て、二十数年前から世界保健機関（ＷＨＯ）を通じて無償提供し、アフリカなど途上国で毎年四万人以上の人々を失明から救ってきた。

自然科学部門のノーベル賞といえば、研究ひとすじといったイメージで受けとられがちだが、この人の真骨頂はその枠に収まらないところにある。特許料を、教壇に立つ北里大の研究所の再建に充てたり、「優れた美術品は人類の共有財産」との信念から、故郷の山梨県韮崎市に「韮崎大村美術館」を建て、収集した美術品ごと市に寄贈したりもしている。来館者のために美術館と接して温泉とそば屋を開業する、番外篇の奔放さもノーベル賞ものだ。

美術の造詣の深さを乞われて、北里大と同じ神奈川県相模原市にある女子美術大の理事長も長年務め、美術界にも多数の知己を持つ。美術専門誌に連載し、受賞前に出版した著書『人生に美を添えて』に、研究のかたわら各地に画家や陶芸家を訪ね歩く著者の姿がある。九十カ国を超す学会出張でも、現地入りするとまず美術館の所在地を確かめる。学会への準備はいつも後回しになるそうだ。画家と科学者の仕事を重ねて、著書の中でこんなことを言っている。

〈対象の本質を捉えるまで研鑽を積むデッサンに相当する科学者にとっての基本は、まず事象に対する感動と、事象の背後の真理を見出そうとする好奇心だと思います。（中略）誰もが見出せなかった摂理に至る仮説を立てる想像力と、それと連動してその成否を実証していく行動力が必要とされるでしょう。〉

そして、ある画家の仕事ぶりに、「我が意を得たり」の結論に導かれるのである。

〈画家が繰り返しデッサンを続けるうちに、次第に描く線に実存感が与えられていくのを目の当たりにして、仮説と実証の積み重ねで真理に迫る科学者の真摯な姿が重なったのです。〉

自身の業績を「全部、微生物がやってくれた」と言う大村さんは、目に見えない土中の彼らに強い親近感を抱いているに違いない。仮説を立て、検証していくうちに確かな「デッサン」が描けたと確信したとき、地下で働く微生物たちがひそかに用意してくれた「摂理」が姿を現わすのだ。自由人、洒脱、無私……。大村さんのたたずまいから感じるそうした風情。けれども、それらがなかば死語と化そうとしている、そんな私たちの時代を思ってふっと寂しくなる。

ノーベル賞といえば、やはりこの人、湯川秀樹博士のことが思い浮かぶ。戦後の混乱と疲弊からいまだ脱け出せない一九四九（昭和二十四）年、「中間子論」で日本に初めてノーベル賞（物理学賞）をもたらした碩学である。ただし、物理学者湯川秀樹に関する私の知識はここまでで、私は理論物理学のことは、これっぽっちもわからない。しかし、この人はどこか文人の風格と気質を備えていて、エッセイをはじめ専門外の著述にも、ものごとの本質を見究めようとする自然探求者の眼が光り、こちらには教えられることばかりだ。

幼時から中国の古典に親しみ、なかでも荘子に強く魅せられたという。たとえば、「離見の見」（『自己発見』所収）という講演で語られる、荘子の「相待つ」という思想。人は自他を区別・対立の関係でとらえがちで、実際対峙もしているが、じつは一方で互いに何かを待ち合っている関係にもあるという。思うに、「世の中は相見互い」「持ちつ持たれつ」という古い俚諺は、人々のその生活的知恵の表れであろうか。

人も物も「相待っている」。荘子を借りた氏の示唆に、スピードと利便ばかりを優先させる現代文明に待ったをかけようとする科学者の誠実を思う。先の大村さんもそうだが、優れた自然科学者には複眼思考の持ち主が多い。自然や世界の成り立ちに迫るには、類推や論理だけでなく、感情や情緒や直観といった主観が大切なことを熟知しているからだろう。

エッセイ「目に見えないもの」（同名のエッセイ集所収）は、理論物理学が対象とする極微の世界への一般向けの案内である。実生活に役立つかどうかより、人間の目には見えなくても原子や電子が活躍する世界があること、それらの物質に思いをはせ、親しみを感じること。そんな感受性を育ててほしいと、さりげなく語りかけてくる。ほとんどが戦前、氏が三十代のときに書かれたものだが、少しも古びてはいない。むしろ、目に見えるものや、意識にのぼってくるものだけしか見ない、視野狭窄時代のいまこそ、多くの人に読んでほしい。私はこのエッセイを、科学者のあるべきスタンスの話としてだけではなく、人生を見る目のエッセンスを説いた文章として読んだ。

短歌もよくした著者がこのエッセイ集の各章の頭においた自作の歌に、物理学を天職と定めた碩学の孤独と覚悟が見て取れるのである。

物みなの底に一つの法ありと日にけに深く思ひ入りつゝ
深くかつ遠く思はん天地の中の小さき星に生れて

少し横道にそれる。

今回のノーベル賞にふれて、神里達博・千葉大教授（科学史）が朝日新聞に寄せた論考を読んで考えさせられた。近年の日本人ノーベル賞ラッシュとも言える盛況は、この国の学問の隆盛を示すものではない、と注意をうながすのである。うかつにも私は気づかなかったが、ほとんどのケースで、成果を出してから受賞するまで、二十年から四十年の年月を要しているという。

現在のノーベル賞の量産につながっている過去の大学や研究は、短期間に成果を求められるいまのあり方とはまるで違う、「牧歌的」な環境の中にあったのだ。「改革」の名のもとに、じっくりと腰をすえた研究が容赦なく駆逐されていく現状は、将来のノーベル賞はおろか、私たちの未来も危うくするであろう、と。「天職」の気構えをなくした学問の世界に人材は育つまい。

先日、義兄で農学者の中井弘和さんと話していたら、ライフワークの自然農法による、新しいイネの品種がほぼ完成したという。大学を定年後、北海道から沖縄まで、気象条件や土質が異なる全国二十カ所で実験を続けてきたが、十年の歳月を経て、機械で大規模な植え付けを始められる段階にこぎつけたのだ。「ずいぶん時間がかかったなあ」と感慨深げだった。

彼の自然農法は化学肥料も有機肥料も用いない。収穫分のコメだけを人間がもらい、ヌカもモミ殻も土に返す、自然の循環を利用した栽培法だ。農業の根幹である土を傷めず、土地ごとの特性や土中の微生物や個性的な品種が共存する平和な農業だ。日本農業の現状はまるで戦場のようだという。収量と採算を重視するあまり、じゅうたん爆撃のような農薬散布と品種の画一化。そのうえ政府が、大企業にしかできない大規模農営化を進めていて、「食」にこころざしを持つ農業者が新しく参入できにくい仕組みができつつあるそうだ。

環境に優しい農業をと、耳触りのいいうたい文句とは裏腹に、自然農法を含めた有機農業の耕地面積は全体の〇・四％にすぎない現実に、情けなくも、しかし悲観はしていない。長年、自然農法の現場で出会った数々の事象は、目に見えない自然の摂理をありありと見せてくれたからである。一九九三年、東北地方を襲った大冷害のとき、ほとんどの耕地が死に絶えたような惨状の中で、自然農法の土の温度だけが数度上昇したこと。二〇一三年、西日本を中心としたウンカの大発生でイネが全滅に追いやられる被害が出たが、自然農法の耕地はほぼ無傷であったこと。何年か前、静岡県富士宮市で、自然農法で修復した水田の上を、周囲の田んぼには目もくれず、赤トンボがそこだけ群れ飛んでいたこと……。

いつだったか、義兄から「人が自然に配慮すれば、自然はそれ以上の恵みをもって応えてくれる」と聞いたことがある。いまにして、この言葉の意味をより深く知ることができるように思う。荘子が言うように、人と自然は「相待っている」のである。

長年、彼はボランティアで静岡市の少年院で少年らに講話を行っている。「イネに学ぶ」が基本的なテーマだ。こんな話をする。地上に顔を出したイネの姿を比べると、自然農法のイネは、ふつうの農法のイネよりみすぼらしく見える。ところが、根っこから引き抜いてみると、見えない地下部の根は、ふつうのイネの根より格段に長く、強く張っている、と。

それをスライドで見せると、自分のことに引き寄せて受け止めるのだろう、受講者の間から独特の感情の高まりが伝わってくる。講話は、対話重視の義兄の考えで問答形式をとっているが、少年たちの集中度の高さは、かつて教えた大学の授業をはるかにしのぐ。後日、「自分がこうなったのは、根がしっかりしていなかったから」といった手紙をもらうことがあり、少年院での一日は義兄にとっても発見と充実のときだという。

七十代半ば、中国やモンゴル、韓国にも出かけ、自然農法の講義と実地指導にあたっている。頼まれれば、どこへでも出向き、くたくたになって帰国しては、国内の実験田に飛び出していく。家人の心配をよそに本人は冗談ともつかず、「田んぼで死ねたら本望」と言っている。

一《いち》

小文を連載している俳誌「空」の柴田佐知子主宰にこんな句がある。

仮の世へ仮の貌出す蟇

突然、目の前にのっそりと一匹のヒキガエルが現れ、双方の目が合った。イボだらけの姿態はぶさいくで、気味がわるい。一瞬、作者にひらめくものがあった。いずれこの世が仮の世なら、ヒキガエルの外形も仮の姿にすぎまい。してみると、人間も含めて、世にありとある生きものは、「仮の貌」という異形をまとって「仮の世」でひしめき合っていることになる。平板な日常に突如亀裂が走る。

世界の「実相」の一端が、ヒキガエルとの遭遇によって開示されたのだ。

十七音に凝縮された、世界と自分がいまここにあることの驚きと不思議。しかし、それだけではない、と私は勝手に思いをめぐらす。くるめくような異界感覚とともに、ここが未知の「異界」でありながら、同時になつかしい故郷に帰って来たかのような、ある種の安らぎに導いてくれる詩情が、この句にはある。姿かたちは異にしていても、おそらく遠く元は一つという、地球再発見とでも呼んでみたい、そんなはるかな想いに誘われるのである。

〈晩秋のある日、陽ざしの明るい午後だったが、ラジオが洋楽をやり出すと間もなく、部屋の隅から一匹の蜘蛛《くも》が出て来て、壁面でおかしな挙動を始めたことがある〉

尾崎一雄の短編小説『虫のいろいろ』の書き出しだ。大病の床に臥した作家の部屋には何匹かのクモがすみついていて、彼らが交互に現れては壁面をうろちょろするのを、万年床から見るともなく見ている。あるとき、枕元のラジオから「チゴイネルワイゼン」が鳴り出すと、そのうちの一匹がするすると出てきて、曲に合わせるように弾んだ調子で壁面を歩き始めたのだ。クモのダンス？　作家はふとそう疑った。そして、動きを注視しながら、曲が終わるのを待った。

〈曲が終った。すると蜘蛛は、卒然と云った様子で、静止した。それから、急に、例の音もないするするとした素ばしこい動作で、もとの壁の隅に姿を消した。それは何か、しまった、というような、少してれたような、こそこそ逃げ出すといったふうな様子だった〉

はたしてクモは踊っていたのか。一部始終を見届けたあと、〈これは油断がならないぞ〉とだけ書いて次の話に移る。この「油断がならないぞ」は、それまで自分とは無縁の生きものと思っていたクモに、有縁を感じとったからにほかなるまい。横臥して、自分の分身を見るかのように、壁面の一個のいのちの動静に見入っている、おかしみの背後に押し隠した切なるまなざしを思う。

ヒキガエルの奇っ怪な風体とクモのおかしな挙動。それだけのことが、俳人と小説家の慧眼にかかると、一気に時空が拡大され、読者の前に、ある広々とした風景がひらけてくるのである。

余談だが、生きものに対する、人それぞれの好悪について考えることがある。ペットにイヌ派もいればネコ派もいる。ヘビやミミズを毛ぎらいする者もいる。私の連れ合いはゴキブリをひどくいやがる。長女は幼いころトカゲが大好きで、どこからか捕まえてきては、平気でさわっていた。愛着であれ忌避であれ、一様でないこれらの反応にどんな深い子細があるのか。元は一つのものから枝分かれしてきた（らしい）、生物の進化の歴史とどこかで関係しているのだろうか。

今西錦司は、生物も無生物も地球上のすべてのものは、元は一つのものから分化発展したとする仮説を、自身の生物学の出発点にすえた。

新聞社にいたとき、「100人の20世紀」という二年がかりの連載企画の取材陣に加わった。二十世紀の世界を彩った、あらゆる分野の著名人百人を伝記ふうに取りあげる企画だった。私が担当した一人に今西錦司がいた。サルからヒトへの進化の道筋を探る霊長類学の世界的な権威で、霊長類学の父と呼ばれた人だ。取材時、すでに世を去っていたが、この大学者の周囲に集まった一級の学者のかたがたに話を聞くことができたのは望外の幸運であった。

取材にあたり著書をあれこれ読みかじったが、日本が太平洋戦争に突入する一九四一年、三十九歳のときに書かれた『生物の世界』は新鮮だった。門外漢の私に正しく理解できたかは怪しいものだったが、みずみずしい世界（自然）観と洞察の深さ、情熱的な筆致は、自然科学書というより自然哲学のおもむきがあった。実際、今西錦司は自著を、「そこから私の科学論文が生れ出ずるべき源泉であり、その意味で私の自画像」と述べている。

この世界はじつにいろいろのものから成り立っている、いわば一つの寄り合い所帯だと言う。そして、それら雑多なものが互いに似ていたり、異なったりしているのがわかるのはなぜか。それは、われわれ人間も含めて元は一つのものから分化発展したものだから、と。この識別能力はわれわれに備わった本能の一つと言う今西は、ひたすら分類や分析にいそしむ、それまでの生物学とは一線を画すのである。

一つの個体は多くの細胞からなり、同種の個体が集まって一個の種社会をつくり、さらに多数の相異なる種社会の共存の上に生物全体社会が形成されている。直観と類縁をキーワードに、小さな「一」から、より大きな「一」へと段階的にのぼってゆく、整然と秩序づけられた世界の構成原理が示される。かの有名な「棲み分け理論」が母体にある。

若いとき、採集に通った京都・賀茂川の渓流で偶然、四種類のカゲロウの幼虫がそれぞれ棲み分けているのを発見した。生存競争による適者生存、自然淘汰説の、血なまぐさいイメージのダーウィンの進化論に違和を感じていた今西は、生物はやたらに争うものではないという重要なヒントを得る。生物はめいめいが置かれた異なる環境に適応しながら、独自の進化を遂げていったとする、後年の「今西進化論」の萌芽であった。

行動をともにすることが多かった、生態学者の梅棹忠夫は国立民族学博物館（大阪・吹田市）の館長室で、「大自然に分け入るほど今西さんのカンはさえわたった」とふり返った。一九四二年、旧満洲（中国東北部）の大興安嶺を縦断したときのこと。途中、道に迷ったのではないかと不安になり、そのことを言うと、リーダーの今西は「そんなら勝手に行け」と自分だけさっさと歩いて行ってしまった。梅棹たちが苦労して頂上にたどりつくと、今西が涼しい顔で立っていた。

今西は八十歳のときの講演「自然をどう見るか」（『自然学の提唱』所収）の中で、直感と無意識の関係について語っている。

人間以外の生物は直感だけに導かれて、人間以前の時代を誤りなく暮らしてきた。そのおかげでいまのわれわれがある。人間が誇っている意識の世界というものは、自然全体から見れば、ほんのひとかけらの功利的精神にすぎない。生物たちはみな、無意識の世界を悠々と生きている、と。そして、こんな体験を披露する。

年をとり登山用の杖が欲しくなったが、気に入ったのがない。欲しいのは、昆虫の触覚に似た、指先の神経の代用となる細い杖だ。あるとき、下山中に背後から、「ここやー、ここやー」と呼びとめる声がする。ふり向くと、声を発していたのは一本の細身の生木で、理想的な姿をしていた。そのとき、杖のことはすっかり忘れていた。無意識のなかにいると直感が働くというのだ。

さかしらな意識の背後に広がる、内部の「人間以前」の豊かな領域を守り続けた人だったのだろう。自然科学が金科玉条とする実証主義や客観主義にとらわれない自由闊達な精神が、独自の生きた生物学を創りあげたのだと思う。

世界中が相当おかしなことになっている。連日、テロ、内戦、難民問題がトップニュースの一角を占める。ソ連崩壊で米ソの冷戦が終結、ひとまず核戦争の恐怖から解放された。やれやれと思う間もなく、かたちを変えた戦争や紛争が続発している。もっとも、それらの多くは突然出現したわけではなく、冷戦下、超大国のグリップのもとで抑え込まれていたにすぎないのだが。

いやな予感がある。ナショナリズムという内向きの志向が暴力をともなって、世界的な広がりを見せていることだ。イスラム国（ＩＳ）が世界各地でまき散らすテロも、中東やアフリカで続く内戦とテロでも、対立する勢力がめいめい、自前の「民族愛」を標榜する。この自己愛は一方で、祖国を追われた難民に対する、欧州各国政府の受け入れ拒否や制限といったかたちでも現れている。

一つの世界政府をめざした国連が肝心のときに機能せず、一つの欧州という壮大な実験を続ける欧州連合（ＥＵ）も昨今の事態に手をこまぬく。内戦やテロのない日本でも、こうした混乱や周辺国の脅威を口実に、為政者が国民を一つに束ねようとする、逆向きの動きがある。それと地続きの、自己愛と排外主義のきわみのヘイトスピーチ。いやはや、である。

人類共同体という、いわば大きな「一」が後景に退き、より小さな「一」の民族や国家の前景化がきわだつ。「一」の遠近法が狂ってきた。それにしても、古今東西、なぜ人間だけがこうも争ってばかりいるのか。肉食動物は個体維持のため狩りはするが、必要以上に殺したりはしない。まれにだが、人間以外の生物の世界にも戦争らしきものはあるという。しかし、相手をせん滅するまで攻撃する、ヒトのような種族が生物界にほかにいるだろうか。

元が一つであるなら、人間も穏やかに棲み分けることができるはずだ。そうならないのは、ヒトに意識というものが生まれ、その拡大が直感や無意識の力を弱めてきたせいなのだろうか。

フォーム

旧知の有川宏・元牧師が亡くなり、福岡市西郊の教会で「お別れの会」があった。享年七十八。花曇りの下、礼拝堂からあふれた弔問客がテラスや中庭でこうべを垂れていた。その中に交じり、私は元牧師の潔癖で強靭だった生き方と、にもかかわらず時至れば、何ごともなかったかのように、それらの痕跡が風化していく、この世の生の帰結を思い、やるせなかった。

十数年前、ある牧師に誘われ、いささかの関心もあって日曜礼拝をのぞいた。そこに、前年までその教会の牧師をしていた有川さんがいて、おいおい言葉をかわすようになった。温厚で照れ性だが、穏やかな中に激情を秘めている、そんな印象を受けた。周囲の人からこんな話を聞いたことがある。

牧師は教団から月々補助金を受けられるが、ひもつきはいやだからと、受け取りをこばんだ。また、生活資金は献金からまかなわれるが、教会の台所が苦しいのを案じて、チリ紙交換や灯油配達のアルバイトと、妻の新聞配達で糊口をしのぐこともあったという。

韓国人被爆者が福岡県に被爆者健康手帳の交付を求めた裁判や、在日朝鮮人に対する日立就職差別裁判をはじめ、多くの受難者を支援してきた。体調不良を押して、野宿生活者への援助も惜しまなかった。知る人ぞ知る、社会派の牧師だった。より強い信仰を得るため、複数の教会を経験した古い教会員が「やっと出会ったと思った。生活が祈りなんだ」と語っていたのを思い出す。

理想を語る必要のない世界こそが望ましいのだろう。けれども幸福を、夢や希望という未来形で語ることしかできない私たちの変わらぬ現実がある。人間の弱さがある。理想を語りつつ、だれもが「しかし現実は厳しいよ」と気弱につぶやき、「厳しい現実」は少しも軽減されることはない。イエスという人物も「神の国」を、やがて来るものとして説いた。しかし、あの「山上の教え」は別のメッセージも伝えてくる。こころの貧しい人、悲しんでいる人、柔和な人……をたたえるイエスは、人々が自らのうそや弱さをはっきりと認めるとき、この世はすぐにも「天国」に変わると宣言する。

信仰をもたない私がこれ以上喋々するのは、正直、気がひける。ただ、有川さんの突出した行動力に、真の幸せは夢まぼろしではないという、山上のイエスのあの声がかぶさってくる。

いい教会だと思う。一見、民家と見分けがつきにくい質素な外観。がらんとした礼拝堂には古びた小さなオルガンが一つ、宗教的な装飾は何もない。隅にくたびれた折りたたみのイスが無造作に積まれ、礼拝のときだけ、牧師を囲むように半円形に並べられる。四十年の牧師生活をこの教会でまっとうした有川さんの精神のフォームをはっきりと見た気がした。

思い出のあれこれを脈絡なくたどっているうち、お別れの式が終わり、暗くなった空から、ポツポツと雨滴が落ちてきた。

この文章を書いているさなか、熊本地方で大きな地震があり、多数の死者、負傷者が出、建物の倒壊が相次いでいる。収まる様子はなく、被害はさらに広がりを見せている。阪神、中越、東日本、そして今回と二十数年来、想定外の地域で大地震が起きた。首都直下、東海、南海トラフといった、近い将来、高い確率で発生が危ぶまれている巨大地震を思い、真綿で首をしめられているような不安を覚える。

私たちはジリジリと追いつめられ、逃げ場を失いつつあるのではないか。同じことが現在の社会状況にも言えよう。こちらは自作自演の悲喜劇として、私たち自身が責めを負わねばならないものだが。先日、かつてソ連崩壊などを予言した、フランスの著名な歴史・人類学者のエマニュエル・トッドさんが記者のインタビューに答えていた。現代の危機は、宗教的な信仰が解体する過程で起きていることだ、と。

例えば、イスラム国。あれはもうイスラムではなく、ニヒリストの集団だと言う。あらゆる価値の否定、死の美化、破壊の意思。それは中東だけの問題ではなく、欧米や日本にも関わってくることだ、とも。先進国といわれる国々で起きているニヒリズムの悪循環である。

いかにして経済的効率をあげるか。要するに他人を出し抜いて、どれだけ多くもうけるか。その考え方が新しい信仰になった、とトッドさんは言う。しかしそれは手段の合理性をもたらしても、生き方の良しあしを決めるものではない。弱い者はますます追い込まれ、ただ奪われるだけの存在になっていく。あらゆる場所でいま、精神のフォームが風前の灯なのだ。

どうすればいいか。トッドさんは、うそをつかないことだ、と言う。「お互いにうそをつく人々。自分が何をしようとしているかについてうそをつく社会。自分を依然として自由、平等、友愛の国と言う社会。それは本当に起きていることを直視するのを妨げます」

この国も政治的、経済的に人々が分断され、砂粒のような、散りぢりの社会になったといわれる。深刻なのは、そうした社会的孤立と歩調を合わせるように、人々が過去や未来とも切れて、さらなる孤立を深めているように思われることだ。横糸も縦糸も寸断された私たちの社会はすでに、「いまさえ、自分さえよければ」という刹那主義の空気を呼吸している。ニヒリズムは良識を嘲笑するシニシズムを誘発し、ものごとをひたすら悪いほうへとあおりたてるセンセーショナリズムを生む。例えば、あられもない、あのヘイトスピーチというグロテスク。とことん精神のフォームを喪失してしまえば、あとは何でもありの、修羅のちまたと化してしまうのか。


いまは亡い笠智衆さんのことを書いてみようと思う。小津安二郎監督や、晩年は山田洋次監督の映画で寡黙な父親や祖父を演じた昭和の名脇役だ。

その笠さんの鎌倉のお宅を取材でお訪ねしたのは、かれこれ三十年ほど前のこと。当時八十代の半ばだった。和服姿で迎えてくれた笠さんの第一印象は、「あ、映画で見たとおりだ」というものだった。細身で柔和な風貌と、とつとつとした話しぶり。ひょうひょうとした中に、ジワリとにじみ出てくる重厚感。強く感じたのは、笠智衆という人の持つ、確かなフォームであった。

そのとき、いみじくも笠さんが「型」について語ったことが思い出される。大学の印度哲学科に在籍していた大正の末、僧職の父親が急逝した。故郷の熊本から叔父が上京、寺を継げという。生返事の笠さんに、叔父は「大切なのは『型』から入ることだ。僧衣でお経をあげていれば心ができ、信仰が生まれる」とこんこんと説いた。僧職は半年後に外地から帰った兄が継いだが、「叔父の言葉はずっと私の記憶に残り続けています」と笠さんが、きのうのことのように語ったのを覚えている。

山田洋次監督はこんな話を聞かせてくれた。映画「家族」で、貧しい一家が長崎から北海道に移住する途中、大阪・万博会場近くの食堂で食事をするシーンがあった。ビールを飲もうとして、祖父役の笠さんがひょいとハンチングを脱いだのだ。台本にはない所作だった。「アドリブをいっさいしない人なのに。備わった礼儀作法がごく自然に出たんですね」とふり返る。山田監督は演技以前の、笠さんの心のフォームについて語っていたのである。

映画やテレビで笠さんが泣く場面を見たことがない。小津安二郎監督の「晩春」のラスト。婚期の遅れた娘を説きふせて嫁がせた夜、一人暮らしを始めねばならない初老の大学教授役の笠さんが、リンゴをむきながらうなだれるシーンがある。監督に泣いてくれと指示されたが、どうしても泣けない。いろいろ試みたあと、「泣けません」と言うと、監督は「じゃ、頭だけさげてください」とだけ言った。こり性で厳格な小津監督にはめずらしいことだったという。

迫真の演技で観客を酔わせる名優はいくらもいる。しかし笠さんの演技ほど、虚実皮膜が微妙な、というより、本人の生き方の「実」の方が勝っていると思わせる俳優は、私の知るかぎり、ほかにいない。おそらく演技の中でさえ、「うそ」のつけない、どうしても譲れない型を持っている役者なのだ。

笠さんのフォームが全開になるのは、やはり小津監督の作品だろう。この監督の映画には、劇的なものは少しもない。日々、何かが少しずつ変形したり、欠け落ちたりしながら、老いや死や別離に向かっていく、常ならぬ世界……。円熟期の作品の中で、さりげなくはさまれる印象的な場面がある。ほんの数秒間だが、だれもいない部屋や廊下が何度か映される。ついさっきまで家族らがおしゃべりをしたり、食事をしていたのに、一人去り、二人去り、そしてだれもいなくなった……。

二〇一二年、英国映画協会が、世界の映画史上で最も優れた五十作を、監督三百数十人に選んでもらう企画を行った。ベストワンに選ばれたのは小津安二郎監督の「東京物語」だった。

映画という欧米文化の華麗な華。外国人にはわかりにくいかもしれない、日本的な会話と筋の運び。それらを超えて支持された理由を思ってみる。これは人間の普遍的な物語であり、誇張も主張もなく、人生の基本的なフォームが写しとられていることが深い共感を呼んだからだろう。

供養

ここから先は行ってはいけない。峻険な峰が続く悪路でこんな警告板に出合ったら、引き返すか、ひとまず立ち止まって思案をめぐらすのが、まっとうな人間の振る舞いであろう。だが、そんなアラームなど歯牙にもかけない輩もいる。自分一人のことならそれもいいだろうが、その無分別がまわりに多大の迷惑を及ぼす恐れがあるとすれば、話は違ってくる。

のっけから小言幸兵衛じみた物言いで恐縮だが、この種の鈍感モードが、各界のリーダーといわれる人たちのみならず、あまねく私たちの国の空気を染め上げようとしている。市場経済でもエネルギー問題でも、暴走する「文明」を前に、多くの人が金縛りにでもあったように、固まったまま動けないでいる。自分たちが作りだしたシステムの危機に対処しようとする意志も能力も放棄してしまったかのように。

先日、原子力規制委員会が、運転開始から四十年を超えた関西電力高浜原発（福井県）一、二号機の再稼働を認めたという報道を目にし、あらためてそんなことを思った。二〇一一年の福島事故後、原発の稼働は原則四十年までと定められた。脱原発の方針も打ち出された。ところが舌の根も乾かぬうちに、あっけらかんと原発回帰が決められた上、四十年を超える原発も規制委がＯＫを出せば、一回だけ最長二十年間の延長を認めるという、制度の再改定が行われた。その上での今回の措置である。そして規制委の門前には運転再開を求めて、老朽原発が列をなしている。

メルトダウンした福島第一原発の原子炉内はどうなっているのか。大気や海を汚染し続けているとみられる放射性物質の実態はどうなのか。五年後のいまも真相は不明のままなのに、政府は根拠も示さずに「世界一厳しい審査基準を作った」と再稼働の判断を規制委に丸投げ。規制委からは「新基準に合致すれば許可は出すが、安全とは言わない」と、これまた責任逃れともとれる発言が出てくる。

四枚のプレート上で揺れ動く島国で、近未来に起こり得ると警告されている、いくつもの大地震への不安の声が高まる中での言動と思えば、脱力感が先にくる。

フロイトは、人間の意識下にはエロスとタナトスという二つの欲動があると言っている。エロスは生の、タナトスは死の欲動＝自己破壊の本能をいう。後者が外に向かうとき、戦争やテロなど、攻撃や破壊の衝動として現れるという。フロイトに従うなら、私たちはいま、不安と無力感の大波にほんろうされながら、タナトスの衝動に突き動かされてはいないだろうか。

どうすればタナトスの誘惑を回避できるだろうか。初心に帰って危機意識を研ぎすますことしかないのではないか。そもそも人類史とは、絶えざる危機をそのつど、なけなしの知恵をしぼって、どうにか切りぬけてきたプロセスでもあるのだから。

問題を政治・経済的な文脈の中に置いてみることは簡単だが、もっと根源的な人間の問題として、あえて言うなら一人ひとりが自分の問題として引き受けることはできないものか。わが家からそう遠くない場所にも、老いさらばえ数々の危険が指摘されながら、やはり一刻も早い再稼働を待っている原発があり、もやもやした気分が続いていた。

そんな折、自宅に近い図書館で偶然手にした一冊の書物は目からうろこであった。『原発と祈り』というタイトルのその本は、思想家で武道家の内田樹さん、精神科医の名越康文さん、作家の橋口いくよさんの鼎談で構成されている。その中で橋口さんが語った「原発供養」の話は、心の琴線にふれてくるものがあった。

橋口さんは福島事故の直後から、建屋が吹き飛び、炉心がメルトダウンした原発に向かって鎮魂の祈りをささげているという。一日に数回、寝る前はかならずベッドの上であぐらか正座で福島に向かって、「東京から来た橋口いくよです」と言って手を合わせる。耐用年数の三十年を超えてなお十年間も不眠不休で働き続け、電気を届けてくれてありがとう。どうか穏やかな最期を迎えてください。あなたたちがいままで与えてくれたたくさんのものは、これから先も大切にします、と。祈っていると、原発の熱と同期するのか、手足が異常に熱くなってくるという。

人間だって死ぬときは苦しい思いをしたくはないし、みんなに愛されて亡くなりたいはず。原発も同じだと思う。働くだけ働かせて、壊れたからといって最後は怖がったり憎んだり、悪のかたまりのように扱うのはちょっと違うんじゃないか。鎮魂の祈りには、そんな思いが込められている。原発に賛成とか反対とかいった意見や感情以前に、一対一で原発と正対したものだ。だから彼女も言うように、この儀礼は、「祈ることしかできない」という受け身のものではなく、「祈るべきだ」との強い意志がこもっている。

原発に向かって毎日祈っているとブログに書いたら、米テキサスに住む日本人女性ら多くの人から「私も原発に向かって祈っていました」というメールがきたそうだ。ここには、原発をめぐるイデオロギー論争とは異次元の温もりとある種の救いがある。原発に向かって祈ることは、非科学的なことでも無意味な行為でもない。祈りは、未知のもの、人知の及ばない次元を前にしたとき、その人の不安や畏怖の念に寄り添うように、ごく自然に身内からわき出てくるものだと思う。

原発の設計者も事業者も、それを国策として進めた政治家、官僚も当初から、原発は一度暴走を始めたら制御する術がないことを承知していた。それでも踏み出した。そのとき彼らに、未知の、しかも危険きわまりない領域に踏み込んでいるという自覚と、それにともなう畏れや祈り、あるいは謙虚さがあったかどうか。「安全神話」とカネをまき散らし、原発を手荒に扱ったあげくの福島事故であった。彼らに多少とも敬虔な心ばえがあれば、事態はかなり違ったものになっていたと、私は思っている。

鼎談のおわりで内田樹さんは、橋口さんの「原発供養」のアイディアに感嘆しつつ、震災と原発事故であらわになった日本社会の本質的な危機は、「日本社会の霊的衰弱」にあると指摘している。自然も原発も常に中立で、「邪悪なもの」はみんな人間の側からやってくる。鎮魂すべきは、それらを生み出す人の心の働きなのだと。原発を制御不能の事故に追い込んだのは、人間が自己を制御できなかったからだ。「原発供養」は、人の荒ぶる心を鎮めるための、最も人間的な儀式でもある。

春ごろから自動車の燃費不正問題が騒がれている。燃費効率をよく見せかけるため、法律で義務づけられた実測試験をせず、過去の他車種のデータを改ざんして代用していたという。三菱自動車、スズキという業界大手が、大規模かつ長期にわたって不正を行っていたとの報道だ。三菱自動車は過去にも二度、欠陥車の存在を公表せず、結果、無償回収、修理に追い込まれる、いわゆるリコール隠し問題を起こしている。この事件では死傷事故が相次ぎ、元社長が有罪判決を受けた。一流、名門といわれる企業で、この手の不正が年々、増え続けている。

こんなところにも日本社会の「霊的衰弱」、ある種の宗教性が衰えつつある徴候が表れているのではないだろうか。

戦後、世界が瞠目した経済成長とセットで語られてきた「技術立国」、「物づくり大国」は久しく、自他ともに認める日本ブランドであった。品質・性能の向上を目ざすメーカーの飽くなき姿勢は高い評価と尊敬を集め、羨望の的にもなってきた。製品の部品を少しでも小さく、軽くしようとする努力。安い価格で高品質の製品を提供するための、素材や工夫への強いこだわり。

その姿勢は中小も同じで、とりわけ精密機器の部品を作らせたら、神わざのような独創性と技術力を発揮する職人を抱えたメーカーは多い。彼らは労働を、賃金を得るための対価と割り切って、決められた仕事だけをこなす、欧米ふうの合理主義と違って、技術の練磨そのものに喜びと誇りを見いだす。総じてわが技術者たちの、神の完璧さを求めるかのような完全主義は、キリスト教や仏教などに帰依するというかたちとは別の、日本的な宗教性の表れだったのだ。

戦後七十年間、この国が曲がりなりにも平和を享受してきた一側面として、日本人のこうした宗教性に支えられた、物づくりの伝統が脈々と受け継がれてきたこともあったと思う。物づくりに対する執着や情熱の低下に不正行為。日本社会の宗教的、倫理的な退廃と同時進行で起きた福島原発事故。それらは、私たちの国でそこはかとなく広がる、戦争や紛争、テロの予感といったきな臭い空気と、地下深くでつながっているのではないか。タナトスの衝動が動き出さないことを願うばかりだ。

いま、大地がぐらぐら揺れていると感じる。その上にいる人間も揺さぶられている。けれども、大地とともに揺れながらも、橋口さんたちのような鎮魂の祈りも処々方々で、さまざまなかたちで広がりつつあるように思われる。橋口さんは、原発に祈り始めてから自分が大きく丈夫になっていくのを、つまり「大丈夫」になっていくのを感じているという。「なぜ、私は原発に祈ったか」という後記で彼女はこんなふうに語っている。

自然の力にはあらがえないと言うけれど、それを言う人間だって自然の一部だ。だから、私たちの思うこと、心の状態、それはやっぱり自然の流れとしてこの世に反映されていくのだと思う。もっと言えば、それはこの地面や、空の向こうにも伝わってゆくのではないだろうか。

この世がどんなに変化しても「大丈夫」な私たちが増えれば、日本は丈夫になるし、世界も丈夫になると信じるところにこそ希望が宿る。だから私は今日も祈り、心を平安にし、自分を丈夫にし続ける。

植物の夢、人間の夢

六十年も昔のことだ。「私は貝になりたい」というテレビドラマが大きな反響を呼んだ。復員後、やっと静かな日常を手にした理髪店主がある日突然、従軍中に上司の命令で米兵捕虜を殺害した容疑で、BC級戦犯として逮捕、裁かれ、処刑されるストーリーだった。フランキー堺演じる、市井の一凡夫が刑場に引かれながら叫ぶ。「二度と人間に生まれてきたくない。生まれ変わるなら深い海の底の貝になりたい」。あのせりふは、子ども心にもツンとくるものがあった。

その後、繰り返し映像化され、この夏も、中居正広主演の劇場版がテレビで放映された。テーマの「反戦」を「厭世」と読み替えれば、「私は貝になりたい」という叫び声は、私の空耳でなければ、いまこの国のそこかしこから呪文のように聞こえてくる。

パスカルは、人間の不幸はただ一つのことから生じると言っている。すなわち、部屋の中で静かに休んでいられないこと、それが諸悪の元である、と。

人はきょろきょろと窓外ばかりをうかがって、ひとところにじっとしていられない生きものだ。自室にこもり視線を内側に向けるやいなや、たちまち不安が頭をもたげ、憂さ晴らしに出かけずにはいられない。行先は虚栄や物欲で、気晴らしのためなら戦場さえいとわない。畢竟、それらの場所では他者とのいさかいが避けられず、不幸は拡大再生産され続けるほかない。

気ぜわしい記者暮らしを卒業後間もなく、大きな手術を受けたのを機に、インドの超越瞑想をやってみた。長年の「外歩き」でため込んだ心身の塵芥を少しでも始末して、すっきりしたいと思ったからだ。端座して無言でマントラ（真言）を唱えながら、無我の境に入っていこうとするのだが、これがなかなか難行なのだ。途中、やたらと顔面がむずがゆくなったり、唾液の湧出が止まらなくなったり……。これも人間の根深くておろかな外部志向の端的な表れかと思い、パスカルの言葉をいま一度かみしめ、細々とだが瞑想の行を続けている。

生涯一カ所にとどまって、じっとして動かずに生をまっとうする生きものがいる。植物である。彼らは光合成という、他の生物がまねのできない特技を持っている。居ながらに太陽光のエネルギーを使って、水と大気中の二酸化炭素から糖やでんぷんなどの炭水化物を作りだす。それを自らの養分とするだけでなく、他の生きものの命も養うのだから並みの働きではない。しかも水分を分解する過程で大気中に放出される酸素は、それがなければ、生物は単に生きることさえ不可能である。

これほど世話になっていながら、私たちはふだん、動物ほどには植物を意識していないし、たいして恩義も感じていない。植物園より動物園に行きたがる子どもに似ている。水や空気がことさら意識されることがないのと同様、植物が、私たちの生存のはるかな深みに、どっかりと鎮座しているからだと思う。いわば人間の無意識に深く根を張っているからではないだろうか。

生命は三十八億年前に海の中で誕生したとされる。ものの本によると、植物が陸上に進出したのはおよそ五億年前。私たちの遠い祖先は、それからずっと遅れて海からはい上がってきたという。そのとき、彼らの新天地は緑におおわれた、したたるばかりの星であったことだろう。生みの親より育ての親。植物に守られて大きくなってきた、地上の生きものたちの長く緩やかだった歴史を想う。

そして、長いながい年月をけみして――。

そこが、お釈迦さまの手のひらの上とも知らずに傍若無人に振る舞う孫悟空である。私たちはいまサルに先祖返りしようとしているのではないか。現生人類（ホモ・サピエンス）の登場からわずか二十万年余。最後に登場したヒトという新種が、特殊な発達・進化を遂げた脳という身体の一器官を如意棒のように振り回し、暴れまくっている。なかでも、欲望に操られて時間の流れを加速させ、あとは野となれ山となれ、自身にとって最も大切な自然との関係をますますいびつなものにしている。

もともと自然の一部である人間が、水ももらさず私たちを囲い込んでいる鉄とコンクリートの人工空間で、機嫌よく暮らしていけるはずもないのである。すべてを意識の支配下に置こうとする脳と、意識下に根を張った(?)植物的生の葛藤、そんなイメージが、なぜか私を不安にする。

近い将来、熱帯雨林が地球上から姿を消すかもしれないと言われている。長年の商業伐採で、豊かな生物種が生息する、東南アジアなどの森林が丸はだかにされ、生態系がズタズタにされている。しかし、それはその地域だけの問題だろうか。いや、地球という「同じ船」に乗り合わせた乗客である以上、バタフライ効果ではないが、どんなに遠く離れていようと、それが、たとえば日本人の無意識にも、何かしら影響を及ぼしているのではないか。

鹿児島県の屋久島は都市文明のもつ虚構性を実感させてくれる。七、八回訪れたが、不思議にいつも心身が洗われるのだった。「ひと月に三十五日雨が降る」と島民がいう雨の島である。島の西側に世界自然遺産登録の照葉樹の大原生林が広がり、全島を長命のヤクスギが覆っている。日本人の平均寿命は八十歳と少々、長生きとされるカメやゾウでも百五十年から二百年だ。ヤクスギは樹齢千年以上のものをいい、それ以下は小スギと呼ばれる。

そういう島だからこその傑物がいる。中央部に鎮座する島の主、縄文杉だ。行くのにメインルートを徒歩で片道五時間前後かかる。青息吐息で二度登ったが、その前に立つと、ふと、えりを正したくなる。樹高二十数メートル、幹回り十五メートルの外観にではない。樹齢四千年から七千年と推定されている長大な時間を、ここから一歩も動かずに生きてきたことへの驚きと敬意からだ。

島に移住、先年没した詩人の山尾三省さんは縄文杉を「聖老人」と呼んで敬愛していた。縄文時代から現代まで、われら凡常な想像力のスケールでは及びもつかぬ時空を、聖老人は何を夢見て生きてきたのか。これからも人間の何世代か、いや何十世代もの年月を超えて生き続けるのであろう。深いしわに似た、樹皮のひび割れを見ながら、知らずして私たちは、彼らに庇護されているのではないかという想いがかすめるのだった。

屋久島の樹林を歩いていると、しばしば出くわす場面がある。寿命が尽きたスギの倒木に新芽が芽吹き、新しい生命が誕生しようとしている光景だ。目の前のいのちの循環に見とれ、ひととき気持がなごむ。同時に、素朴なこの自然の営みが、私をとまどわせもする。私の生は、何か深い忘却、あるいは喪失とともにあるのではないかという、そぞろな不安だ。島は、動植物と人間の関わりあいをめぐる物語や伝説の宝庫でもある。あらためて、わが日々の暮らしを思うとき、身辺から物語も伝説も、きれいさっぱり消え失せていることに気づくのである。

少し脱線したい。巨木群が「移動」する話である。先に、熱帯雨林についてふれたが、私もパプアニューギニアの熱帯雨林で、十日前後過ごした経験がある。雨季の真っただ中、激流を避け、川底にワニがひそむセピック川を岸に沿って、カヌーで上り下りしながらオセアニアの民俗を取材していたときのこと。夕刻、巨大な「浮島」が二つ、プカプカと通り過ぎていった。高さ十数メートルものヤシやレインツリーの群落を載せたそのさまは、壮観というよりほかないものだった。

大雨で軟弱になった地盤ごと、激流に削りとられたのだ。「浮島」はやがて海の藻くずと消えたことだろうが、ヤシやレインツリーはどうなったか。藤村が歌ったように、ヤシの実はどこか遠い異国の浜辺に流れつき、幹は流木となって、朽ち果てることなく、いまも大洋を漂っているかもしれない。あれから三十年近くになる。

閑話休題。

ルナールの『博物誌』は動植物の生態を、いかにもといった観察と表現で、短く切りとったコレクションだ。とりわけ、最終章の「樹々の一家」は、疾風怒濤の人間界への幻滅と諦念を、植物界へのあこがれに反転させて白眉である。東洋的な味わいがにじむ一文はこう書き出される。

太陽の烈《はげ》しく照りつける野原を横切ってしまうと、初めて彼らに会うことができる。
彼らは道のほとりには住まわない。物音がうるさいからである。彼らは未墾の野の中に、小鳥だけが知っている泉の縁《へり》を住処《すみか》としている。
（岸田国士訳）

「樹々の一家」である「彼ら」は一見、気むずかしそうだが、「私」（人間）が近づいて行くと、用心しいしい迎え入れてくれる。年長者を真ん中に、まわりを子どもたちが囲み、盲人のように、長い枝をそっと伸ばし合い、存在を確かめ合っている。意地悪な強風に怒ることはあっても、仲間うちでは口論ひとつ起きないし、静かにうなずき合うのみだ。「私」は、彼らこそ自分のほんとうの家族でなければならないと思うし、彼らもだんだん「私」を家族の一員として迎えてくれるだろう。「私」はその資格を得るために必要なことを学んでいる。

私はもう、過ぎ行く雲を眺めることを知っている。
私はまた、ひとところにじっとしていることもできる。
そして、黙っていることも、まずまず心得ている。

新貧乏物語

作家松浦寿輝さんのエッセイ「吉田健一の贅沢」(『クロニクル』所収)に次のような記述があり、興味深く読んだ。私にも同じような体験があり、苦い記憶がありありとよみがえったからだ。

二十年ぶりにパリのルーブル美術館を訪れた折のこと。これが見納めになるかもしれないからと、気を引き締めて入場した松浦さんを待ちうけていたのは、「とんでもない」光景であった。「モナ・リザ」の前の、旧に倍する混雑ぶりには驚かなかったが、仰天したのは、見物客のほぼ全員が小型のデジタル・カメラやカメラ兼用の携帯電話で作品を、あるいは作品と自分とのツーショットを撮りまくっていることだった。美術館職員の制止は無視され、フラッシュは光り続けた。

「ミロのヴィーナス」の部屋に入り、松浦さんはさらなる惨状に息をのむ。大混雑と声高に飛びかうさまざまの言語とカメラの放列。人波をかきわけてヴィーナス像の正面に出ようとすれば、射るような視線が向けられ、じっくりと作品を鑑賞する時間も気分も持てたものではない。結局、像の周囲をぐるりと一周するだけで部屋を出なければならなかった。

見物客は作品を鑑賞しに来たのではない。これら高名な作品とのツーショット写真を知人のだれかれなく転送し、どうだと、自慢したかっただけではないのか、と松浦さん。

私がパリでの仕事の合間にルーブル美術館をのぞいたときも、同様の光景に出くわした。さほど混雑していなかったが、ヴィーナスやモナ・リザの前で、首から高級カメラをさげた日本人団体客のうちの幾人かがパシャパシャとシャッター音を鳴らし、フラッシュをたいていた。職員が割って入ると、そのときだけおとなしくなるが、ちょっと目を離すとすばやく盗み撮りするのだった。怒った職員はモナ・リザのかかった壁の上からスルスルとカーテンをおろしてしまった。

私がこの美術館を訪れたのは一九九〇年で、松浦さんがエッセイに書いた体験は二〇〇五年。十五年をへだてた二つの光景に違いがあるとすれば、松浦さんの文章に「ケータイ」や「デジカメ」が出てくることと、見物客のマナーが格段に、しかも国際的規模で低下していることだろう。十一年後のいま、ヴィーナスやモナ・リザはいったいどんな扱いを受けているのだろうか。

怒り、失望とともに美術館をあとにしたときの気持を、松浦さんは「この貧しさ、この侘しさはいったい何なのか」と書く。そして、「この貧しさと侘しさの反対語はたぶん『贅沢』であろう」と述べ、「吉田健一の贅沢」に思いをはせる。

昭和五（一九三〇）年、英国の名門大学に留学、のちに文芸批評家として名をなす、十八歳の吉田健一は冬休みを使ってパリに行き、ルーブル美術館に通いつめる。美術館の定期券を買って朝から「ミロのヴィーナス」と対座するのである。後年、彼は「留学の頃のこと」という文章でこう書いている。

この彫刻だけが置いてある円い部屋の壁に沿つて腰掛けが作り付けになつてゐて、そこに腰を降して半日もこの彫刻を見てゐると、光線の差し具合に応じて彫刻が色々な具合に変化して行つた。今でも、あの彫刻のことが頭に浮ぶと、海を思ふ。その印象はさうした広々としたものだつた。大理石の彫刻に色があることもこの時に知つた。

（松浦さんのエッセイから引用）

吉田健一は「ミロのヴィーナス」に「広々とした海」をイメージした。「いのち」の源である母なる海。自己顕示欲まる出し、情報処理の機械と化したあのぶしつけな見物客と、吉田健一の脳裏に広がる、静謐と躍動感が同居する壮大な風景との落差を思い、松浦さんの結びの言葉に共感する。

充実しきった時間の層の厚みを内に秘めたその「広々とした」映像が誇示している途方もない贅沢と比べるとき、デジカメの哀れにもちっぽけなファインダーに映っている〈ミロのヴィーナス〉の、何と侘しくみすぼらしいことか。

「いのち」と「生命」という、同じものを意味する二つの単語がその本領をめぐって、「覇」を競っているように見える。「いのち」は柔らかく、情緒的で、「生命」からは硬質で、散文的な感じを受ける。「生命」という熟語に限っていえば、そんな印象を持つのは、明治以降、西欧語からの翻訳語として使われてきたことと、生命科学という学問の怖いほどの進展を前にしてのことだ。

その一分野であり、私たちの生命とも深くかかわってくる医学、とりわけ医療技術は人体を部品の集合と見なし、それぞれを分離、特化して扱うことで大きな「成功」をおさめてきた。けれども遺伝子診断・治療にしろ、脳死・臓器移植にしろ、あるいはクローン人間その他にしろ、SFもどきの先端医療のはるか後方に、貧相な内面を抱えたままの人間が取り残されている。

ともあれ医療技術の進歩が、人間の寿命を延ばしてきた事実は疑えないが、一方で生命倫理という学問を生んだのは、生命操作が進む医療現場でも、そうした不安や悩みが出てきたからだ。患者一人ひとりの生と死に医療がどう向き合うか。それは自明だったことが自明でなくなった時代の混迷を正直に映している。個々の医療者の倫理がどうであれ、全体として先進技術を適正に統御できる人間力を回復させない限り、絵に描いた餅のままであろうというのが、しろうとの私の見立てである。

ある老練の医師が慨嘆していた。近ごろの若い医師は問診ができないのだという。患者の顔色を観察し、脈をとり、聴診器をあて、最近の生活ぶりを聴く。それだけで相応の情報を得ることができる。その上で、さりげなく父母や祖父母の死因、持病などを聞き出せば、疾患の遺伝的要因の有無の判断材料を手に入れることもできる。しかし臨床教育で教えられることもなく、それが基本的な診断術とは夢にも思っていない。だからいきなり検査である。あとは検査データの数字や画像と首っぴき。情報処理が彼の仕事になる。

七、八年前、私自身、さる国立病院でうけた胃がん治療の前後に、身をもって体験した。病院に行って最初にやることは検査室に直行することだった。医師と対面するのはその数日後だ。血液、尿検査に胸部X線撮影、そしてCTスキャンとかいう、やはりX線で人体を輪切りにした像を映し出し、腫瘍の大きさや転移の有無などを調べるのだが、毎回検査結果より放射線被曝のほうが心配になるほど「入念な」検査だった。

五十項目近い検査対象とその結果の数値を並べたペーパーにも閉口した。項目のほとんどに横文字の、それも略語が使われ、横に結果と正常域の数値が印字されているだけだ。不親切この上ない一覧表を眺めながら、ひたすら「私のデータ」の処理に追われている医師の姿を想像するばかりだった。ルーブル美術館から医療へという妙な話の運びになったが、多くの現代的風景に通底するある傾向、人と人、人とモノのあいだで臨機応変の応酬がすっかり影をひそめてしまった、その貧しさを思うのだ。

大野晋の『古典基礎語辞典』で「いのち」の項を引くと、「イは息。ノは格助詞。チは（中略）霊力の意。イノチは霊力を表し、（中略）人間や一般の生物の、生きる根源となっている力」とある。記紀や万葉の時代から日本人に親しかった「いのち」という言葉がもつ、いわく言いがたい力に、旧約聖書の「創世記」の一節を重ねてみる。〈主なる神は土のちりで人を造り、命の息をその鼻に吹き入れられた。そこで人は生きた者になった〉。世に棲む人間の大半は、いまだ息を吹き込まれていない「土のちり」、つまりただの人形《ひとがた》に先祖返りしつつあるのではあるまいか。

年来、この国の貧困をめぐって、子どもの貧困化、下流老人、中流崩壊といった新造語や新現象が次々に登場してくる。経済生活に最大級の価値をおく国柄にふさわしく、貧困もまた経済指標で計測できるものだけが取りあげられる。しかし、「吉田健一の贅沢」の対極にある、たとえば人々が雪崩《なだれ》をうって目先の情報処理に走るといった、内なる貧困にも目を向けたい。長い目で見るとき、「土のちり」と「生きた者」を分ける、重要な指標となるのはむしろこちらかもしれない。

先ごろ、米グーグル傘下の人工知能（ＡＩ）が囲碁の対局で、トップ棋士に圧勝、世界をあっと言わせた。コンピュータがしだいに「人間らしさ」を獲得し、主人の人間の側が「らしさ」を失っていく。いつか起きるかもしれない逆転劇を心配する専門家もいるが、人間が電源のスイッチを握っている以上、ＡＩが自力で人間を超えることはできない。

ただし、私たちが機械に人間的機能を次々に付与していくうちに、それが自己目的化することで、人間の機械化という途方もない「新貧乏物語」が書かれない保証はないのである。

混沌の海から

パッと照明が灯ると、イッセー尾形がうさんくさげな表情で、舞台中央からこっちを見ている。いつものように一瞬にして、あっちの世界に引き込まれてしまう。繰り返しビデオや実演を観て、映像も生身もまぶたの裏に焼き付いているのに、このフレッシュ感。ゲラゲラ笑って観終わったあと、何かシーンとしたものが胸のうちに染み入ってくる。私にはおなじみのなりゆきである。

半年前に痛めた腰の不調が再発、ここ数日、整形外科に行く以外は家にひきこもり、もっぱらビデオでイッセー尾形の一人芝居を観ている。サービス過剰の保険勧誘員、過労で忘我状態のセールスマン、家族旅行の団らんを仕切る父親、懺悔の告白に酔う新興宗教の信者……。次々に登場する、時代の凡夫たちのつんのめったような動きが、おかしくも怪しい気配をかもしだす。

どれも十分足らずの一幕ものである。日常のありふれた挙動の一場面をそこだけ微に入り細をうがって描出する。指先やマユや目、口許の動きが相補って、生きて在ることのあかしを懸命に訴えかけてくる。そして、これら断片の小窓を通した向こう側に、より大きな人生の景色がうっすらと浮かび上がってくる仕掛けである。

以前、記者として何度か話を聞きにいったことがある。イッセーさんはこんなことを言っていた。役づくりのために主人公の職業を観察したのはごく初期の「バーテン」の台本を書くとき、近所のスナックに出かけた一度きりだと。凡庸であつかましく、変に生き生きとした人物群は、模写ではなく彼の想像力が創りだしたものだったのだ。

それにしてもなぜイッセー尾形の主人公はそろいもそろって、ああもカッコわるいのか。会ってみると作者本人は、アクの強い芸からは思いもよらずシャイで繊細、加えて対人恐怖の気味があるようにも見受けられた。役柄と人柄のこの落差。彼の一人芝居のインパクトの強さの秘密はたぶんそのへんにある。

人はうさんくさく得体の知れない生きものである。というのが、彼の人間観の中心にあるとみて間違いないだろう。それを表現したくて自身の内面と向き合う、彼の誠実と内省の力が、「カッコわるいもの」としてデフォルメした人物像（自画像）を観客に提示する。表現活動のきわまるところが自己を語ることなら、家族サービスに狂奔する父親も、深刻ぶった新興宗教の信者も、イッセー尾形その人の分身である。

芸人にはある種の狂気が必要だというが、彼の芸風がまさにそれだ。繰り返しになるが、彼が演技を自分の人格の延長ととらえている点だけが、あまたの「名優」たちと一線を画す。生きることについてまわるおかしみやおろかさを、これでもかと笑い飛ばしつつ、その笑いを他人と共有したい情熱が、さらに過激な表現を生む。彼が一人芝居というジャンルを選んだ理由がわかる気がする。

察するに、イッセー尾形という人は「原点」を手放さない。原点とは、常識、価値、意味といった、人が生きていくうえで設けているさまざまの方便以前の、ある混沌とした状態をいう。彼はその「混沌」と「方便」のあいだを行きつ戻りつしながら、そこから役づくりのための養分を吸い上げているのだと思う。原点という鏡を持たなければ、人はなかなか自分の置かれた状況の奇妙さに気づかないものだ。

経済重視の効率とスピード、グローバリズムが直近のイデオロギーである。それはそれで時代の流れだとしても、地下を流れる混沌の大河に目を向けるなら、効率もスピードもしょせん現代という時代の特殊性でしかない。表現活動にかぎらず、混沌のもつ底力に思いを遊ばせるだけで、日々の暮らしも少しは違った色調を帯びてくるのではないか。久々、イッセーさんの一人芝居を楽しんでいる年の瀬、腰の不調を奇貨としたい。

だれだったかすぐに思い出せないが、文学全集が出なくなって、文学の、ひいては世の中の風景が変わったという趣旨の文章に出あって、立ち止まったことがある。そういえば、私がまだ若かった昭和四十年代ごろまで、出版社が競って「日本文学全集」や「世界文学全集」を刊行、かなり売れていた。たいてい立派な函入りだった。文学全集が読まれた時代があり、いまは家庭の本棚から全集が消えた。ものごとの、単なるはやりすたりとは同列に置けない変化を感じる。

図書館のシンとした全集コーナーは、背表紙をながめているだけで気持が和らぐ。時代を超えて、正解のない問いを問い続けた文人たちの息づかいが聞こえてくる。かつて迷える若者の不安をあおりもしたが、人生の教師の役割を担ってもいた。毎年、ノーベル文学賞候補として話題にのぼる村上春樹現象より、多くの書き手の魂のもがきが詰まった文学全集の混沌とした香りがなつかしい。

理系文系を問わず、世界について深くきわめたいと願う研究者たちが、その意欲をそがれかねない時代がやってきた。現在、文科省が音頭をとる、大学の人文系学部の統廃合の動きもその一つだ。以前から政財官主導でジワジワと進められてきたが、ここにきて一気にダメ押ししようと躍起である。理系ですら基礎分野はわきに押しやられ、お金を稼げる技術の開発が「学問」の最優先事項に置かれる。もう下心を隠そうともしない。

科学や技術はそれじたい中立である。善も悪もない。その成果をどう生かすかだけが問題なのだ。

そこから先は、人間の幸福や生きかたに思いをこらしてきた文学や哲学をはじめ、人文系が養ってきた知見の出番だ。軍隊に対する文民統制《シビリアンコントロール》が失われ、軍人が独り歩きを始めるとどういうことになるか。人文系の学問の冷遇はそれと似ている。

価値を単純な、目に見えるものだけに特化させようとする時代、哲学者の鷲田清一さんが新聞の連載コラムで紹介していた、解剖学者養老孟司さんの言葉を引いておきたい。

世界のことがわかってきたような気になるのは、わからないものを切り捨てていくからである。

（朝日新聞「折々のことば」から）

現代人は創意の源泉である「混沌」から逃げている。自己自身に帰れ、と養老さんは言うのである。

『荘子』の「渾沌（混沌）説話」は、人間のさかしらが、すべての生命（力）がそこから生まれてくる混沌を殺してしまう寓話である。

南海の帝、儵《しゅく》と北海の帝、忽《こつ》が、世界の中央を宰領する帝、渾沌を訪ね、ひととき歓談する。儵と忽は「つかの間」、いわば有限の時間と空間を意味する。一方、渾沌は目も鼻も口もないのっぺらぼうで、原初あるいは未分化の状態を象徴する。さて、供応の席でこころからのもてなしを受けた儵と忽はお礼をしたいと思い、相談した結果、のっぺらぼうの渾沌に目、鼻、口、耳の七つの穴をうがって、人間らしい姿にしてやろうとノミをふるう。一日に一つ、穴をすべてうがち終わった七日目、渾沌は息絶える。

矛盾も対立もあるがままに包み込んだ世界の中心をとりしきる渾沌の死は、流動する生を深いところで洗っている源泉を枯渇させることにほかならなかった。ここで目鼻口耳は認識の手段としての知恵、つまり文明の象徴だが、人間は七つの穴どころか、進歩の旗の下に性懲りもなく穴をうがち続けることをやめようとはしない。現代世界の混乱や荒廃も、そのひとすじの道を歩いてきた帰結であり、なおも続いていく道であろう。

「渾沌説話」の寸鉄の風刺に、むしろ心ゆくまで混沌の大河を楽しもうとするかのような、荘子ののびやかな感情の動きを思ってみる。わからないことはわからないままに。この無為じたいが一つの「知」であり、分別に忙しい処世知とは無縁の境地なのだ。世俗を突き抜けた隠者の高言として神棚に飾っておくものではなく、手元に置いて私たち自身が深くかみしめなければならないことがらである。荘子が生きた二千数百年前もいまも、人間が置かれている条件の本質は何も変わっていないのだから。

驚くことと知ることはコインの両面である。世界のわからなさに驚き、それを深めることが自己自身に帰ることである。それには世界の元締めである混沌に助力を仰がねばならない。渾沌を殺してはならないのである。

沈黙

マーティン・スコセッシ監督が、遠藤周作の原作を映画化した「沈黙—サイレンス」を観に行った。島原の乱鎮圧から間もない、キリシタン禁制下の江戸初期の長崎が舞台だ。弾圧に苦しむ日本人信徒の信仰を支えるため、隠れキリシタンの島、五島列島に密航してきたポルトガル人宣教師セバスチャン・ロドリゴが潜行布教中に捕縛、踏絵にかけられたあと、「転びバテレン」とさげすまれ、「日本人」として、故国から遠く離れたこの島国で生涯を閉じる物語である。

映画は、史実をもとに人間の弱さと信仰のあり方を独自の視点から掘り下げた原作をほぼ忠実になぞっているが、スコセッシ監督は力点を少しずらせた見方も提示する。影のようにこのカトリック司祭につき従いながらも臆病ゆえに、役人から追及されるたびに唯々諾々と踏絵に応じる、日本人信徒キチジローという男の奇妙な存在感がそれである。

原作でもキチジローは、弱者の卑屈と悲哀を一身に背負わされた宿命的な存在として重要なポジションにいるが、スコセッシ監督のまなざしは原作者以上に、背教を繰り返す自身への絶望と信仰への渇望のあいだでもがく、この不思議な弱虫に熱く注がれている。スコセッシ監督にとってキチジローは、ロドリゴの苦悩と深いところでつながっている、もう一人の主人公である。そして彼の中にも、いや彼の弱さの中にこそ希望の芽を見ようとしているのである。

ロドリゴは日本渡航の途中、ポルトガルのイエズス会の中継地マカオで出会ったキチジローを案内役に隠れキリシタンの村々を布教中、この男の裏切りにあう。役人に脅されたキチジローは、ユダが銀貨三十枚でイエスをユダヤの祭司長に売り渡したように、銀三百枚でロドリゴを長崎奉行の手の者に引き渡すのだ。それでいて引かれていく司祭の後から、金魚の糞のようにどこまでもよろめき従うキチジローと、それをうとましい思いで見やるロドリゴ……。

ロドリゴは牢屋のなかで夜な夜な、異様なうめき声を耳にする。信徒たちに棄教を迫る責め苦である。司祭におそろしい疑問がよぎる。なぜ神は殉教者たちの苦難に沈黙しているのか。神はほんとうにいるのか。そして仮に信徒が転んだとしても、司祭本人が踏絵を踏まぬかぎり死罪は免れないという、長崎奉行井上筑後守の巧妙なたくらみもあって、ロドリゴはついに踏絵の前に立つ。と、銅板のなかの、摩滅したイエスの顔が語りかけてくる。踏むがいい、私はお前たちに踏まれるためにこの世に生まれてきたのだから。お前の足の痛みは私がいちばんよく知っている、と。

以後、ロドリゴは信仰についていっさい口をつぐむ。長崎の出島に唯一、入港を許されていたオランダ貿易船の積み荷にキリシタン由来のものがないか。奉行所の指示による、その詮索が彼の仕事になる。踏絵による宗門改めが続く日々、和服を着せられ、日本語をしゃべらされ、のちに日本名を名乗らされるロドリゴ。はた目には鬱屈した元司祭に、スコセッシ監督は原作にはない、ある言葉を語らせている。たったひとことだが、踏絵のイエスの語りかけと対をなす、もう一つのハイライトだろう。

ある日、性懲りもなくキチジローが、自分の告解を聴いてほしいとやってくる。ロドリゴは、もう司祭ではないからと断りながらも涙ぐんで、キチジローに感謝の気持を吐露する。「いっしょにいてくれてありがとう」と。あれほどうとましく思い、避けてきたこの男を受け容れることに、いまは少しの抵抗もない。

ロドリゴは踏絵に足をかけたが、内心、棄教していない。イエスの語りかけは天啓であった。教団の威光を背に、布教の使命感と誇りに燃えていた元司祭は一信徒として生きていくことをひそかに決意する。「隠れキリシタン」になったのである。「聖職者」がまとうきらびやかな衣装を脱ぎ捨てたとき、生身の自分の弱さを知ったのだ。後ろ盾もなく、裸一貫、ただオロオロしつつも、自分の弱さを知っていたキチジローはロドリゴの同胞であった。

ある感銘とともに重苦しいものが残った。他人事ならず、御しがたい人間の弱さ、みじめさが思われて。私は特定の宗教を奉じる者ではない。けれども生という、どこかまがまがしい営みを反転させる動因もまた、この弱みを自覚するところにしかないのではないか。明るくなった館内でそんなことを思った。

この無限の空間の永遠の沈黙は私を恐怖させる。

パスカルのよく知られたフレーズだ。根源的な不安の単刀直入な表現は、『パンセ』（前田陽一、由木康訳）の全編にちりばめられている。この断章のすぐあとにこんな警句が続く。〈最後の幕は血で汚《けが》さ

れる。劇の他の場面がどんなに美しくても同じだ。ついには人々が頭の上に土を投げかけ、それで永久におしまいである〉

偉人も凡人も、平民も貴族も、男も女も、一人残らず同じ終着駅に連れて行かれ、最期は土くれと化してしまうというわけだ。パスカルはいつでも問題の核心にまっすぐに入っていく。そこは地球が存続するかぎり、生まれ代わり死に代わりする人々が、繰り返し立ち戻らねばならない不滅の定点だ。パスカルはそこに、あの「考える葦」を対置させる。人間は葦のように弱く、みじめな存在だが、そのことを知っている、と。

奇抜なところなど少しもない。「無限の空間の永遠の沈黙」に目と耳をふさいで生きること、それが人間の弱さとみじめさだと言っているだけだ。考えることで極大と極微のあいだに橋をかけ、必死にバランスをとろうとする、寸鉄の表現が読む者の胸をうつ。弱いなりに「考える葦」として生きよう。そして宇宙に一矢報いよう。行間からそんなメッセージが伝わってくる。

十代のときから並はずれた科学的天分を示したパスカルは、人間洞察力でも信仰心でも群を抜いていた。健康をそこねるほど聖書を耽読、一字一句暗誦できるほどだったという。三十九歳で没してから三百五十年余。宇宙船が次々に「無限の空間」と「永遠の沈黙」が支配する宇宙に飛び出し、月まで到達した現代においても、その言葉は輝いている。

パスカルの「この無限の」のフレーズは、人間の孤独と不安が宇宙的感覚で表現されたものだが、実際に暗黒と沈黙の虚無の空間を体験した人間がいる。宇宙飛行士たちだ。帰還後、宗教家や詩人、画家に転身した人、あるいは環境問題や平和活動、超能力研究と取り組み始めた人など、劇的な変身についての報告例は少なくない。地球圏外に出るという人類史上、無類の体験が、内面に与えたインパクトの大きさを物語るものだろう。

そこに着目した立花隆の『宇宙からの帰還』は、米国の元宇宙飛行士十二人にインタビューしたドキュメントである。こんど再読してやはり興味津々であった。共通しているのは、宇宙が真の暗闇で生命のかけらも感じられないこと、かなたに青く輝く地球の奇跡のような美しさ。そして何人もが「神との邂逅」と呼ぶ超常心理経験を語っていることだ。

一九七一年、アポロ15号で月面に降り立ったジム・アーウィンは「地球の美しさは、そこに、そこだけに生命があることからくるのだろう」と言う。ここに生きている自分と、はるかかなたに一人ポツンと生きている地球が、真っ暗な無生物空間のなかで、細い一本の糸で結ばれている。自分と地球。これほど無力な存在が虚空の中を生きていること、それが神の恩顧なのだ、と。

その理解は一瞬のプロセスだったという。「宇宙飛行士たちに（中略）共通していえることは、すべての人がより広い視野のもとに世界を見るようになり、新しいヴィジョンを獲得したということだ」と言うアーウィンはＮＡＳＡ（米航空宇宙局）をやめて宗教財団を設立、伝道者になった。

エド・ミッチェルもアーウィンとよく似た経験をしている。アポロ15号の半年前、アポロ14号で月面着陸し、任務を果たして帰還中のことだった。窓から宇宙を見ていると、闇の中に斑点ほどの地球が浮かんでいたが、それは美しすぎるほどの斑点だった。不意にふだん思っていた疑問が比べようもない強烈さをもって浮かんだ。生きる意味や目的、宇宙や生物の起源とか未来とかについてだ。

答えはすぐにやってきた。宇宙は神のプランのもと、創造的進化の過程にあるという直覚だ。この理解もアーウィン同様、一瞬のことだった。サルからヒトへの進化はその頂点ではなく、人間は宇宙に進出することで地球生物から宇宙生物に進化する途上にある、とミッチェルはじつに壮大な進化論を述べる。もともとテレパシーに関心が深く、その能力も持っていた彼は帰還の翌年、NASAの職を辞してESP研究所をつくり、超能力の科学的研究を始める。

彼らの世界観の大きな変化や、その後の身の振り方を思うにつけ、宇宙体験によって喚起された人の心の底知れぬ広がりを思う。それは、私の中にもあるかもしれない、可能性であり、ほのかな希望と言い換えてもいいかもしれない。

ライフ・サイクル

春、長年同じマンションの住人だった三家族がバタバタと引っ越して行った。私よりふた回り年かさの元大学教授夫妻は夫の手術後、介護つきマンションへ。真上の階の中年の医師一家は、目と鼻の先に完成したばかりのマンションへ。お隣の会社員とその家族は転勤で札幌へ、と。

日を置かず三組の夫婦がめいめいお別れのあいさつに見えた。行き来があったわけでもなく、「お世話になりました」、「こちらこそ」の決まり文句をかわすだけだが、「それじゃ、お元気で」といとまごいの言葉で結んでドアを閉めたあと、不意に心がざわめいてくる。袖振り合うも多生の縁。こんな言葉が思われるのも年のせいであろうか。

ともあれ、それぞれの新しい旅立ちに幸あれ――。

さて、当方はいまのところどこにも越して行く予定はないな、などと思いつつ、待てよと内心の声がする。古希を過ぎ、そう遠くない将来に確実な引っ越し先があることを思い出した。「あの世」である。マンション同人とのささやかな別れにこころ乱されたのも、ふだん意識下に押し鎮めている「最後の引っ越し」を想起させる伏線であったか。別離を歌ったある漢詩を、「サヨナラダケガ人生ダ」と訳した小説家がいた。究極の別離はこの世との、そして自分との別れである。

幼年から老年へ、人は年齢を重ねるごとに身も心も変貌を遂げていく。人生の最終ステージに入った老年期の私は、来し方を総括しなければならない時期に来た。けれども、いぜんとして濃霧の中で視界はかすんだまま、手探りする動きもおぼつかない心細さである。

発達心理学にライフ・サイクルという考え方がある。人の誕生から死までのプロセスを年齢層によって何段階かに分け、ステージごとの精神的な発達過程を見ようとするアプローチだ。学問上、さまざまのモデルがあるようだが、すぐに思い浮かぶのは、『論語』にある孔子の述懐である。

吾れ十有五にして学に志す。三十にして立つ。四十にして惑わず。五十にして天命を知る。六十にして耳順《したが》う。七十にして心の欲する所に従って矩《のり》を踰《こ》えず。

私はこのように生きてきた、と。七十三歳を過ぎて自らの歩みをふり返った、理想主義者孔子のいわば回想談である。

古代インドには「四住期」という人生四段階説があり、ライフ・サイクル論の祖型の一つとして現代でも論じられることが多い。人の一生を「学生期」、「家住期」、「林住期」、「隠遁期」と四つのステージに分けて考える観想と実行のすすめだ。「学問に励み、社会人になるための準備期間」、「職に就き、家庭を持ち、子育てをする時期」、「家を出、独居して静かに来し方をふり返る時期」、「現世の執着を断ち切り、元の無一物に戻って、大悟と死へ向かう時期」の四段階をいう。

孔子の教えも四住期説も、人生にメリハリをつけるための生き方の一つの目安である。ここでは、それぞれの年齢にふさわしい思慮分別を持つこと、つまり年の取り甲斐ということに重きが置かれている。老いと死に向かって、内省と行動が深まっていくことが目指されているのである。体力、気力ともにあふれ、富や名声に軸足を置いた壮年期を人生の黄金時代とみる西洋と異なる、反俗的な東洋の知恵がある。

ユング派の臨床心理学者、河合隼雄によると、ユングは早くからこれら東洋思想に色濃い、孔子や四住期説が重視した「人生後半の問題」に着目、自らそれを実践したという。隠された人生の意味を見出そうと、死ぬまで自己の無意識と向き合い続けることで自己実現への道を突き進んだ。ユングには余生などというものは考えられなかったのだ。この点に関して河合隼雄は著書『生と死の接点』でいくつかの興味深い事実を指摘している。

ユング自身が分裂病的な症状に苦しめられ、人生を全体として見る必要に目覚めたあと、不思議なことに、分裂病の治療者である彼のもとを訪れる「患者」の多くは、臨床上の神経症の徴候はなく、むしろ立派な人生を送っている人たちだった。ほとんどが「人生の後半」にいる人たちで、生きていることの無意味さや目的を見出せない苦しみが、彼らの主訴だったという。

また、ユングの重要な著作の大部分が、七十歳を過ぎてから書かれていることに着目。これらを踏まえて河合隼雄は「老いることによって（人生が）完成してゆくという事実を反映しているものと考えられる」と述べる。その上で、「人生の後半の問題に直面して生きることは（中略）、それによってこそ社会的な一般的評価とかかわりのない真の個性を見出してゆけるのである」と、人生を芸術にまで高める可能性に言及している。

隠居は日本型ライフ・サイクルの実践と言っていいだろう。ある時期がくると社会の一線から退き、趣味や社会奉仕に時間を使う。あるいは思索にふける。生活者からの脱皮である。たてまえの部分もあったにしろ、昔の老人は敬われた。長生きすることは経験と知恵を積み増していくことであり、それを後進に伝える役割を担っていたからだ。老いることはその分、神の領域に近づくことでもあったから。日本人にまだ後生を願う心が生きていた時代のふくよかさを思うのである。

肉体の老化を少しでも延ばそうとするアンチ・エイジングなる施術が登場してだいぶたつ。米国を発祥の地とするが、もともとはすこやかに老いていくためのものだった。ところが、いつのまにか外見の若さを誇示する方向に変わっていき、お決まりの巨大マーケットを形成するまでになる。ある調査によると、米国ではサプリメントだけで年間三兆二千億円を売り上げているという。

先日NHKテレビで、日本のアンチ・エイジングの現場を紹介する「アンチ・エイジングの秘密」という番組を見て、ここまでやるのかと驚き、強い違和感を覚えた。

からだから血液百ミリリットルを抜き、強い酸化作用をもつ物質を混ぜて体内に戻す。血液クレンジング法というそうだが、こんなのはほんの序の口。若いころの肌細胞を冷凍保存、年をとってから一万倍に増殖させて、しわやたるみが気になる部分に移植する。猛毒のボツリヌス菌を大幅に薄め、顔に注射してしわを防ぐ、などなど。

いつまでも若くありたいと願うのは、人間性に埋め込まれた本能のようなものだ。古くは、地の果てまで不老不死の妙薬を探し求めた秦の始皇帝がいる。古代ギリシャのアレキサンダー大王は「若返りの泉」を探して兵を西に進め、清の西太后は真珠の粉末を愛飲した。朝鮮出兵時の加藤清正のトラ狩りは、滋養強壮にきくというトラ肉を主君豊臣秀吉に供するためだったといわれる。

富と権勢を保持する目的もあって、権力者たちは肉体的な若さを追い求めた。幸か不幸か、長い年月をへて医療の進歩と生活のゆとりが、市井の人々にも、回春の欲望をあたりまえのこととした。けれども、止めようもない時間の流れを無理にでも押し戻そうとするこのカラ騒ぎに、現代人の不安の一タイプを見る思いがする。

不安はどこからくるのか。おそらく私たちが広い意味での宗教的な心情をなくしたことによる。それは必ずしも具体的な宗教を意味しない。自然を含め、安んじてそこに身と心をあずけることのできる、より大きなものへの帰属感である。「あの世」も「より大きなもの」も視界から消えてしまえば、うたかたの現世にしがみつくほかあるまい。いま世界に広がるニヒルでペシミスティックな気分の裏返しとしての刹那主義が新しい宗教になったからである。

高齢化社会とライフ・サイクル論。この取り合わせは、短命だった四住期説や孔子の時代と比べて、より時宜にかなったものと思われる。とはいうものの、なりゆきまかせで生きてきた私はライフ・サイクルについて、これ以上言うべき言葉を持たない。せめて、冒頭のマンション住人との別れの際に感じたような、かすかな心の波立ちをこれからも大切にしていきたいと思う。どんなにちっぽけなものであっても、そうした胸のざわめきは、人生が節目々々の連なりのなかにあることを思い出させてくれるからである。

はるかかなたに、ぽつんと一つ灯火が見える。江戸後期、越後の禅僧の「災難にあうときは災難にあうのがよかろう。死ぬときは死ぬのがよかろう」というつぶやきである。どうあがいても私には到達できそうもない境地だとしても。

犬心人心

脳の奥深くに埋蔵された記憶のあれこれに不意にスポットがあたる。ライトは思いがけない方向から記憶を照らし出す。ぼーっと時間をやり過ごすことが多くなった老年、それらは、ある条件にはじかれて反射的に飛び出してくる。過去の体験の一つひとつを、老いの感傷に流されずに味わうよう心がけているが、胸にちくりと、あるいはぐさりとくる、こころの負の遺産であることが多い。けれども、私にはそれは良くも悪くも、かろうじて明日に臨むための里程標でもある。

四十歳のころ、幼い娘たちにせがまれて柴犬を飼った。生後まもない子犬は利発そうな細目、耳をきりっと立て、しっぽをくるりと巻いて、小型ながら精悍だった。娘たちは、ジローと名づけた犬のめんどうをこまめにみていたが、だんだん構わなくなり、結局私におはちがまわってきた。その私も愛犬家とは遠く、つなぎっ放しの犬小屋のまわりが糞だらけになることもあった。

十年後、わが家はそれまでの一戸建てから集合住宅に引っ越すことになった。新居はペット飼育禁止で、ジローの処遇問題がもち上がった。静岡の姉夫婦が引き取ってくれることになり、移送の日まで知人に預かってもらうことにした。ところが転居の数日前、ジローが逃げたと、知人から連絡があった。以後、消息はとだえたまま。どんな最期を迎えたのだろうか。

脱走時、ジローは十二歳、人間でいえばそうとうな高齢である。よろよろと元の住み処を探し歩いたに違いあるまいが、知人宅からわが旧宅まで七十キロ近い距離があり、野生の嗅覚をもってしても帰還がかなわなかったのだろう。ほんとかどうか、事情を知った姉の「動物は絶望したりはしないから」という、なぐさめともつかぬ言葉が妙に耳底に残っている。思えばともに暮らした月日、飼われる側の身になって世話した記憶は乏しい。いまは鈍痛のようにジローの老いと死の幻影が浮かんでくるばかりだ。

……別に犬の話でなくてもよかったのである。夜中にギャッと叫びたくなるような不始末は記憶の中にごろごろしている。その中から二十年以上前のペット（不）始末記がぬっと顔を出してきたのは、さっき閉じたばかりの、詩人伊藤比呂美の著『犬心』に感銘を受けてのことだ。飼犬タケを看取るまでの十数年間、いぬごころ、いわばタケの魂とくんずほぐれつし、人も犬もない「いのち」のありように詩人の感度が高まっていく緊張感は一つのドラマをみるようだった。

〈急いで書かないと、タケのいのちに置いてけぼりにされてしまうような気がしている〉。書き出しの一行に、はやくも詩人の気合がみてとれる。思い出をまじえながら同時進行で語られる、エッセイとも私小説ともつかぬこの物語の主人公タケはジャーマン・シェパードで、かしこく、忠実で強健、けんかもめっぽう強い。アメリカ人と再婚した詩人が幼い娘たちとともに、熊本から南カリフォルニアに移り住んだ翌年の夏、彼女の家にやってきた。

タケはサッカーが好きだった。母と娘がけり合うボールを右に左に、どこまでも追いかける。ボールが大きくそれると、自分の陣地と決めている植え込みに持っていく。放っておくとボールをかみ破られるので、母娘が「タケ一点」と叫ぶと、お尻をプリプリ振りながらボールを離す。散歩中よその犬と出くわすと、ものも言わずに一蹴し、突然茂みに飛び込んだと思うと、うさぎの死骸を骨ごと頭からバリバリと食べている。天下無敵のタケであった。

そんなタケに詩人は犬心を感じることがある。タケがタケであるという、そのよりどころ、いわばアイデンティティとでもいうものを。娘たちとその友だちの散歩についてくるとき、その集団のまわりをうろうろしながら、そこから離れる子がいるとそばに行き集団に戻そうとする。群れへの目配りを怠らず、絶えずその数を数えている気配さえある。群れをまとめたがるのも、数えたがるのも、シェパード（牧羊犬）としての犬心だと詩人は思う。

散歩道の途中にあるがけから、詩人はテニスボールを放る。タケは脇目もふらずに駆けおり、口にくわえて戻ってくる。だが、サッカーボールのときと違い、目を閉じ歯を食いしばってボールをわたそうとしない。ことテニスボールにかぎって頑としてゆずらないのはなぜなのか。自分の意思ではなく、警察犬だった親犬からの遺伝子のせいだけでもないだろう。「内なる犬的なもの」、流れきて流れゆく「犬心の総意」のようなものかもしれない。と詩人はがけの上で漠然と思う。

犬も老いて死んでゆく。人と変わらない。タケはサッカーができなくなった。母子のあいだを行き来するボールを、首だけ右に左に動かして見ている。家の階段から転げ落ち、車の後部座席に登れない。室内も車内もタケの排泄物の匂いがしみついてしまった。若いころは寝ていても寝てなかった。主人の気配にさっと立ちあがった。もうさわってもピクリともしない。少し強く押すとハッと目をあけ、うろたえている。

寝相が父そっくりになってきた。高齢の父親は熊本で一人暮らしをしている。要介護認定からヘルパー、ケアマネ、主治医の配置まで、万端整えての渡米だった。それでも一、二カ月、南カリフォルニアで暮らすと、半月は介護で熊本に帰る。太平洋を飛び越えて顔を合わせるたびに、父とタケに死期が迫っているのがわかる。両者の境界線がだんだん溶けて、ぼやけてくる。人も犬もなく、詩人の眼は、そこにある、生きて死ぬ「いのち」を見つめている。

男名前だがタケはメスである。人間の男に恋情を抱くらしいと気づいたのはタケが壮年になってからだ。タケの母親の飼主だった男性が訪ねてきたときの、あのしなだれよう。老年期、犬嫌いの夫にしきりに秋波を送っていた。最後の恋は熊本の知人の男性が訪ねてきた晩年だった。再会した男性に媚び、別れの日に見せた、はっきりそれとわかる、深い悲しみの表情は映画のワンシーンを見ている気がした。彼女は確実に相手を選んでいた。犬と人の境目がここでもゆるゆると溶けだし、ぼやけてくる。

詩人はタケとの暮らしの中で多くの発見をする。犬心を思い、人心を省みた。最後の数年間はただただ彼我の生について考え、死について想った。二つは相即不離であった。そして、生きることはだれかの「生きる」を引き受けることだった。だからタケの汚物の処理も、つまずいて転んだ巨体を抱きおこすことも、少しも苦にならない。成長途上の娘たちにそうしてきたように。父もタケも死に、亡骸《なきがら》だけが残った。だから、「もう生きていない」という事実も深々と引き受けた。

仏を供養するように、どこかのだれかを供養すれば、それが仏に届き、自分に還ってくる。そんなふうに、老父や老犬の世話をすることで、それがよその老人や老犬に還っていけばいい。詩人はそう願う。鋭敏な詩人の眼は身ぐるみはがすように、裸形の「生」を透視し、そこに希望を見ようとする。生きもの同士の親和力の表現といったほほえましい話柄を超えた、これは犬と人との霊的な物語であり、ある意味、奇書である。タケは私で、私はタケ。詩人の内なる声が聞こえてくるようだ。

ほんとうのことは威風堂々の思想や観念の中にあるのではなく、おそらく日常の暮らしの底に生活態度として息づいているものだ。何であれ相手とのまっとうなつきあい、その真剣度と持続性の多寡が、その人その人の真実をつむぎ出していくのだと思う。

私はジローの生を引き受けてこなかった――。

この物語を読んで、犬心と人心が演じる熱く爽快なつばぜり合いに感嘆しつつ、その一方で忸怩《じくじ》たる思いにかられたのは、ジローをめぐる思い出が、遠い過去からずるずると引き出されてきたからだ。はじめに述べたが、それどころではない不始末は数え上げればきりがない。一事が万事。銘すべしである。

フィードバック

パソコンと私の間には深い闇がある。ひらたく言えば、機械音痴というだけのことなのだが、しかしこの闇は長年私のストレスになっていて、機能の向上とともに、ますます昂進するのが腹立たしいのである。多くの用途のうち使用するのはほぼワープロに限られているが、いつもはれものにさわるようにパソコンと向き合う落ち着かなさがわれながら情けない。

私はマニュアルどおりにしかパソコンを操作できない。それも必要最小限の決まりごとしか頭に入っていないし、それ以上入れる気もない。そんなにわずらわしいのなら、パソコンなんかやめて手書きに戻ればいいじゃないかと言われそうだが、そうもいかないのである。

四十代の初め、勤めていた新聞社では原稿のワープロ書きが行きわたってもう何年もたっていた。原稿を印字してくれるパンチャーのほとんどが配転でいなくなり、孤島に取り残された漂流者の心境で始めた私のワープロ修業に積極的なものなどこれっぽっちもなかった。いま本稿をパソコンで書いているのは長年の惰性によるものだ。むろん、多少の利点があればこその話ではあるが。三十年以上に及ぶつきあいでそれなりの愛着もあること、紙面を汚すことなく、比較的原稿の推敲が楽なこと、手書きに戻れば、長いワープロ依存で忘れてしまった多々の漢字で苦労するに違いないだろうこと。まずそんなところか。

それはそれとして。生活のすみずみまで張りめぐらされた科学技術の成果に、私たちがそれらの基本的な仕組みを知らないままにつき合わされ続けていることは、なにか理不尽で芯《しん》の疲れることではないだろうか。パソコンに限らない。文明の利器が強いてくる、こうした小さな無理の積み重ねは、知らず知らずのうちに私たちの生活感情にひずみを持ち込んでいると思う。

しかし考えてみれば、私たちは人間のことも、世界のことも、肝心なことは何も知らずに、それなりに日々の生活をこなしているし、だれもが昔からそうやって暮らしてきたとも言える。これはじつに不思議なことで、生物としての人間に備わった、環境に対する順応性とか、ある種の突破力とかいう以外に適当な言葉の持ち合わせがない。しかし、「文明の利器」の版図拡大で、そうした本然の力がじわじわと掘りくずされているのが現代という時代ではないか。

絶え間なく新しいステージに立たされているという不安と、もう後戻りできまいという予感のはさみうち。ベースにヴィジョンなき科学技術の応用と、それをテコにした生活全般での、無用とも思えるスピードアップがある。落度であれ、一つの達成であれ、いったん立ち止まり、それらをフィードバックして人間本位に位置づけてみるゆとりを持ちたい。

そのためには、自然や歴史といった、大きな鏡に照らしてみるのが常道で、それが有効な時代もあったと思うが、その回路は断たれてしまったのか。定向進化のように直進する科学技術の渦に飲みこまれて現代人は不安に沈む一方で、いっそ開き直り、なかばうぬぼれてしまうというやっかいな病理を病んでいるように思われるのだ。根っこにデラシネ（根なし草）の心細さがある。

一流の科学者の内部にはたいてい、詩人や芸術家や思想家の顔が同居している。世界的な数学者の岡潔は「数学は情緒である」と公言してはばからなかった。「数学の詩人」と称された岡潔にとって、ある数式で表された世界は心の世界の表現であった。客観的にどれほど整然とした論理や数式であっても、自分の心（情緒）の同意が得られないものに惹かれることはなかった。数学は人間探求者岡潔の思索の武器であり、そのために絶えず人間的なものにフィードバックしながら進める「学問芸術」の一つとしてあった。

細かくは憶えていないが、どこかでこんなことを言っていた。若いころにフランス留学で学んだ高等数学の理論を応用して、花々に彩られた春の野の調べのような数式を創ってみたい、と。岡潔にとって数学は、そこに自身の生きる喜びが伴っていてこその学問だったのである。日本人には古くなじみ深い情緒という言葉に、世界を認識するための根本のこころの作用として、新しい息を吹き込んだのもこの人であることをつけ加えておきたい。

狭い見聞の中からもう一人、今西錦司に触れておこう。日本の霊長類学を世界のトップレベルに育て上げた大家である。生物学、人類学、生態学と関心は多岐にわたった。徒手空拳、深く自然に分け入る登山と探検もまた彼の学問の大きな背骨であった。晩年は、細分化され過ぎて、縁戚関係にある分野でさえ研究者間の相互理解がむずかしくなったことを憂え、人文系も含めて、めいめいの研究がもう一度そこに返っていくべき起点としての自然学を提唱した。

科学は森羅万象の一部分にスポットを当て、そこだけを精緻に磨きあげたものというのが後年の持論だった。「群盲象を評す」のではなく、世界と自然を全的に把握したい情熱が今西錦司を突き動かしていた。近代科学の流れに逆らうように、部分から全体へと向かおうとする彼の学問が「今西美学」なる評を生みもした。「思想家」今西錦司はインタビューに答えてこんなふうに言う。「……しかしやっぱり最後は美学ですね（中略）美学というものは、ぼくにいわしたら、なにか論理の美しさというか、みんながほれぼれするような一つの説があったら、それでええのやないか」（『学問の世界』）。

秋たけなわ。すべての生きものが日に日に存在の影を濃くしてゆく季節である。居間の窓越しに見る隣家の庭に柿の実が赤黄色に色づき、一群の黒マントのカラスがその実に群がっている。去年もおとしも同じ光景を目にした。めぐる季節の中を生きものたちは変わらぬ装いで立ち現れてくる。直進から循環へ、孤絶から調和へ。存在の故郷を目指す岡潔と今西錦司のゆったりとした足どりが、自然の風物と織り合わさって見えてくる。

この秋、かつての職場の先輩と叔父が相前後して亡くなった。二人の終《つい》のすみかとなった病院の個室は清潔で、薄日が差していた。とりとめのない会話が流れ、彼らの言葉のはしばしに、死への諦観と無念がかすかに感じられた。ここ何年か、幾人もの知人友人を見送ってきた。こちらが長生きすればその数は増えてゆく道理である。

以前にも増して死は世界にも身のまわりにもあふれている。戦争、内戦、テロ、災害、事件事故……情報は日々刻々、マスコミを通して暴力的なまでに伝えられる。受け取る側はしかし、それらを自身の死や生と重ね合わせることは少ないように思われる。というよりむずかしい。生前の思い出や共有する記憶を欠いているせいだろう。

職場の先輩は常に働く側の立場を優先させることを心がけていた。さる支局長のとき、全社に先がけて記者の宿直制度の廃止を提案、反対意見を粘り強く説得して実現した。ひんぱんな宿直で肝心の取材に弊を及ぼしたくなかったのだ。あれこそ、付け焼刃でないほんとうの「働き方改革」だった。酒飲みで自信家でもあった。

叔父は大学で中国文学を教えていた。郭沫若に傾倒し、若いとき、狭いわが家に大量の書籍を持ち込んでは、一室を占拠して論文を書いていた。来訪のたびに、幼かった私たち姉弟へのみやげに森永や明治のキャラメルを忘れなかった。大食いで食後必ず胃薬をポンと口に放り込んでいたしぐさがいまも目に浮かぶ。

知友の死は、見送る者にとって自身の死を知るための鏡である。いかなる因果によるのか、私たちは自分の誕生と死という人生の二大イベントに立ち会うことはできない。親しかった他者の死にフィードバックしてみることで、残された者はおぼろに自分の死を得心するほかないのである。

祭壇の遺影に思い出のあれこれをかぶせながら、手を合わせて自他をふり返るしみじみとした時間はだれもが経験するところだ。過去とのキャッチボールというフィードバックから生まれてくる穏やかさの中で、豊かな時間の流れを味わってゆきたいと思っている。

やってみなければ……

年の暮れ、プロ野球日本ハムファイターズの大谷翔平選手の米メジャーリーグ移籍のニュースは、ファン以外にも広く共感をもって迎えられたようだ。国内で成功をおさめた投打二刀流に、格上のメジャーリーグで挑んでみたいという二十三歳の決断に、私も拍手を送りたい。

報道によれば、米国の全球団から誘いがあったが、大谷選手にとって、球団の知名度や報酬の多寡は問題ではなかったという。二刀流を生かしてくれる熱意を示した球団を優先に交渉、強豪でも名門でもない、ロサンゼルスのエンゼルスを選んだ。「投手として初勝利した試合で初ホームランを打てれば」。入団会見での簡潔な抱負が、「若者の特権」という洋の東西を超えた、若者のある本質を突いた言葉を思いださせた。

投打の兼務という自ら設けた高い壁に不安がないはずはあるまい。しかし何ごとであれ、この世のことはやってみなければわからない。そこに向かって自力だけを恃《たの》みに突き進んでいく若者の領分を、昔の人は「若者の特権」と呼んだのである。やってみなければわからない。不安と恍惚のはざまで、大谷選手はそう思っているに違いない。

寛子というぽう変わった姪がいる。大谷選手の去就について考えているうち、脈絡なくこの姪の顔が目の前に浮かんだ。格別の才能があるわけではなく、見かけもごくふつうなのだが、チャレンジ精神というか、「自分を恃む」思いの強さは並みでない。「いっぷう変わった」と言ったが、じつは少しも変わったところはない。真っ当である。他人や世間の目、思惑には目もくれず、自分の尺度だけを行動の指針とする生き方が、世間には変人と映るようなのだ。

寛子の母親によると、そうした性向は小さいころから顕著だったという。小学生のころ、街で見かけたみすぼらしい老人に心を奪われ、通っていた日曜教会にかけ込んで牧師にそのお年寄りの救済を訴えた。ホームレスに同情し、親からもらった小遣いを全部、「寄付」したり、せっせと弁当を作って、駅構内などに寝起きする彼らに配って歩いたこともある。いつも単独行動で、判断から行動まで間髪を入れない。

母親が苦笑しながら回想したことがある。娘に対してある時期から、指示めいたことはいっさい言わないことにした、と。言っても聞かないし、娘の一見無秩序とも見える生き方を信じ、尊重してもいるからだ。姪はいま四十代前半。内部に備わった自分だけの羅針盤を頼りに、独力で目の前のさまざまの困難に対処している。

三十代のなかば、家の壁紙の色や素材にストレスを受けると言い、トイレの真新しい張り紙をバリバリとはがしだした。書店や建材店をめぐり、からだに良いといわれる素材を集めて一人で大工仕事に没頭し、数カ月をかけて家中の壁を塗り替えてしまった。素人女性の大がかりな改修工事に興味を持った地元テレビ局の取材に、見分役として同道した職人は「こんなにていねいな仕事を、あなた一人で？」と目をまるくしたという。

最近、母親の甲状腺に異常が見つかったときのこと。対症療法として医師が出した処方せんに疑問をもった寛子は何日間もインターネットで調べた結果、症状は副腎疲労からきている可能性が高いという確信を深めた。キーボードをたたき続け、薬物を使わない治療法として、小麦と添加物をいっさい含まないある食餌療法に行き着く。念のため、知り合いの漢方医に相談すると、「原因は副腎疲労。それにしてもよくこの食餌療法までたどりつきましたね」と驚かれたそうだ。

現在、彼女はセラピストとして静岡市内で開業している。アロマ・セラピーという、心身を癒し活性化をうながす自然療法で、技術習得のため本場ハワイのユースホステルで自炊生活をしながら資格を得た。このときも思い立ったが吉日と、持ち前の行動力で一気呵成にコトを運んでいる。生きるとはこういうことか。教えられること、しばしばである。

私は彼女に古代人の面影を見る。あらゆるものが標準化されたマニュアルの中で進められる時代に、専門家や権威の言葉をうのみにせず、インターネットであれ、自分のカンであれ、耳学問であれ、身のまわりの材料をフル活用して問題解決の糸口を探るのだ。

いま思い出したことがある。以前、寛子一家と静岡の海辺を散歩していたとき、彼女は気分がめいると、一人でここに来て沖に向かって何度もワーッと叫ぶのだという。大きな声でよく笑う彼女だが、その一方で少なからずため込んだ内心の屈託を発散しているのだなと思った。しかし、沖に向けて叫ぶことで、同時に新しい何かを海から呼び込もうとしていたのではないか。いまはそんな気がしている。

ブリコラージュという文化人類学用語がある。器用仕事とか日曜大工とか訳されているフランス語で、二十世紀後半、世界の思想界を席捲した構造主義の泰斗フランスの人類学者クロード・レヴィ＝ストロースが著書『野生の思考』（大橋保夫訳）で述べた考えだ。レヴィ＝ストロースはブリコラージュが、「未開社会」の人たちが、自分たちの神話を創りだすための方法論であると指摘、ここには「文明社会」とはまったく違う、創造的な思考形態があると主張したのである。

神話とはすべての民族が持っている、自分たちの来歴や、世界や自然の中での居場所を説明するための自家製の戸籍のようなもの。レヴィ＝ストロースはそれを、限られた目的のためだけに考案された材料や器具がなければ仕事ができない、きゅうくつなエンジニアの仕事と対比させる。綿密な計算、計画とは無縁の「野生の思考」はそれを逆用、使い古しのモノや考えを再構成することで、思いがけない世界観の創造に到達する。そういう思考回路をいう。

ここにはエンジニア（文明人）が享受できない多様性や無償性、そして自由と豊かさがある。それまで西欧から見た「未開＝野蛮」という固定観念が覆されたのは、「野蛮」とされてきた「未開社会」の人たちの行動の背後に、広大で異質の知の体系があることを発見した『野生の思考』という一冊の書物によってだった。

科学技術に制覇された観のある現代文明にいま最も必要とされているのは、ガラクタだろうと寄せ集めだろうと、使えるものは何でも使おうという、このブリコラージュ精神ではないだろうか。レヴィ＝ストロースのいう「自身を文化の測定器にする」のである。ある目的だけに焦点を当て、思考の抽象化、概念化と近代科学技術の結託の果てに生まれた鬼っ子が原爆でありアウシュヴィッツであり水俣病であった。抽象化が進むにつれ具体的なものへのイメージは後退し、人間の十把ひとからげも同時に進行するのである。

具体的なものとは、人間でいえば個別の痛みや嘆きや喜びという、生き生きとした人間的な感情であり、それらへの想像力の働きである。レヴィ＝ストロースはこの著書で、世界各地の原住民が世界や自分たちの環境を認識する方法を論じた第一章に「具体の科学」という見出しを与えている。

器用仕事、日曜大工という訳からもうかがわれるように、ブリコラージュはレヴィ＝ストロースが神話的思考を探るキーワードとして提示した以外に、さまざまに流用されている。冷蔵庫の残りものの食材で料理一品を作るのも、庭の片すみに放置された板切れなどで犬小屋を作るのも、「不用品」の寄せ集めで別種の世界を生みだす現代美術もブリコラージュだ。いま書いている本稿も、すでに語られ記憶された先達の考えを組み合わせたブリコラージュである。

創造とは無から有を生むことではない。既知の考えやモノをさまざまに組み替えることで、マニュアルにはない、新しい世界のつながりを発見し、そこに自分の居場所を見つけることだ。日の下に新しきものなし、である。

影

古いアルバムにはある種の妖気がこもっている。年齢を重ねるにつれ、ますますそう感じるようになった。シャッターという一時停止のボタンで印画紙に固定した過去の自分の断片に見入っていると、死後の世界から生前の日々を見晴るかしているようなこころのゆらぎを覚えるのだ。

先日もなにげなく昔のアルバムをめくっていたら幼年、少年、青年……と、同一人物の私がさまざまに外見を変えながら現れ、夢うつつの世界にいるかような妙な気分におそわれた。ことにセピア色に変色した幼少年期の写真に感じる今昔の感は、絶え間なく動きながら変貌してゆく生命という特異体験への驚異の念に翻転させられる。

その今生の時間を一瞬止めて見せるところに、カメラの発明という人間の手柄があるのだろう。しかし、世の実相が生々流転であるなら、カメラのテクニックが写し撮ったものは、滔々《とうとう》と流れる生命の大河の一滴、生の影にすぎない。はかない抵抗である。

〈ゆく河の流れは絶えずして、しかももとの水にあらず。よどみに浮かぶうたかたは、かつ消えかつ結びて、久しくとゞまりたるためしなし〉。『方丈記』の書き出しだが、格調あるこの散文にふれるとき、多くの人はきわめてそっけない反応しか示さないのがふつうだ。ああ、あれか、と。有名すぎて、あらためて論じるまでもあるまいというふうに、内容の吟味はパスしてしまうのだ。

しかし、山中の小さな庵から世の移ろいを凝視する世捨て人の観察は正しく急所を突いている。その前を足早に素通りしてしまうのはいかにももったいない。〈朝に死に、夕に生まるゝならひ、たゞ水の泡にぞ似たりける。不知、生れ死ぬる人、いづかたより来りて、いづかたへか去る。又不知、仮の宿り、誰が為にか心を悩まし、何によりてか目を喜ばしむる。その主とすみかと、無常を争ふさま、いはば朝顔の露に異ならず。或は露落ちて花残れり。残るといへども、朝日に枯れぬ。或は花しぼみて露なほ消えず。消えずといへども、夕を待つことなし〉。

七年前、東日本大震災の折に語られたおびただしい言説に『方丈記』への言及が少なからずあったと記憶する。瞬時に幾万もの命を運び去った災害が、完膚なきまでに人々を無常の現世に直面させたのだ。日々の暮らしにかまけて忘れがちだが、私たちは常に危険に満ちたきわどい世界に生きている。病気、事故、自然災害。そして原発をはじめ巨大技術文明のリスクはほぼ臨界状態にある。『方丈記』に初めて接したときの新鮮な受け止めを忘れまい。

夜ごと夢を見るが、もう長いこと晴ればれとした夢を見ていない。目覚めてしばらく動悸がおさまらないこともしばしばだ。自分でも説明がつかぬものを人様に語るのは不調法な気もするが、少しだけおつきあい願いたい。

最近、立て続けに夢の中でこんな場面に遭遇した。無人の原野をばく進する列車の中で、「私」はあせっている。乗客は私一人。目的地もはっきりしない汽車旅の、走っても走ってもいっこうに駅が見えてこない不安。一刻も早く下車したいのだが、列車はどんどんスピードを上げ、どこへとも知れず私を運んでいく。不安は恐怖に変わる。脳内でどのような機制が働くのか、これは夢だと、エイッと自ら夢装置のスイッチを切って目を覚ましたこともある。

夢は昼間の意識の名残とも、意識下に押し込めた欲望の表出とも言われる。どちらも「現実」の「影」という含意がある。ただ、夢もある現象として「見られる」かぎり、もう一つの現実あるいはその変種ではあるまいかと、漠然と思っている。

夢は多くの文学文芸の隠し味としても使われているが、シェークスピアの『あらし』(福田恆存訳)に有名なせりふがある。〈吾らは夢と同じ糸で織られているのだ、ささやかな一生は眠りによってその輪を閉じる……〉。人の生涯は広大な宇宙ともども大いなる影なのか。もう一つ、荘子の「胡蝶の夢」。うたた寝した荘子は夢の中で蝶に変身して楽しげに飛び回っている。目が覚めると元の荘子の姿に再変身する。真も偽も、影も実体もなく、どちらも自分なのだと荘子は言う。あるがままを受け容れる古代中国の賢人のおおらかな構えにも心惹かれる。

人間のからだは約六十兆個の細胞からできているという。細胞は生命の基本単位で、それらが瞬時も休むことなく生成、分裂、消滅を繰り返しながら身体を作り替え、何年間かで肉体上は別人に生まれ変わっているというから驚きだ。それでも私が私である同一性を保ち得ているのは記憶という脳の働きによるが、それさえ自己都合で絶え間なく部分的な改ざんや修正を加えられていることは広く知られている。

意識が意識を定義するのがむずかしいように、動いているものが動くものをとらえることにも困難がつきまとう。「動的平衡」というキーワードを軸に独自の生命論を展開する生物学者の福岡伸一さんは、だから科学者は時間を止めて世界を解析しようとするという。動的平衡とは、身体で言えば、細胞が休む間もなく入れ替わることで成り立つ生命活動のことだが、それをいったん棚上げした後の「静止画面」から見えてくるものは、生命のダイナミズムの幻影にすぎないという。

ふと思ったのだが、生きものたちの住み家である地球もめまぐるしく動いている。自転しつつ太陽のまわりを時速十万キロメートル以上の超高速で一年に一周し、太陽は太陽で地球を含めた惑星群を引き連れて銀河系の中を疾走している。その銀河系も猛スピードで移動中……。なんと気ぜわしい宇宙であることか。しかし人間は五官でこの動きを察知することはできないのだ。見上げる夜空に星々が静かにまたたいている。私たちは「影」を見ることしかできないのだろうか。


プラトンの『国家』（藤沢令夫訳）の中で、ソクラテスがグラウコンという若者にこんなたとえ話をする。洞窟に閉じ込められた囚人たちをめぐる訓話である。

そこは囚人たちの住み家で、彼らはひたすら前方の壁を見つめている。子どものときから首と手足を縄で固定されているため、うしろを振り向くことも隣の仲間の顔を見ることもできない。洞窟の入口に火が燃えていて、火と囚人たちの間に薄い衝立《ついたて》のようなものがしつらえてある。衝立の上には石や木や、さまざまの道具類、あるいは人間や動物の像が置かれている。

そしてそれらもろもろの事物が、入口の火の光によって洞窟の壁に影絵のようにぼんやりと投影されている。そう、囚人たちが見ているのは存在の影なのだ。だが、彼らはこれまでそれ以外に見たことがないので目の前を通りすぎていく影を実体だと思い込んでいて、その動きや相互の関係などを観察したり記憶したり推測したりする。その中で、もっともらしい解釈で他に優越した者が知者とされ、特別の栄誉が与えられるのだ。

ところが囚人の一人が縛をとかれ、むりやり引き上げられて洞窟の外に出たとする。はじめは太陽の光がまぶしすぎて目をあけていられないが、慣れるにつれ洞窟内とまったく異なる光景が出現する。すべての事物はくっきりとした輪郭が与えられ、太陽それ自体を見ることも可能になる。

彼が再び洞窟に戻って、仲間たちに体験の一部始終を語ればどうなるか。彼らは言うだろう。あの男は上に登って行ったためにすっかり目をやられてしまったのだ。上へ行くことなど、やってみる値打ちもない、と。そして囚人を解放して洞窟から連れ出そうとする者がいれば、彼らはその男を殺してしまうに違いない、と。

洞窟を這いだし、世界の真相を知ろうとしたこの囚人はもちろんソクラテスその人である。「無知の知」や「汝自らを知れ」などの箴言で、若者に「真善美」への道を説いてやまなかった自身の行末の予言でもあった。ソクラテスは七十歳で刑死した。「真理」や「真実」を語ることがときに命がけであることは、古今の史実が語っている。

さて、真理を知る能力と知性はもともとだれの魂の中にも備わっている、とソクラテスは言う。「ただそれ（能力と知性）を――あたかも目を暗闇から光明へ転向させるには、身体の全体といっしょに転向させるのでなければ不可能であったように——魂の全体といっしょに生成流転する世界から一転させて、実在および実在のうち最も光り輝くものを観ることに堪えうるようになるまで、導いて行かなければならないのだ。そして、その最も光り輝くものというのは、われわれの主張では、〈善〉にほかならぬ」

人間の知的活動の本質は、「影」の本体を見究めようとする試みと言っていいかもしれない。宗教も科学も本来そうした願いを背負ってきた。それは、うっすらとまわりが見え始めた、生後間もない赤ん坊が手を宙にかざして不思議そうに眺めている光景と似ている。答えが見つかる保証はなくとも、赤ん坊の無垢な目を持ち続けることが大切なのかもしれない。

他界幻想

二〇一八年七月某日

職場、市場、娯楽施設などなど、人は生きるためにさまざまの場所に赴くが、なかでもここには特別のおもむきがある。あらゆる人体組織に対応する診療科が軒を連ねる巨大総合病院は「人体部品修理工場団地」だ。待合室はどこも混みあっていて、一人が診察室に呼び込まれると、控えの席はすぐに埋まる。生きていくために、だれもが故障した「部品」を持ち寄っておとなしく順番を待っている。故障の具合によっては不安と希望が激しくせめぎあう生の最前線である。

待合室のテレビが西日本一帯を襲った豪雨の被害を伝えている。濁流に水没した車がわずかに屋根を見せている。崩落した土砂が崖下の民家に流れ込んだ空撮映像。冠水した住宅の二階の屋根から住人が救助を求めて手をふっている。「死者十数人、行方不明四十人……」。気象庁の報道官は「記録的な大雨に警戒を」と呼びかけるが、突然の、しかもこれほどの自然の猛威にどんな防御の手立てがあるというのか。

見るともなくテレビを見ている患者たちは、私も含め高齢者が多い。ほとんどはあちこちの「部品」の故障、修理を繰り返しながら、緩慢な死を死んでいくのだろう。テレビが映す、老若男女を選ぶことのない唐突な死との隔たりはあまりに大きく、混沌としたこの世の生死の姿を思うばかりだ。生きるために生まれてきたのか、死ぬために生まれてきたのか。あるいは、意味づけさえ意味のない単なる自然現象なのか。思考停止状態の中をそんな自問が堂々めぐりする。

去年の秋から病院通いが続いている。身体のあちこちに発疹とかゆみが出、近所の皮膚科でも漢方薬局でもらちがあかず、三つ目のクリニックで降圧剤による薬疹らしいと診断された。しばらくして快方に向かったが、今度は足首にガサガサした症状が現れた。薬疹とは別物という医師の見立てで、紹介状を書いてもらい訪ねたのが先の総合病院だ。
チェーホフは「人間は風邪をひいただけで世界観（人生観だったか）が変わる」と言ったが、病弱だったチェーホフのユーモアを込めた実感でもあったろう。私自身、降圧剤とのつきあいが長いが、血圧の上がり下がりに一喜一憂する落ち着きのなさだ。病を得て気づく、いや病まずとも滅びの道を歩む肉体という不如意は私ども生きものの弱点か宿命か……。形あるものの深部に埋め込まれた滅びの行程。自分のものであり、自分のものでもないような身体という存在がもどかしい。

話は遠く紀元前のギリシャに飛ぶ。
怪物スフィンクスがテバイの人々を恐怖に陥れていた。ギリシャ悲劇『オイディプス王』の導入部の語りに出てくるエピソードだ。スフィンクスが道行く人々に謎をかけ、謎が解けない者は容赦なく殺されるのだった。スフィンクスの謎とは次のようなものだ（福田恆存訳）。

地の上に住い、脚は二つ、四つ、三つと、
変化はすれど、ただ声は変ることなく、
そして見よ！
地に蠢き、空を飛び、海を泳ぐもの、
在りと在る生き物のうち、
かほどその姿、力を変えるもの、他に無く、

その脚の最も多きに頼りて歩む時、
そは遅々として進まず、全く力なきが如し。

そこへたまたまコリントスの王子オイディプスが通りかかる。知力に秀でた王子は謎を解いてスフィンクスを倒し、テバイは災厄から救われる。オイディプスの答えはこうであった。

汝の意に背きて答えん、
暗き翼の殺戮者ミューズよ、
聞け、汝の罪に最後をもたらす言葉を、
汝の謎、そは人間なり、この世に生を受けし時、
母の胎内より出でし赤子は四つの手脚をもて這い、
やがて寄る年波の重荷には堪え切れず、
背はかがみ、杖をもちて第三の足となす。

テバイを災いから救った功でオイディプスはテバイの王位につき、先王ライオスの未亡人イオカステをめとって四人の子をもうける。先王は以前、旅先で何者かに殺されたのだが、その下手人こそが、赤子のとき父親の先王に捨てられたオイディプスだった。先王はオイディプスが生まれたとき、将来お前はこの子に殺害されるだろうというアポロンのお告げを怖れて、わが子をひそかに葬り去ろうと

したのである。

ある日、予言者に父殺しと母子相姦の大罪を知らされたオイディプス王は絶望のあまり目を刃物で突き、盲人となって杖を頼りに放浪の旅に出る。英明をうたわれ、国中の尊敬を集めていた偉大な王の末路。〈人の運命は計りがたい、誰にせよ、最後の日を迎えるまでは、それを幸福な男と呼んではならぬ、苦悩の巷を脱して、黄泉の国に赴くまでは〉とコーラスが流れて幕がおりる。

二千数百年前のギリシャの物語は、私たち現代人の運命と地続きである。英雄も凡夫も自分のことには盲目であり、人は生来、無知の波間を漂う生きものだというその一点で。突如ふりかかってくるのっぴきならない事態を、人は運命とか宿命とか呼んできた。『オイディプス王』は、混沌とした人生行路を悲劇という一つの型に凝縮、昇華してみせる。ギリシャ悲劇が読み継がれ演じ継がれているのは、私たちの人生が精神的なカタルシス（浄化）を必要としているからにほかなるまい。

「曇りガラスを手でふいて、あなたあしたが見えますか」という演歌の歌詞がある。不倫の男女の道行きを歌ったものだが、これは私たちの暮らしぶりの的確な表現でもある。それと意識しないで、万事私たちは曇りガラスのこちら側から世の中を見ている。そして自分自身でさえ曇りガラスの向こう側にいるのである。

私自身、過去に一度、そうした不透明さを痛感させられたことがある。胃がんを治療したときのことだ。あのときの違和感は記憶にこびりついている。発端は血圧の急上昇だった。検査入院したが原因は見当らない。ところが本丸とは関係なさそうな腹部エコー検査で進行した胃がんが見つかり、いっしょに甲状腺がんまで発見された。それまで何の予兆もなかった。

違和を感じたと言ったが、突如としてがん患者になったことにではない。現在、二人に一人がこの病を得、三人に一人は死ぬと言われている。確率上、がんをわずらうことじたい別に意外性はない。がん細胞が勝手に増殖し、宿主の知らないところで、ある「悲劇」が進行している、いわば、「知らぬが仏」の上に成り立っている生、こちらに違和を覚えたのだ。人生は水面下での、そんなスリリングな局面の連鎖ではあるのだが。

ちなみに二十世紀はがんの世紀だった。治療の進歩で多少の変化はあっても、最もポピュラーな難病の一つであることに変わりはない。ただ、「がんは治せる」とか「ここまで進んだがん治療」といったたぐいの、がん専門医による派手なタイトルの本が量産されている近年の傾向には首をかしげたくなる。どこか命に対する侮蔑が感じられるから。

つけ加えるなら、新聞広告に見る健康雑誌の、長年の持病が明日にも治るような見出し、これにも違和感がある。腰痛も高血圧も糖尿病も「この療法」で即解決なのだと。健康幻想の広がりで死が病に格下げされたのかもしれない。病を克服すれば死はなくなる。そんな気分の中で、死を拒否する文化はますます強固になっていくのだろうか。「死は死んだ」ではシャレにもならないのだ。

二〇一八年七月某日

前回の来院から一週間後。予約した時刻より早めに総合病院に到着したが、外来待合室はすでに満席に近かった。テレビがこの日も西日本を中心とした水害や土砂崩れの被害を伝えている。この一週間、大雨は降りやむことがなく、濁流は画面からもあふれんばかりだ。死者二百四人、行方不明六十二人。その数は増えるばかり。「いつ何が起きてもおかしくない、これまで経験したことのない異常気象です」と気象庁の報道官がこれも異例の注意を呼びかけている。

瞬時に命を運び去られた死者たちは、いまどこでどうしているのだろう。骨壺にもお墓にも入れてもらえる時間さえなかった彼ら。眠りに入るとき、まぶたを閉じ、朝、目覚めとともにまぶたを開けるように、この世でいったん閉じた眼を、あの世でパチリと見開き、どこかへ歩き始めているのだろうか。盲人となったオイディプス王も、在りと在る死者も、そしてまだ生きている私たちもその大行進に加わっているまぼろしが脳裏をかすめる。

気がつくと、待合室のテレビの前でそんな他界幻想にふけっていた。

スイッチ・オン

がん治療に新しい道をつけた京都大特別教授の本庶佑《ほんじょたすく》さんにノーベル医学生理学賞が贈られることになった。日本人のノーベル賞受賞は二十六人目という。医学生理学賞は五人目で、この分野での受賞はここ数年に集中している。先端医療の一端をになう部門だけに、がん患者に大きな希望をもたらし、「国威発揚」にも寄与しているように見えるが、じつは慶賀すべき半面、あらためて研究者に対するサポート体制の貧寒さが浮かび上ってもいる。

それはあとで触れるとして、本庶さんの受賞理由は、免疫をがん治療に結びつける道を開いた業績による。免疫細胞はがん細胞を異物とみなして排除しようとするが、自身の働きを抑えようとする分子ももっている。がん細胞はこの仕組みを利用して自分への攻撃をやめさせ、増殖していく。本庶さんはこのブレーキ役の分子「ＰＤ―１」の役割を発見、その活動をストップさせ、がん細胞を攻撃し続ける免疫療法の道を切り開き、新薬「オプジーボ」の開発につなげた。がんの治療法は外科手術、放射線、抗がん剤が三本柱だが、第四の道として免疫療法の確立が軌道に乗ったのだ。新薬の効果はすでに臨床の場で確かめられていて、その功績は感染症のときのペニシリンの発見にも匹敵するといわれる。

……と、まあシロウトの生かじりで本庶さんの仕事について報道を下敷きに要約してみたが、私の関心は、こうした発見が生まれてくる源泉、つまり研究者としてのスタンスというか、舞台裏のほうにある。受賞決定の知らせを受けた記者会見での本庶さんの発言、風貌は、期待にたがわず独立独歩の研究者の気概を伝えるに十分なものがあった。〈何かを知りたかったら教科書を信じてはいけない。九割がうそ〉。〈まず不思議だなと思う心がだいじ。自分の目で見て考え、納得する。ずっと私はこれでやってきた。強いこころざしを持てば必ず実現する〉と。

その上で強調したのは基礎研究の重要性だ。基礎研究は好奇心と自由な発想を原動力とし、性急に成果を求めない。自分で設定したテーマと長い時間をかけて取り組む中から、普遍的な原理を見つけだすこと。現場の医療者が治療できるがん患者はせいぜい数百人だが、基礎研究という土台をしっかり構築すれば、何百万人ものがん患者がその恩恵に浴することが可能になるというのだ。

実際、本庶さんのスパンは長い。公開している自身のホームページでこう述べている。〈多くの人が石ころだと思って見向きもしなかったものを拾い上げ、十年二十年かけてそれを磨きあげて、ダイアモンドであることを実証することである〉。「ＰＤ―１」の発見は二十六年前、五十歳のころだ。当時すでに生命科学の世界で巨星だったにもかかわらず、実用化にあたって大手製薬メーカーから敬遠され続け、中堅メーカーとの共同研究の結果、商品化されたのは二〇一四年のことだった。

本庶さんはノーベル賞の賞金やがん治療薬「オプシーボ」の売り上げの一部をもらえる権利使用料を、京都大に新設する、若手研究者を支援する基金にあてる意向を表明している。これらは基礎研究軽視に対する危機感の表明であり、背後にいる政府や経済界への抗議の意味合いもあると思われる。短期間で成果を出させようとする成果主義の弊はこれまでも繰り返し指摘されてきた。研究者の自由なアイデアと、そのための時間的余裕を重視する基礎研究部門への運用交付金は、「大学改革」の名のもとに年々けずられ、国立大の研究者は予算獲得のため、財布のひもを握る上からの意向に沿った研究目標のプログラム作りに追われているのが実情という。最近の報道で、他の論文に引用された回数の多い、影響力の大きい重要な論文の数が減っているのは主要国の中で日本だけだとあった。

夢多い学究たちの研究過程のどこで、いつ、どんなスイッチが入るかわからない。基礎研究の最大の魅力はそこだろう。瞑想にも似た静謐な知の作業、それが学問の奥義だと思う。成果が上がる保証はないが、やはりここをパスして夢は実現しようもあるまい。目先の利益と効率に目を奪われた近視眼的風潮が、そうしたスイッチ・オンの芽を摘み続けているとしか思えないのである。

二〇一六年にやはりノーベル医学生理学賞を受けた東京工業大栄誉教授の大隅良典さんも基礎研究の大切さを語り続けていて、東工大が設立した基金に一億円を寄付している。かつてこの欄で取り上げた、同じ賞を受賞した北里大名誉教授の大村智さんもそうした一人だ。四十年も前に土中から見つけたある細菌を、人を失明から守る寄生虫病の治療薬開発に結びつけ、アフリカなど途上国に無償供与、膨大な数の人々を救っている。また、その特許料を母校の研究所再興や、趣味で収拾した美術品を展示する美術館建設費用にあて、美術館ごと出身地の市に寄贈している。

この人たちのきっぷの良さを思うにつけ、長い年月を研究に打ち込めたプロセスそのものが、何ものにも代えがたい至福の時間であったに違いないと思う。しかもその先にノーベル賞が待っていたのだから、学究としてこれ以上の果報はあるまい。彼らの基礎研究への惜しみない支援と情熱は、「学恩」ともいうべき長い至福の時間への純粋な感謝の表明なのかもしれない。

四半世紀も前、本庶さんが、がん細胞を攻撃する免疫細胞のブレーキ役になっている分子を見つけたころだ。国内で臓器移植の是非が論議の渦中にあり、第一線の科学者、哲学者、医療者らが論考を寄せた『生と死の様式　脳死時代を迎える日本人の死生観』（多田富雄・河合隼雄編）で、本庶さんは「生命の価値　生と死の生物学的考察」と題し、個人の生をどう考えるかという論点から、臓器移植を含む延命治療に批判的な見解を述べている。

生物の進化の歴史が教えているのは、個人の生というものの意義は、種の発展を通じて初めて意味をもつのであって、個人の生にとらわれ過ぎてはならない。とした上で、医師は患者をいかにして安楽な死に導くかという宗教的な立場に軸足を移す時代がきており、やみくもに個人の生命を引き延ばすことを最大の価値と考えるべきではないとしてこう結んでいる。〈個々の生だけにとらわれずに種の生存を考えることによって、私たちは後の世代にとって何がもっとも重要であるのかを考え、今日のバイオテクノロジーや生命科学のあらゆる知識とその方法を、後の世代の生物の生きることに役立てることが、もっとも大切な生命の価値観ではないかと考える〉

当時、記者だった私は臓器移植の問題を新聞に連載中で、参考文献としてこの書を読んだ記憶があり、本棚から抜き出してページを繰っていたら、本庶さんの論考の、いま引用した部分に傍線が引いてあった。ノーベル賞決定通知を受けた会見での本庶さんのコメントと重ねて、少しのブレもない、その射程の長さと広さにあらためて感じ入っている。余談だが本庶さんは小学生のころ、天体望遠鏡で観察した土星のリングに感動し、天文学者を志したことがあったという。天地のあいだに置かれたいのちの不思議を思って最初のスイッチが入った瞬間の本庶少年の胸のときめきを想像し、こちらまで豊かな気分にさせられるのである。

スイッチ・オンでモードが切り替わり、世界がそれまでとまったく異なった相貌を見せる、そんな体験を作家の遠藤周作がどこかで語っていた。創作中にハタと行き詰まり一歩も前に進めない。苦吟しても気持をリラックスさせても、ペンをもつ手はピクリとも動かない。だが、暗闇の中を手探りで歩んでいるような時間、一瞬、光が差し込んできて、思いがけぬヴィジョンが生まれる。遠藤周作はそれを「何ものかに背中を押されたような」と表現していた。

優れた芸術家や思索家や職人なら、スイッチの入り方はいろいろあるにしても、しばしばそんな恵みを享受しているのではないか。めずらしいことではない。そうしたこころの働きを、人間は一人で生きているのではなく、孤独な存在でもない、というメッセージとして私は受け止めている。だれもが先祖代々、営々と築いてきた歴史や文化や伝統とともにある。そして、それらを超えたもっと大きなサムシングを想うことに別に不都合はないであろう。

人生は短く、欲望にはきりがない。そこに流されるなら、「自分ファースト」の泥流に足をすくわれ、果てしのない欲望の海を漂い続けるしかない。そして時代はその方向に向かっているように思われる。多くの人が自身の内部にそなわったスイッチをすすんでオフにしようとしているとしか見えないからだ。

遠藤周作が創作上で新しいヴィジョンを得たとき、何ものかに助けられたと感じたように、本庶さんが、個人の生を超えた種の運命に思いをはせたように、無私や利他といった、我執を離れた心もちにスイッチが入ったとき初めて私たちはこの世の短い生への焦慮と、欲望を追い続けることの苦しさから解放されるのではないだろうか。

共感力

秋風が立ち始めたころ、自宅に近い海に向かってぶらぶら歩いていると、一匹の蓑虫が高木の小枝からぶら下がっているのに出くわした。頼りなげな細い糸の先端に吊るされた、ピーナッツの殻に似た寝床にくるまれて風に吹かれていた。私は不意を突かれたように感じ、大げさでなく、異次元の世界にふれたような強い情動を覚えた。それほどに久しくこんな光景とは縁が切れていたのである。

熱中症の死者が相次ぎ、気象災害という新語を生んだ、長い酷暑の日々から脱け出たばかりの時季で、心身ともにへばり気味だった。蓑虫もかすかな涼気の気配を察して、どこからかのそのそ這いだしてきたのだろう。奇態なその生きものを見つめながら、ふと、こいつはオレではないかと思った。蓑虫から見ると、私の外見もそうとうに奇態であるに違いない。お互いさまとは同じ立場でもあるということだ。異常な暑さを共にくぐり抜けた仲間、そんな連想もまんざら突飛なものでもないように思われた。

東日本大震災の復興が長びくなか、熊本地震、九州北部豪雨があり、ことし（二〇一八年）は西日本豪雨、大阪北部地震、北海道地震と、過去に例を見ない自然災害の頻発と激甚化が目立つ。この島国の外でも同じ傾向が見られ、私たちはいま地上の全生物を巻き込んだ大災害時代到来の予感と不安の中にいる。一見、過剰なまでの生物相だが、動物も植物も細胞という共通の要素からなり、根は一つ。それぞれが生命誕生後の三十数億年の年輪を内に秘めて共存している。生物各位への共感を込めて、一蓮托生という言葉を思ってみるのもわるくない。

神は世に悪がはびこり、人のこころが常にはかりごとに満ち満ちているのを創造主として深く憂え、人間とそれ以外の鳥も家畜も獣も大洪水を起こして滅ぼしてしまおうと決意する。しかし、ただ一人正しく信仰篤き人だったノアとその家族、それにすべての生きもの一対ずつだけは生かすことにして、ノアに箱舟を作るよう命じる。神の指示に従ってノアが準備を整えたあと、四十日にわたって大洪水が地上を襲い百五十日の間、地表は水に覆われ、箱舟に乗れなかった生きものはすべて絶え果てた。ノア一家を始祖に新しい世界がリセットされたのである。

旧約聖書のこの物語は、敵意や憎悪が大手を振って行進している世界の現状と重ねて、深いところから響いてくるものがある。これ以上、「分断」やら「○○ファースト」やらが勢いを増し続けるようなら、再び「リセット」の動きが出てくるかもしれない。しかし、神や信仰といった位相がはるか後景にしりぞいた現代、その先に待っているのは、共感のこもった一蓮托生ではなく、もはや後戻りできない怨嗟のうずまく破滅への一蓮托生という結末のような気がしてならない。

ゴリラ研究の世界的権威、山極寿一さんの近著『ゴリラからの警告―人間社会、ここがおかしい』を読んで、分厚い雲の切れ間に青空をあおぎ見たような爽快感をもらった。自身がゴリラになって、その目から人間社会のおかしさ、不自然さをえぐっていく鋭いメスさばきとともに、情理を尽くした濃やかさがあった。山極さんはただの観察者ではない。ゴリラの群れに分け入り、行動を共にする文武両道の使い手である。

アフリカ中央部の熱帯雨林でゴリラ研究を始めてから、警戒するオスのシルバーバックに追い回され、体当たりを食らって傷を負ったことも一再ならず。それでも押したり退いたりしながら群れとの距離を縮め、十年以上かけて彼らの信頼をかちえていく。子どもとじゃれあい、メスゴリラにからかわれ、オスゴリラの横で昼寝するまでになる。一年の半分以上を彼らと一緒にいる生活を続けると、ゴリラのように新緑の葉が食べたくなったり、樹上に寝床を作ってみたくなったりするという、そこまで入り込んだ研究者だ。

共に過ごす時間の長さと、そこから生まれる双方の共感力が信頼醸成の元という。共通の祖先から類人猿のゴリラやチンパンジーと枝分かれしたあと、人類は複雑な社会関係を築いていく過程で高い共感力を身につけていく。そして七百万年の進化の果てに、経済や効率偏重の価値観とともに他者と共にある時間を減らし、生きづらい方向に進化したのだという。他の霊長類よりずっと高い共感能力を持っているのに、いま世界は敵意に満ち、孤独な人間が増えている。経済的な時間を、命をつなぐ社会的な時間に変えることで、敵意を解消できると言うのである。

山極さんはつねづね本気で、私はゴリラの国へ留学してきた、と言っているそうだ。「留学」から多くを学んだが、その一つはメスゴリラの母性の強さときっぱりとした子離れだ。出産後一年間、母親は赤ちゃんを片時も腕から離さず、数年間母乳で育てるが、乳離れすれば母子はそれまで何ごともなかったかのように別々の道を歩き始める。

ゴリラは集団で行動するが、メスたちがリーダーのオスについていかないことがある。危険がなさそうな場所では、メスたちはブウブウと低いうなり声をあげながら思い思いの方向に歩きだす。メンバーはその声が多いほうにまとまっていき、やがて一斉に同じ方向に歩き始める。リーダーが置き去りにされたり、あわてて引き返したりすることもあるという。ゴリラの民主主義である。

遠い昔、ヒトはこんなにも気高く生きていたのか。山極さんは、共通の祖先をもつゴリラの生き方に、サルではなく人間の過去を見るのだ。そして、その末裔たちの思考、行動が不自然で、ぎこちなくなっていることを残念に思うのである。

ずいぶん昔のことになるが、鹿児島県屋久島を取材で訪ねた折、山極さんに原生林を案内してもらった。屋久島はニホンザルの亜種、ヤクシマザルの生息地で、山極さんのもう一つのフィールドだ。薄暗い森の岩場で昼食の弁当を食べながら、アフリカでゴリラツアーを指導した体験を話してくれた。密林を歩くときの注意力と緊張感がさまざまの出会いを新鮮なものにし、そこで養われる自然への共感力は、生きていくための無理のない作法を教えてくれる、と。

山極さんは現在、京都大学総長、日本学術会議会長、国立大学協会会長として学術界を牽引している。母校の大学運営では基本理念に「大学はジャングルである」とうたう。長年の仕事場であるアフリカの熱帯雨林、つまりジャングルはもっとも生物多様性が豊かな場所だ。大学も同じで、多彩な分野で人材、才能が競いあい高めあう知のジャングル。そこに、文科省と産業界から「人文系の廃止・統合」や「社会ですぐ役立つ人間の育成を」といった要請が強まっていて、山極さんは強い懸念を表明している。

自然破壊のもと世界各地で進む希少種の絶滅も悩ましい問題だ。もっとも人間に近いゴリラやチンパンジー、オランウータンも同じ危機にある。五億年間に地球は五度生命の大量絶滅を経験、六度目の大絶滅時代を迎えつつあると山極さんは言う。「それを速めるのもとどめるのも、人間の手にかかっている」（朝日新聞への寄稿から）。


昭和二十年八月六日朝、空に閃光が走り、街は一瞬にして火炎と黒煙に包まれた。焼けただれ、崩れ落ちて、のっぺらぼうのようになった焦土の上を、人々はさまよい歩く。死体が続々と川面を流れ、橋脚に頭をぶつけてぐらりと向きを変える。死体の様子もすべて異なり、上半身だけ白骨になったもの、あるいは片手片足以外が、ひざから下が、両足だけが白骨化したもの……。三歳くらいの女児が、母親らしい死んだ女性のワンピースの胸を開いて乳房をぎゅっと握っている。

井伏鱒二の原爆小説『黒い雨』は職工、閑間《しずま》重松の目を通して、被爆から十日間の広島市内の惨状と、重松夫婦と同居している姪の、数年におよぶ原爆症発病の不安に心が揺れる日常を描いている。

街に散乱するむごたらしい死体や死臭は人間だけではない。泥土に折り重なって骨だけになっているドジョウやコイやスズメ……。息も絶え絶えにあお向けに浮かんでいる川魚を手につかむと、ウロコがずるりとむけたり、背びれが抜けたりする。池のコイが急にふらふら泳ぎになる。

避難の途中、重松は頭や背中にやけどを負った馬がいまにも倒れそうにがたがた震えているのを見た。そばに上半身が焼けただれた軍人の死体があった。軍人は厩《うまや》へ駆けつけ、この裸馬に乗って飛び出してきたのだろう。馬は主人に愛されていたに違いない。重松の目には、馬は軍人を慕っているように見えた。西日にあぶられ馬はどれほど痛がっていることか、不憫と感じるより、ただ身震いするばかりだった。馬の苦しみに共感する重松の目は人間の罪深さを見たのである。

八月十五日、「重大放送」のある日。重松は工場を出てラジオのある食堂へ向かいかけたが、行こうか行くまいかと裏庭の用水溝に沿って行ったり来たりしているうち、流れの清冽な感じに目を奪われる。のぞきこむと、流れを体長三、四寸のウナギの子が列を作って元気よくさかのぼっている。行列は途切れることなく続き、いつまでも果てることがないように思われた。

原爆が投下された八月六日、このウナギの子らはどこらを遡上していたのだろう。重松はしゃがみ込んで稚魚たちの背中を見くらべてみたが、灰色に濃淡の違いがあるだけで被爆したらしいのはいなかった。放送で敗戦を知った重松はどこかほっとした気分で食堂を出ると、もう一度、子ウナギの行進が見たくなり用水溝へ行ってみたが、もう一匹の姿もなく、透明な水だけが流れていた。

広島と長崎の上空で原子爆弾が炸裂してから七十数年がたつ。軍拡競争の中で、人類は自分たちを何十回も殺せる量の核兵器を手にした。弟の原発もすぐそばにいる。地獄の釜のふたがコトコト音をたてている。

掌中の珠

わが家の近くに西新《にしじん》商店街という古くからの商店街がある。その先に高取、藤崎という地名のついた商店街が連なり、地下鉄一区間分に一キロほどの商業圏を形成している。時々、その細長い通りを歩いて、商店街が切れるところにある魚屋に刺身を買いに行くのを楽しみにしている。

いちばん手前の入口には、リヤカーに旬の野菜や果物や生花を積んだおばさんたちの、「リヤカー部隊」と呼ばれる名物の路上販売車が十台ほど並び、街に彩りを添えている。このかいわいに越してきて二十数年になるが、だんだんリヤカーの台数が減り、おばさんたちは老いてゆくのがわかる。同時に道々感じるのは、店舗が入れ代わるスピードが格段に速まっていることだ。

居酒屋をはじめ飲食店のそれがことのほか目まぐるしく、スポーツジムやツボ押し、整体、オイル・マッサージ、ほぐしといった健康サロンなどの新規開店の潮流が商店街の変容に拍車をかけている。看板が掛け替われば以前そこに何があったのか、もうチラとも思い出せないあわただしさである。流れる川床は変わらないのに店々という「よどみに浮ぶうたかた」だけが「かつ消えかつ結びて」移ろいゆくのである。「西新方丈記だな」と私は内心つぶやいてみる。

有為転変は世の習い。そんな陳腐な感想しか浮かんでこないのがわれながら少々情けないが、私自身が移ろいゆく泡のようであってみれば、そうした常套句もある切実さと真実味をおびてくるのである。日々の仕事を離れ、生活が要請してくるもろもろのわずらわしさから距離をおける老年にこそ、より深く享受できる境地として拝受したいと思っている。

建てては壊し、壊しては建てる。そうした繰り返しを生きる人間の営みと共振しつつ、生きて在ることの頼りなさを実感させられるスポットが身近にもう一つある。自宅をはさんで商店街の反対、北側に広がる百道浜《ももちはま》という開発地域である。ここはかつて福岡市が主催したアジア太平洋博覧会を機に広大な海を埋め立て、その後、私が越してきた時期と前後して、豪華なハコモノが次々と出現した壮大な人工空間だ。

図書館、博物館、福岡タワー、海浜公園、ドーム球場、国立医療センター……。これでもかと巨大建築物がひしめくさまを壮観とみるむきもあろう。景観への配慮も怠りなく、電線は地下にもぐり、緑地も豊かである。でも何かが欠けていると感じる。生きものの気配だ。「むだなもの」を排除した世界はある種の息苦しさをともなう。あいまいなものの総体としてある人間の内面と、ちり一つない整然とした環境は相容れぬものがあって当然だろう。

人工の浜辺に寄せる波は弱々しく、点在する木立のあいだから野生生物が飛び出してくるハプニングなど期待すべくもない。人は自然がはらむ荒々しいものを畏れる一方で、どこかでそれを待ち望む心の傾きを持っている。しかし、ここ、海を壊し、その上に整然と設計された新開地を典型とする都市の殺風景は、私たちの内なる野生を封じ込み人生を細らせる。

前回、蓑虫のことを書いた。新開地の立木から垂れた細長い糸の先端に一匹の蓑虫がぶらさがっているのと遭遇したときのことを。昔なら何の変哲もないそんな光景に心動かされたという椿事こそが、人間が切ろうとして切れない透明なへその緒によって、まだどこか深いところで自然とつながっていることを思い出させてくれる。

若者に若者の特権があるように、老生には老生の特権がある。忙しく立ち働いていたころは脇に置いていた、「人生の意味」とか「私は何者であるか」といった無償の問いは、老年の掌中の珠である。若いころは青臭い問いとして相手にもされなかった命題が、だんだん子どもに還っていく老年期においてこそ大切な意味をもってくる。蓑虫との対話を夢見ている。

新聞広告やテレビのCMはしばしば、時々の世の中の動静や人々の関心のありかをわかりやすく教えてくれることがある。広告であれば、そのキャッチフレーズは、同時代を生きる人々の願望や弱点や不安を巧みに突いていてなかなか興味深いものがある。現実のパロディやデフォルメとして眺めてもおもしろい。

たとえば最近では書籍や週刊誌の新聞広告で、「人生100年時代にどう備えるか」といった趣旨のタイトルや見出しがやたらと目につく。すでに渦中にあり、さらにその上に「超」がつく高齢化社会の到来が問題意識にあることは十分うなずける。ある条件さえ満たせば長寿は文字通りめでたいことであろう。しかし、「下流老人」や「独居老人」といった昨今の新語に見られるように、「楢山節考」の世界はかたちと規模を変えて脈々と現代に流れ込んでいるのである。

書籍や週刊誌の記事で強調されるのは、貯蓄、年金、節税、投資といった経済的な備えだ。しかし、定年時に○千万円の貯蓄が必要とか、年金の受給年齢は○歳からがお得とか、相続税の申告はこうすれば有利、といった、こと細かな指南でそれぞれの記事が独自性を競うさまは、むしろ不安をあおっているように見える。むろん、記事を書く側はそこに商機を見てのことだが。

次にくるのが健康問題。ウォーキング、サプリメントの効用、認知症対策やがん予防のあれこれ、などなど。これも多岐にわたる論点が取りあげられ、医師や栄養士らの意見をまじえながら、「これで安心」といった記事の構成はほぼ共通している。高齢化社会が標語のようになった当節、お金と健康は老後対策のかなめの一つだとしても、広く読まれていると思われるこれらの記事に、寝た子を起こすようなある乱暴さを感じる。

『ライフシフト　１００年時代の人生戦略』という訳書がベストセラーになっているという。二人の英国人学者による共著で、題名にある「戦略」という文字に、こちらも実利的な老後を説く内容を予想していたが、読んでみるとそうではない。そのことはあとで述べるとして、著書にある高齢化に関するデータに驚かされる。

国連の推計で二〇五〇年までに、日本の百歳以上の人口は百万人を突破するというのは報道で知っていた。ところが、人口学者たちがいまの子どもたちの平均寿命を推計したところ、二〇〇七年に米国、カナダ、フランス、イタリアで生まれた子どもの五十％は百四歳まで生きるという結果が出た。日本の子どもにいたっては五十％の確立で百七歳まで生きる見通しという。

百歳以上がなかば当たり前になれば、職種もスキルも、余暇の過ごし方も、ライフスタイルのすべての面で大きな変化に直面させられる。長寿化をめぐる議論はお金の問題にかたよりすぎていると著者は言う。経済的備えばかりに目を向けるのではなく、長生きとステージの多様化を奇貨ととらえ、「人生とはなにか」とか、「生きる意味とは」といった本質的な問いかけを前面に出す方向に生き方をシフトすべしというのである。著者はそれを「長寿の贈り物」と呼ぶ。古来、幸福論の名著は多いが、この書は先進国共通の超高齢化社会という大転換期の課題と正面から向き合い、「生きがい論」という永遠のテーマに回帰した労作だと思う。

先ごろ、南米大陸最高峰アコンカグア（標高六九六一メートル）の登頂とスキー滑降をめざしていた八十六歳のプロスキーヤー、冒険家の三浦雄一郎さんが山頂の手前約一キロの地点で登頂を断念、下山したというニュースが大きく報じられた。持病の不整脈の悪化による心不全の危険が大という同行の医師の判断によるものだった。

大きなニュースになったのは三浦さんの知名度の高さもあろうが、やはり八十六歳という高齢での挑戦に世間が注目したからだろう。高齢化社会での生き方の一つのお手本として「趣味」の世界を生きる、しかし、場合によっては命がけでさえある生き方や生きがいの問題として、人々の心の深みにある願望を刺激したからにほかなるまい。

身近に鉄道マニアの友人がいる。新聞社の社会部にいたときの、四歳年下の同僚赤塚隆二君。退職後、数年がかりでJRの旅を続け、何年か前に全線二万キロを走破した。その後、小説の小道具として鉄道による移動がひんぱんに使われている松本清張の世界に浸り、趣味と清張の作品を結びつけたいと思いたった。北九州市立松本清張記念館の研究奨励事業に応募、研究費をもらいながら、清張作品に自らの鉄道体験を重ねて執筆、去年、『清張鉄道1万3500キロ』という書名で文藝春秋から出版された。

贈られた本を一読、作中人物の鉄道の「初乗り場面」にスポットを当てたユニークな視点と、行間に漂う隠微な「昭和の影」が私個人の昭和史と重なって、ほろ苦いものがこみあげてきた。昨秋、愛妻を亡くし、「七十歳で独居老人になりました」と気落ちした様子だったが、話が『清張鉄道』に及ぶと、「清張の作品に出てくる鉄道についていては、新しいテーマを温めていて鉄道旅を続けながら再挑戦したい」と意欲満々。この際心機一転、長年住んだ北九州市から近々、出身地の福岡市に越してくるという。一献かたむけつつ、充実した独居老人生活の近況を聞きたいものである。

老後の時間をどう見、どう応ずるか。時間を持て余しているひまなどない。ささやかだが、最後のぜいたくを味わうべく、「長寿の贈り物」に秘された「掌中の珠」を手放すまいと思う。

忘れもの

入場するといきなりあの生きものが出迎えてくれた。例のネズミかモグラを超でっかくしたような異形にキョトンとした目つきで。「トトロ」である。
福岡市博物館で「ジブリの大博覧会」が開かれていて、連日、満員盛況のようだ。「風の谷のナウシカ」から「思い出のマーニー」まで、宮崎駿監督率いるスタジオジブリ制作の三十年間のアニメ作品が世に出るまでを、ポスターやチラシ、アニメに登場する動物の模型などの展示で見せている。作品が上映されるたびに日本中をわかせた秘密の一端をのぞかせる、いわば舞台裏だ
入口のトトロの模型のそばに、「となりのトトロ」の宣伝ポスターで使ったキャッチコピーができるまでのいきさつを記したプロデューサーのメモ書きが貼ってあった。なるほど、そういうことだったのか、私はポンとひざを打った。
コピーライターの糸井重里さんにキャッチコピーを依頼したが、糸井さんが持ってきたコピーは「このへんないきものは、もう日本にはいないのです。たぶん。」だった。プロデューサーがそれを宮崎監督に見せると、宮崎さんは一瞬、眉間にシワをよせて、「いる。いるんですよ」と強く言い切る

とさっさと仕事場にもどり、作業を再開した。

それを糸井さんに告げると、糸井さんは「なるほど」とニコニコしながらその場で「いる」ヴァージョンを作ってくれた。それが「このへんないきものは、まだ日本にいるのです。たぶん。」だった。その十年後、「もののけ姫」が日本映画史上空前の大ヒット、コピー「生きろ。」によるところも大きかったという。

ジブリのキャッチコピーは、生と死の不思議をうたったものが多い。むろん、作品のテーマに即してのことだが、ある懐かしさを呼びさます柔らかいイメージは、作品への期待を裏切らない。

例えば、「木々を愛で虫と語り、風をまねく鳥の人……。」（「風の谷のナウシカ」）、「ある日、少女が空から降ってきた……。」（「天空の城ラピュタ」）、「トンネルのむこうは、不思議の町でした。」（「千と千尋の神隠し」）……。「となりのトトロ」にはもう一つ、横書きのコピーが使われている。「忘れものを、届けにきました。」。

「となりのトトロ」の好奇心旺盛な少女メイはごく自然に「異界」を受け容れている。トトロは空も飛べるちょっと変わった隣人。ねこバスはリニア・モーターカーより高性能の、生きた超特急。奇妙なトンネルを通って別世界に迷い込んだ「千と千尋の神隠し」の少女千尋は、魔女や異形のものやの神々と、押しつ押されつしながら丁々発止と渡り合う。

異界は主人公の少女たちにとって、どこか遠くの空想上の世界ではなく、薄衣一枚かかった隣り合わせの場所にある。あるいはいま自分がいるここが異界。大人は気づいていないが、少女の曇りのない目には、それが見えている。トトロという「へんないきもの」は「いる。いるんですよ」と語気を強める宮崎監督は彼女たちの目を借りて、見たものは見た、と言っているのである。

多くの人はアニメやファンタジーを、あれは作りものだと言う。でもリアルとは何だろう。世界のことも人間のことも、言葉や説明だけで語り尽くせはしない。芸術はそのためにある。音楽は音楽の、絵画は絵画の、詩は詩の、それぞれの特殊な表現手段でしか「語れない」方法を持つ。おそらく宮崎監督がその異能の感受性によって気配を感知している、驚天動地のこの世のリアルは、ファンタジーという手法でしか語れないのだ。

私たちにさまざまの解読法を求めてくる世界と自然の奥行きの知れなさに、私は畏怖の念を持っているが、同時に、「希望」の幻影も見ている。それを宮崎ファンタジーの魅力に重ねている。


日本民俗学の創始者、柳田国男は十三歳から二年間、茨城県の布川という町の長兄の家に預けられたときのことを、自伝『故郷七十年』で語っている。「馬鹿々々しいということさえかまわなければいくらでもある」と断って次のように語っている。

長兄宅の隣に小川という旧家があり、蔵書家のその家に読書のためよく出入りしていた。庭に小さな石の祠《ほこら》があり、聞くと、死んだおばあさんを神様として祀《まつ》ってあるという。柳田少年は祠の中を見たくてたまらず、だれもいない春の日、石の扉をおそるおそる開けてみた。すると、こぶし大のきれいな蠟石が一つ納められていた。

見入っていると、怪しい気持におそわれ、その場にしゃがみ込んでしまった。ふと空を見上げると、じつに澄み切った青空で、そこに数十の星を見た。天文学の本もいろいろ読んでいて、昼間に数十もの星を見るはずはないと思っても、胸騒ぎは消えない。そのとき突然、上空で鵯《ひよどり》がピーッと鳴き、その声でふとわれに返った。そして、あのとき鵯が鳴かなかったら、私は発狂していたのではないかと述懐している。

これに強く反応したのが小林秀雄で、講演「信ずることと知ること」（『感想』所収）で、こう語っている。「私はそれを読んだ時、感動しました。柳田さんといふ人が分つたといふ風に感じました。鵯が鳴かなかつたら発狂したであらうといふやうな、さういふ柳田さんの感受性が、その学問のうちで大きな役割を果している事を感じたのです」。

小林秀雄によれば、柳田国男は、おばあさんの魂を見たのである。中風で寝たきりになった老婆はいつもこの蠟石をなでまわしていて、祖母の死に際し孫が、おばあさんを祀るならこの蠟石が最もふさわしいだろうと祠に祀ったという。この思い出を語るにあたって「馬鹿々々しい話なら」と断っているのは、馬鹿々々しいから嘘ということではないと柳田さんは言いたいのだ、と。

死者との接触と言えば小林秀雄も「感想」（「小林秀雄生誕百年記念　新潮臨時増刊『百年のヒント』所収」）でこんな体験を語っている。終戦の翌年、母親が亡くなったときのこと。切らした仏壇のろうそくを買いに行く夜道を先導するように一匹のホタルが光りながら飛んでいた。「おつかさんは今は螢になつてゐる、と私はふと思つた」。小林秀雄はこの心的体験をある童話的体験と呼び、「……童話が日常の實生活に直結してゐるのは、人生の常態ではないか。何も彼もが、よくよく考へれば不思議なのに、何かを特別に不思議がる理由はないであらう」と真実の経験を、事後のつじつま合わせで形骸化してしまう現代人の性向を疑うのである。

健忘症は人間の宿痾《しゅくあ》ではないかと思うことがある。しかも時代とともに、どんどん重症化しているのではないか。私たちの姿を映し出す鏡としての死者や過去を視界から消し去ったことが、眼前の修羅の世相につながっているのではないか。「トトロ」も「おばあさんの魂」も「母という蛍」も、私には「リアルなファンタジー」である。

「ジブリの大博覧会」の会期中、こんな光景を見た。休日のせいもあろうが、展示場入口から館外まで三百人近い若者が延々、列を作っていた。係員が掲げる掲示板に「待ち時間110分」とある。そればかりか、手持ちぶさたのはずなのに、スマホをいじっている者がほとんどいない。ふだん所かまわずスマホにかじりつく姿ばかり見せられているだけに新鮮だった。

ひょっとしてこれは、無気力、無感動といわれる当節の若者がじつは真剣に生きたいと願う、意識下に眠っている渇望の発動なのではないだろうか。ふと、ジブリの「神通力」を思った。

初出一覧

＊本書には、2003年3月に福岡で創刊された俳誌「空《そら》」（柴田佐知子主宰）の連載から著者がセレクトし、加筆修正したものを収めた。一覧では、掲載号の発行年月を記す（括弧内は号数）。

森に降る時間――2006年3月（13号）
逝く春――2007年3月（17号）
＊「鳥獣虫魚よ！」改題
遠い視線――2005年11月（11号）
幻想紀行――2006年6月（14号）
入院記――2007年9月（19号）
月――2008年3月（21号）
＊「月ブーム、再び」改題
忘却の河――2008年6月（22号）
聴く力――2008年12月（24号）
新しい人――2009年6月（26号）
興亡――2009年12月（28号）
姥捨て子殺し――2010年10月（33号）
まなざし――2010年12月（34号）
垂直――2011年2月（35号）
神話――2011年4月（36号）
あなたは神なのか――2011年6月（37号）
失楽園――2011年12月（40号）
現在地――2012年2月（41号）
岐路――2012年4月（42号）
臨床――2012年10月（45号）
無用の用――2012年12月（46号）
無事有事――2013年6月（49号）
ホモ・エコノミクス――2013年8月（50号）

廃墟——2013年10月（51号）
死者と生きる——2013年12月（52号）
雪——2014年4月（54号）
＊「雪の連想」改題
「不在」の重み——2014年8月（56号）
自助共助——2014年10月（57号）
＊「異聞自助論」改題
いやな感じ——2014年12月（58号）
胡蝶の夢——2015年4月（60号）
言葉——2015年6月（61号）
末期の眼——2015年8月（62号）
相待つ——2015年12月（64号）
一《いち》——2016年3月（65号）
フォーム——2016年5月（66号）
供養——2016年7月（67号）

植物の夢、人間の夢——2016年9月（68号）
新貧乏物語——2016年11月（69号）
混沌の海から——2017年1月（70号）
沈黙——2017年2月（71号）
ライフ・サイクル——2017年4月（72号）
犬心人心——2017年6月（73号）
フィードバック——2017年10月（75号）
やってみなければ……——2017年12月（76号）
影——2018年5月（78号）
他界幻想——2018年7月（79号）
＊「健康幻想、他界幻想」改題
スイッチ・オン——2018年10月（81号）
共感力——2018年12月（82号）
掌中の珠——2019年3月（83号）
忘れもの——2019年5月（84号）

あとがき

俳誌「空」で、本書収録分を含めエッセイの連載を始めて十五年になるが、始めるにあたって二つの幸運に恵まれた。一つは、表現上、制約の少ないエッセイというスタイルを与えられたこと。もう一つは、スタートした二〇〇五年は私が新聞社を定年退職した翌年で、気持を切り替えて私自身の老後と向き合う必要を強く感じていた時期だったことだ。

記者のころは、データ至上主義という報道の特性から、ともすれば事象、事案の表層を追うことに終わりがちで、飽き足らない気持を味わうことも少なくなかった、しかし、新しい取り組みとなったエッセイは、私の老後と、「書く」ということに、それまでとは異なる視座を開いてくれた。取りあげるテーマを、私自身の生き方や思いに引きつけて表現する、言わば、貧しいながら想像力を働かせたり、データを自由に組み換えて対象を異化することで、コトの本質に迫ってみたいという努力目標が生まれたのだ。

これが私の手に余る仕事であることは言うまでもないが、記事の内容はともかくとして、執筆は楽しく、しんどく、そして充実した時間だった。執筆にあたって心がけたのは、できるかぎりテーマを、より普遍的、本質的な位相の中に置いてみることだった。そして、世界も自然も人間もどんどん修羅の相を深めている成り行きを思い、だからこそ逆に、不可解で奥深さを感じさせるそれらの中に希望の幻影なりとも見出したいと努めた。

その過程で二度、思いがけない出来事があった。一度目は数年前、総合俳句誌で「俳壇時評」を担当されていた深夜叢書社の齋藤愼爾氏から、私の文章について過分な評価をいただいたことだ。二度目はことし一月、その齋藤氏から「空」連載中のエッセイの書籍化の申し出がなされたことである。びっくりしつつ、正直、うれしく光栄なことであった。

本書に収録した四十九篇は、二〇〇五年から二〇一九年にかけて俳誌「空」に連載したエッセイ七十三篇から選び、加筆、修正した。出版の労をとっていただいた齋藤愼爾氏、校正から装丁まで手がけて下さった髙林昭太氏、私のエッセイのために、長年にわたり紙面を割いていただいた「空」の柴田佐知子主宰に深くお礼を申しあげる。

二〇一九年六月

川上義則

著者プロフィール

川上義則　かわかみ・よしのり

一九四四（昭和十九）年、福岡県門司市（現北九州市）生まれ。早稲田大学卒。元朝日新聞社会部編集委員。元山口大学非常勤講師。元九州女子大学非常勤講師。福岡市在住。

垂直　生と死のあわいで

二〇一九年九月二十日　初版第一刷発行

著　者　川上義則
発行者　齋藤愼爾
発行所　深夜叢書社
郵便番号一三四—〇〇八七
東京都江戸川区清新町一—一—三四—六〇一
info@shinyasosho.com

印刷・製本　株式会社東京印書館

©2019 Kawakami Yoshinori, Printed in Japan
ISBN978-4-88032-454-8 C0095
落丁・乱丁本は送料小社負担でお取り替えいたします。